D1925554

d

Andrea De Carlo

Yucatan

Roman

Aus dem
Italienischen
von Jürgen Bauer

Diogenes

Titel der Originalausgabe:
›Yucatan‹
Copyright © 1986 by
Gruppo Editoriale Fabbri,
Bompiani, Sonzogno, Etas S.p.A., Milano
Der Übersetzer dankt Stefano Matera
für seine wertvolle Mithilfe
Umschlagillustration:
Anna De Carlo

Für G. und G.

Alle deutschen Rechte vorbehalten
Copyright © 1988 by
Diogenes Verlag AG Zürich
70/88/8/1
ISBN 3 257 01783 9

You've missed the point completely, Julia.
There were *no tigers.* That *was the point.*

Du hast die Pointe gar nicht begriffen, Julia.
Da waren *keine Tiger,* das *war die Pointe.*

T. S. Eliot, ›The Cocktail Party‹

Inhalt

Warten ist ziemlich typisch

Warten ist ziemlich typisch für Dru Resnik. Beinahe alle seine Filme beginnen oder enden auf einem Flughafen, mit einer Szene wie der jetzt hier in Heathrow, wo wir auf ihn warten. Ich habe irgendwo gelesen, das sei eine Art Symbol für die wechselhaften Zufälle des Lebens, oder so ähnlich. Vielleicht ist es auch eine der Zutaten, die jeder Regisseur seines Niveaus verwendet, damit seine Produkte sofort als solche identifiziert werden können und die Kritiker und all die semiprofessionellen Kinosachverständigen Arbeit bekommen.

Wie dem auch sei, ich laufe jetzt hin und her, um möglichst den ganzen Eingangsbereich zu überblicken, und nach fünf Minuten kommt er, zusammen mit seiner Frau Verena und einem seiner großen Reisekoffer auf Rollen. Schon auf diese Entfernung sieht man ihm den großen Künstler von internationalem Rang an: Da ist etwas in seiner Art zu gehen, dem Schnitt und Stoff seiner Kleidung. Er wirkt jünger als zweiundvierzig mit der zerzausten Frisur und den nervösen Füßen, die in Tennisschuhen stecken, und doch ist einem sofort klar, daß er nicht jünger ist. Man sieht es ihm zu deutlich an, daß er über ein allgemein anerkanntes Talent verfügt; er ist zu offensichtlich mit den Gedanken ganz woanders und mehr als die anderen Reisenden auf sich selbst konzentriert, während er die große Halle durchquert.

Mit den Worten: »Hallo, Dave! Fein, daß du mitkommst!« drückt er mir die Hand.

»Ich freue mich auch, daß es klappt«, sage ich.

Er zeigt auf meine Umhängetasche und sagt: »Du mußt mir mal erklären, wie du es fertigbringst, mit so wenig Gepäck zu reisen.« Mein Blick fällt auf seinen riesigen Koffer: Ich nehme an, daß seine Frau den für ihn packt und daß sie dabei mit mehr klimatischen Veränderungen und gesellschaftlichen Ereignissen rechnet, als selbst einem Dru Resnik unterkommen können.

Seine Frau lächelt mir zu wie einem Hausangestellten von gewissem Rang, läßt dann sofort den besorgten Blick weiterwandern. Sie ist groß, eine schöne Frau, wirkt mit ihrer Art des deutschen Ex-Fotomodells ein wenig steif. Dru läßt sie vorangehen, als beabsichtige er nicht, ihr zu folgen, und folgt ihr dann doch, ganz angespannt, wohl wegen irgendeiner Auseinandersetzung, die sie im Taxi auf dem Weg zum Flughafen hatten. Und es behagt ihm überhaupt nicht, in ein Flugzeug steigen zu müssen, er hat Angst vor dem Fliegen.

Verena beugt sich zu der Angestellten am Check-in-Schalter vor, läßt sich Informationen, die sie anderswo bekommen hat, noch einmal bestätigen. Die Angestellte antwortet mit verhaltener Höflichkeit; dann erblickt sie Dru, und es kommt Leben in ihren Gesichtsausdruck, sie ringt sich sogar ein Lächeln ab.

Dru sagt: »Ich muß mal telefonieren«, und verschwindet. Verena zwingt mich, sie in die VIP-Lounge zu begleiten, eine Tasse Kaffee mit ihr zu trinken. Dort beginnt sie, mir mit dem Ausdruck größter Besorgnis von irgendwelchen Kaminen zu erzählen, die sie in ihrem Wohnzimmer nicht einbauen oder ausbauen kann, ohne eine ganze Wand einzureißen. Ich würde ihr am liebsten sagen, daß ich für ihren Mann arbeite, um das Filmemachen zu lernen, daß mich ihre Wohnungseinrichtungsprobleme nicht interessieren. Zu allem Überfluß dreht sie sich auch noch ständig nach der Glastür herum, alle paar Sätze. Sie setzt zwar immer an der Stelle wieder an, wo sie aufgehört hat, aber ich schaffe es nicht, ihr zu folgen; ich betrachte ihre eleganten Hände mit den feingliedrigen Fingern.

Dru kommt herein, läßt sich eine Tasse Kaffee geben und setzt sich. Er trinkt einen Schluck und flucht: »Scheißbrühe.« Man sieht ihm auf den ersten Blick an, daß er mit den Gedanken noch bei dem Telefongespräch ist, er bemüht sich auch gar nicht weiter, das zu verbergen. Verena kämmt sich mit den Fingern die Haare nach hinten, sinniert dabei über den Gesichtsausdruck ihres Mannes; zum Glück erzählt sie mir die Geschichte mit den Kaminen nicht zu Ende.

Eine Lautsprecherstimme fordert uns zwei oder drei Mal auf, uns an Bord zu begeben, aber Dru rührt sich nicht, sitzt reglos da, ist erstarrt in unserer Gesprächslosigkeit. Erst im allerletzten Augenblick springt er auf, und wir rennen hinaus. Verena folgt uns bis zum Metalldetektor; dort bleibt sie stehen, winkt uns ein ums andere Mal nach, bis wir endgültig um eine Ecke verschwunden sind.

Durch die Fenster rechts von mir dringen Sonnenstrahlen, die Luft der Druckkabine umstreicht mich, hinter den Vorhängen klirren Gläser. Nicht schlecht hier in der First Class, wir haben viel Platz nach vorne und hinten und nach beiden Seiten, die Stewardessen kommen im Zwei-Minuten-Takt bei uns vorbei, lächeln uns an und schenken uns Champagner nach, sooft wir wollen. Die anderen Passagiere sind alt und reich, tragen Seidentücher, teure Uhren und Maßschuhe und sitzen träge und unbeteiligt in den gepolsterten Sitzen. Die einzige relativ junge Person außer Dru und mir ist eine nuttig aufgetakelte Brünette, die neben einem widerlichen Kerl sitzt. Jedesmal, wenn ich zu ihr hinsehe, schaut er mich an, als würde ich sie anhimmeln.

Dru wirkt wie immer, wenn er fliegt; jede winzige Veränderung im Klang der Motoren, jede noch so geringe Kurskorrektur läßt ihn erstarren. Aber man muß ihn kennen, um das zu bemerken; auf einen Fremden würde er wahrscheinlich geradezu gelangweilt wirken, wie er, auf einen Ellenbogen gestützt, die Augen halb geschlossen, dasitzt. Er dreht sich zu mir herum, sagt: »Du möchtest vielleicht etwas über diese Reise wissen.«

»Na, und ob«, sage ich. Es gehört zu meiner Arbeit, mich zu verstellen, anpassungsfähige Aufmerksamkeit zu zeigen, halb technisch und halb freundschaftlich, sie je nach Informationsfluß an- und abzustellen. Ich glaube, es gibt nicht viele andere Möglichkeiten, mit Dru zu kommunizieren, vor allem, wenn man sein Assistent ist.

Er sagt: »Es ist ein Film, der mir seit Jahren im Kopf herumgeht. Schon, als ich noch in Jugoslawien war.«

Ich sage »Ah« und warte. Nicht, daß ich mich bei dieser Art von Gespräch sonderlich amüsieren würde. Es ist, wie wenn man mit jemandem spazierengeht, der die Füße schleifen läßt, stehen bleibt, losrennt oder zurückläuft oder kilometerweit vor sich hingeht, ohne einem mitzuteilen, was er vorhat. Schon, als er noch in Jugoslawien war, das heißt, seit mindestens sieben Jahren. Ich war zu der Zeit sechzehn oder siebzehn und hab mir seine Filme in irgendeinem kleinen Programmkino angesehen, inmitten von Cineasten. Es waren kurze, billige Streifen, schwarzweiß oder in den häßlichen Farben osteuropäischer Filme, aber Lichtjahre von allem entfernt, was es sonst zu sehen gab. Ich glaube nicht, daß Dru damals viel ans Publikum oder an die Kritiker gedacht hat, wenn er auch außerhalb seines eigenen Landes bereits eine Art Kultobjekt geworden war. Ich glaube nicht, daß er sich jemals vorgestellt hat, irgendwann in so einer Finanz- und Organisationsmaschinerie zu enden, wie sie sich jetzt um ihn gebildet hat; so uneingeschränkt anerkannt und gefeiert zu werden, was immer er machte. Aber vielleicht hat er auch seine Zeit damit verbracht, sich genau das vorzustellen; das ist schwer zu sagen.

Er meint: »Ich weiß nicht, ob dir der Name Astor Camado etwas sagt, der Schriftsteller.«

»Doch«, sage ich und versuche, schnell darauf zu kommen, wer das ist. Der Name kommt mir bekannt vor, und ich sehe vage ein paar Schutzumschläge; ich glaube nicht, daß ich schon mal was von ihm gelesen habe.

»Und du hast was von ihm gelesen?« fragt Dru in seinem einschüchternden Ton.

»Ich hab vor allem von ihm *gehört*«, sage ich. Mich nervt die Rolle des Ignoranten, die ich jetzt spiele, aber es stimmt, daß ich meine Freizeit nicht gerade damit verbringe, Romane zu verschlingen. Ich kann so gut wie nie irgendeinen Sinn in ihnen entdecken, so unpräzise, wie sie geschrieben sind, und angefüllt mit unnützen Beschreibungen von Gefühlen.

Dru sagt: »Na gut, er hat jedenfalls vier Bücher geschrieben, in denen er die gleiche Story von vier verschiedenen Standpunkten aus erzählt. Es geht um einen jungen New Yorker Musikwissenschaftler südamerikanischer Abstammung, der für Forschungsarbeiten nach Mexiko geht und dort einen Indio-Zauberer trifft, der ihn nach und nach in einen Strudel magischer Praktiken hineinzieht und ihn schließlich in Kontakt mit einer jenseitigen oder, wenn du willst, parallelen Welt bringt.«

Ich nicke; die Handlung des Films ist mir klar, und auch, welchem *Genre* er angehört.

»Ich war immer der Meinung, daß ein unglaublicher Film daraus werden könnte«, sagt Dru. »Wie der Protagonist sich immer mehr vom wissenschaftlich-rationalen Denken entfernt, hinter dem er sich anfangs verschanzt, die Landschaften aus Licht und Gestein im Reinzustand und die seltsamen, so schwer wie präkolumbianische Abbildungen zu enträtselnden Personen. Es ist eine Darstellung von Gefühlszuständen, von Verschiebungen mehr als von unverrückbaren Tatsachen. Es enthält außergewöhnliche Beschreibungen der *Leere*, von Ängsten und Anziehungskräften.« Dann schaut er, beunruhigt von einer leichten Neigung der Tragflächen, aus dem Fenster.

Ich demonstriere weiter Aufmerksamkeit, warte. Nach dem unglaublichen Erfolg der beiden letzten Filme dürfte es nicht so einfach sein, sich etwas Neues einfallen zu lassen. Der Druck muß ziemlich groß sein, von allen Seiten.

»Schon Camados persönliche Geschichte ist recht merkwürdig«, sagt er dann. »Seine Bücher wurden zu Millionen verkauft, aber es ist bis heute niemandem gelungen, ihn zu fotografieren, ein Interview mit ihm zu machen oder herauszubekommen, wer er wirklich ist. Jedesmal, wenn ich versucht habe, wegen der Filmrechte für einen Roman mit ihm Kontakt aufzunehmen, hat man mir etwas anderes erzählt. Zuerst bekam ich zu hören, Peyotl und Mescalin hätten ihn in den Wahnsinn getrieben, und er lebe wie ein Zombie irgendwo im kolumbianischen Urwald, dann, er sei tot, dann wieder, er lebe noch, wolle aber für jedes seiner vier Bücher zehn Millionen Dollar, und schließlich, er existiere in Wirklichkeit überhaupt nicht, sei nicht mehr als ein Name, mit dem ein Verlag ein Geschäft zu machen versuche. Das hat mir die Gattin des Präsidenten von Mexiko erzählt, bei einem Essen in Paris. Selbst sein Agent hat behauptet, er wisse nichts über ihn, die Manuskripte erhalte er per Post.«

Eine hübsche dunkelhaarige Stewardess füllt mein Glas

nach, versucht, Drus Aufmerksamkeit auf sich zu ziehen, hält ihm eine Flasche Champagner hin; als er, ohne auch nur hinzusehen, den Kopf schüttelt, zieht sie sich zurück.

»Vor einem Monat hat mich dann Jack Nesbitt angerufen. Es sind schon ein paar Jahre, daß er sich in den Kopf gesetzt hat, einen Film mit mir zu produzieren. Er hat von seinem Vater, einem Ölmagnaten, unglaublich viel Geld geerbt, und wenn er auch nicht viel vom Kino zu verstehen scheint, so zeigt er doch immerhin eine anhaltende Begeisterung für mich. Ich hatte ihm irgendwann von Camado erzählt, und anscheinend hat er es fertiggebracht, ihn aufzuspüren und ihn dazu zu bewegen, mir die Filmrechte zu überlassen. Und jetzt soll es also zu der historischen Begegnung mit dem großen Autor kommen, damit man miteinander sprechen und auch mal nach Mexiko rüberschauen und sich die Orte, an denen seine Bücher spielen, ansehen kann.«

Ich würde ihm noch weiter zuhören, aber er sagt nichts mehr, dreht sich zur anderen Seite und schaut aus dem Fenster. Ich stehe auf, um mir die Beine zu vertreten, und gehe auf ein Schwätzchen zu der hübschen dunkelhaarigen Stewardess. Sie lacht, fragt mich, wo ich meine Schuhe gekauft habe; ob wir nach Amerika kommen, um einen Film zu drehen, oder warum sonst. Sie zeigt nach vorne auf Dru, fragt, ob wir mal bei ihr vorbeischauen, wenn wir nach Boston kommen und sie gerade frei hat. Ich sage ihr, für Dru könne ich nichts versprechen, aber ich würde bestimmt kommen; auch wenn natürlich er derjenige ist, für den sie sich interessiert.

Schließlich schweben wir niedrig über dem nächtlichen Los Angeles; rollen über die Landebahn; verlassen zusammen mit Dutzenden von zerknitterten Passagieren, die an nichts anderes denken als daran, ins Bett zu kommen, eilig das Flugzeug und hasten die Gangway hinab.

In der Halle mit den Gepäckförderbändern winkt uns ein Mann Mitte dreißig aus einer Entfernung von zwanzig Metern zu, strahlt über das ganze Gesicht, als er auf uns zukommt. Er drückt Dru kräftig die Hand, fragt ihn: »Wie war der Flug?«

»Eh«, sagt Dru. Dann stellt er mich vor: »Dave Hollis, mein Assistent; Jack Nesbitt.«

Nesbitt drückt mir die Hand, sagt: »Hi, Dave.« Er ist voller dynamischer Energie, hat einen großen Kopf auf einem dicken Hals, trägt ein blaues Kaschmir-Jackett und am Handgelenk eine Uhr mit vielen Zeigern. Er nimmt Dru den Koffer ab, sobald der ihn vom Band hebt, und zieht ihn zum Ausgang. Draußen öffnet er die Türen eines großen schwarzen Mercedes, hilft mir, die Koffer in den Kofferraum zu packen. Er setzt sich ans Steuer, vergewissert sich, daß bei Dru und mir alles klar ist und fährt in einer weiten Kurve los.

Nach einem anerkennenden Blick auf das Armaturenbrett sagt Dru: »Wie ein echter Hollywood-Tycoon.«

Nesbitt sieht ihn an, sagt: »Nein, er ist in erster Linie sehr bequem.«

»Klar«, meint Dru. Es fällt ihm leicht, die Selbstsicherheit von anderen zu untergraben; das ist eine Art Instinkt von ihm.

Nesbitt fädelt sich in den Strom der Autos ein, die mit gleichbleibender Geschwindigkeit auf dem Freeway dahinfahren. Er schaut Dru immer wieder an, sagt dann: »Ich hab heute mit Astor zu Mittag gegessen. Er kann's gar nicht mehr erwarten, dich kennenzulernen.«

»Und wie ist er?« fragt Dru.

»*Sehr* sympathisch«, sagt Nesbitt. »Und auch witzig.

Ganz und gar kein Guru oder Eremit, wie du vielleicht erwartest. Und die Idee mit dem Film *begeistert* ihn. Er sagt, er hat dich schon immer bewundert, wenn er gewußt hätte, daß du dich für seine Bücher interessierst, hätte er dich aufgesucht.«

Dru scheint nicht sonderlich beeindruckt; er klopft mit den Fingern auf die Armlehne. Fragt: »Und sind wir sicher, daß er es wirklich ist, und nicht irgend jemand, der seine Rolle spielt?«

Nesbitt versucht, ihn in dem ständig wechselnden Licht zu mustern, sagt lachend: »Dru, meinst du, ich laß dich hierherkommen, um dir dann einen Betrüger vorzustellen? Ich war zehn Mal in New York und hab mit Gene Baker, seinem Agenten, gesprochen. Das ist der Originalartikel, garantiert.«

»Großartig«, meint Dru.

Nesbitt wirft ihm weiter rasche Blicke von der Seite zu, wechselt die Spur. »Ich bin sicher, er wird dir gefallen, Dru.«

Dru schaut ohne großes Interesse hinaus auf die Lichter von Westwood, trällert dabei eine Melodie vor sich hin, die in der Ankunftshalle aus den Lautsprechern klang.

Das Lächerliche

Das Lächerliche ist, daß immer, wenn ich es nach langem Nachspüren und Abwarten, nach unzähligen Annäherungsversuchen und Fehlschlägen schließlich schaffe, an eine Story, die mich fasziniert, heranzukommen, mich dann plötzlich nur große Enttäuschung erfüllt. Ich habe noch gar keine genaue Vorstellung davon, wie sie aus der Nähe betrachtet wirklich aussieht, und doch scheint sie mir bereits zehnmal simpler und platter zu sein, als ich sie vorher zu sehen geglaubt hatte, ohne die geringste Spur all der Schattierungen, Tiefen und unvorhersehbaren Wendungen, die ich mir aus größerer Distanz erhofft hatte. Monate und Jahre lang versuche ich, alle davon zu überzeugen, wie außergewöhnlich sie ist, hebe Eindrücke und Empfindungen hervor, vereinfache und verstärke sie, bis mir jemand glaubt, sie nimmt, sie vor mir aufbaut und sich danebenstellt und darauf wartet, daß ich in einer Art von ihr Gebrauch mache, die zumindest dem Aufwand an Energie entspricht, mit dem er mir zu ihr verholfen hat; und anstatt zufrieden zu sein, stehe ich da und sehe sie verlegen und unbeteiligt an. Ich fühle mich wie jemand, der auf der Grundlage einer völlig oberflächlichen Beschreibung brieflich ein Haus mietet und, ohne auch nur den Fuß hineingesetzt zu haben, in den gemieteten Räumen Begegnungen, Diners, Feste und alle möglichen anderen Dinge plant, und für den sich, wenn er nach und nach weitere Einzelheiten an die Seite der Vorstellungen, die er sich gemacht hat, stellt, die Wahrscheinlich-

keit, daß seine Vorstellungen jemals der Wirklichkeit dieses Behälters entsprechen könnten, immer mehr verringert. Und natürlich ist es zu spät, um vom Vertrag zurückzutreten und zu gehen, und das gleiche würde mit jeder anderen Story passieren; wenn ich einen meiner Protagonisten derartige Überlegungen anstellen ließe, käme dabei ein Film voller Selbstmitleid und Narzißmus heraus, voller gestellter Posen und voller Dialoge, die sich im Kreise drehen, und ich glaube nicht, daß jemand wie Dave ihn sich je ansehen würde.

Ich wache viel zu früh auf

Ich wache viel zu früh auf; es dauert immer ein paar Tage, bis ich mit der Zeitverschiebung klarkomme. Ich schalte den Fernseher ein, sehe das übertrieben rosige Gesicht eines Ansagers, ohne zu hören, was er sagt. Das ist ein echtes Hilton-Zimmer, groß und phantasielos eingerichtet, alles perfekt genormt. Ich ziehe die Vorhänge und die Gardinen auf: Mitten in dem Innenhof, der von zwei weiteren Hotelflügeln und einer Mauer eingegrenzt wird, liegt ein Swimmingpool; die Sonne ist noch schwach, ihr Licht gelblichweiß. Ich rasiere mich und stelle mich eine gute Viertelstunde unter die Dusche, die Slogans der Fernsehwerbung dringen durch die Milchglasscheiben. Ich ziehe die leichten Sachen an, die ich in London vor zwei oder drei Monaten getragen habe. Es ist richtiggehend erheiternd, jetzt in Los Angeles zu sein, umgeben von all diesem Komfort.

Die schalldämpfende Verkleidung des Korridors schluckt jedes Schrittgeräusch. Ich bleibe vor Drus Tür stehen, aber es ist nichts zu hören. Wahrscheinlich rasiert er sich gerade, oder er telefoniert, spricht mit gedämpfter Stimme mit einer seiner Frauen in London, um sie zu beruhigen oder sie in einer von Zweifeln gespannten Stimmung zu halten. Oder aber er schläft. Er behauptet immer, er würde sehr früh aufwachen, doch das kann auch eine seiner vielen Methoden sein, mit denen er in anderen Schuldgefühle weckt.

Die Hotelhalle ist, verglichen mit gestern nacht, voller

Leben: Manager in grauen oder blauen Anzügen, cremefarben gekleidete ältere Paare und Geschäftsleute aus dem Nahen Osten, die gegen eine Wand gelehnt telefonieren oder miteinander diskutieren und dabei auf die Uhren oder die Gürtel in den Boutiquen schauen.

Ich gehe noch ein Stockwerk tiefer, dort gibt es einige Kaffeebars und Restaurants, einen Friseur, ein Reisebüro. Das ist mehr als ein Hotel, eine Stadt für sich; man könnte hier sein ganzes Leben verbringen, ohne jemals die Nase ins Freie zu halten.

Ich frühstücke in einer der Bars. Ich bestelle fast alles, was auf der Speisekarte steht, einfach so, weniger aus Hunger. Die Bedienungen, alle Lateinamerikanerinnen, eilen mit den Tabletts hin und her. Luft und Licht sind künstlich und werden sorgfältig dosiert; sehr dezent im Hintergrund ertönt Unterhaltungsmusik.

Als ich fertig bin, rufe ich von einem der Telefone im Korridor aus Dru an. Er hebt nach dem ersten Klingeln ab, sagt sofort: »Ach ja, Dave; wir sehen uns um zwölf in der Halle.« Zwar kann er Stunden am Telefon verbringen, aber er mag es absolut nicht, wenn man ihn anruft, für ihn ist das jedesmal ein Einbruch in seine Privatsphäre. Ich hoffe nur, daß ich nicht mein ganzes Leben lang bei diesem Assistentenjob hängenbleibe.

Ich gehe hinaus in den Innenhof mit dem Swimmingpool, auf den Kunststoffrasen, der den Beton bedeckt. Drei oder vier Gäste liegen in Liegestühlen am Beckenrand und nehmen ein Sonnenbad. Ein häßliches Mädchen mit kleinen Augen sitzt hinter einer verglasten Verkaufstheke, in der Badeutensilien und Bräunungscremes ausgestellt sind. Ich zeige auf eine Badehose und eine kleine Schwimmbrille. Sie holt die Sachen heraus, fragt, ob ich gleich bezahle oder ob sie es auf die Rechnung setzen soll. Ich lasse es auf die

Rechnung setzen; Nesbitt wird das kaum etwas ausmachen. Dann schwimme ich eine gute halbe Stunde mit gleichmäßigen Zügen im warmen Wasser. Vom Wilshire Boulevard gleich hinter der Mauer dringt Abgasgeruch herüber, der durch die Luft und das Licht hier noch süßlicher als gewöhnlich riecht.

Ich gehe wieder hinauf auf unser Stockwerk und treffe auf Dru, der mit verblüfftem Gesichtsausdruck in der offenen Tür seines Zimmers steht. Er sagt zu mir: »Ich hab dich schon gesucht. Sieh dir das mal an!« und reicht mir ein Blatt Papier. Dann schaut er mich weiter an, neugierig, wie ich reagiere.

Es sind drei mit Bleistift geschriebene Zeilen, die Handschrift ist zittrig und unregelmäßig. Ich lese: *Wenn die Aufmerksamkeit in die falsche Richtung zielt ist sie gefährlich denn sie fällt auf einen selbst zurück. Wir beobachten dich.*

Dru fragt mich: »Was meinst du, von wem kann das kommen? Ich hab's auf dem Fußboden gefunden.«

»Keine Ahnung«, sage ich. Es ist ein Blatt mit dem Hotelbriefkopf, das gibt's wohl in jedem Zimmer und auch unten an der Rezeption.

Dru starrt mich mit einem mißtrauischen Funkeln in den Augen an und fragt: »Du hast das nicht zufällig geschrieben?«

Ich lache, um Abstand zu dieser Vorstellung zu gewinnen, frage dann: »Wie kommst du darauf?«

»Nur so«, sagt er, schaut dabei den Korridor entlang.

Ich gebe ihm das Blatt zurück. Eigentlich könnte er es durchaus auch *selbst* geschrieben haben. Er hat so einen Hang dazu, ständig die Einrichtung und die Beleuchtung zu verändern, als befinde er sich in einer Filmkulisse, in jeder Situation die Spannung zu steigern, um sie interessanter zu machen und die anderen zu zwingen, weniger verhalten als gewöhnlich aufzutreten.

Jetzt faltet er das Blatt zusammen und steckt es ein; sagt dann: »Mach zu, Camado kommt bald.«

Ich gehe noch auf mein Zimmer, um die Badesachen loszuwerden, treffe ihn unten in der Halle wieder. Er sitzt mit Nesbitt in einer Ecke mit ein paar Polstersesseln, sie scheinen von irgendwelchen Verträgen zu sprechen, brechen dann aber ab. Nesbitt fragt mich: »Na, wie geht's?« und richtet seine Aufmerksamkeit sofort wieder auf Dru.

Der schaut auf die Uhr, beobachtet das Treiben in der Halle, fragt schließlich: »Ob er nicht kommt?«

Fünf Minuten lang sitzen wir wortlos und gespannt da, dann springt Nesbitt mit den Worten: »Da ist er!« auf.

Ein kleiner, weißgekleideter Mann mit einem Spazierstöckchen in der Hand kommt in flottem Schritt auf uns zu.

Nesbitt geht ihm entgegen, begrüßt ihn überaus herzlich, dirigiert ihn zu Dru hin, stellt die beiden einander vor: »Dru Resnik, Astor Camado«, macht dabei die entsprechenden Handbewegungen; er schaut erst den einen, dann den anderen an, versucht, sie noch näher aufeinander zuzuschieben.

Camado schüttelt Dru lächelnd die Hand, sagt zu ihm: »Freut mich wirklich sehr.« Als er fertig ist, begrüßt er auch mich, sagt: »Ich hoffe, Sie hatten einen guten Flug.« Er hat einen lateinamerikanischen Akzent, eine ziemlich scharfe, rauhe Stimme und dunkle, unstete Augen. Aufgrund der Beschreibung, die Dru im Flugzeug von ihm gegeben hat, hatte ich ihn mir irgendwie anders vorgestellt, wohl magerer und distanzierter. Doch er ist rundlich und überschwenglich, umkreist mit seinem Spazierstock Dru und Nesbitt. Mit seiner dunklen, glatten Haut, den dünnen Augenbrauen und dem rabenschwarzen Haar könnte er vierzig sein oder auch über sechzig.

Hinter ihm stehen zwei junge Frauen um die dreißig; er dreht sich zu ihnen herum und stellt sie vor: »Kate, Maribel.« Sie sind blaß und plump, wie zwei Betschwestern, weichen einander nicht von der Seite. Maribel sagt mit unsicherer Stimme zu Dru: »Wir haben alle Ihre Filme zweimal gesehen.«

Doch Dru achtet nur auf Camado. Er mustert ihn aus geringer Entfernung, berührt ihn am Arm und sagt: »Du bist langsam schon zu einer Art Phantom geworden.« In Situationen wie dieser macht sich durch die angelsächsische Hülle hindurch, die er sich zugelegt hat, seine jugoslawische Natur bemerkbar, zeigt sie sich in Form einer anhaltenden, körperlichen, offener zur Schau gestellten Herzlichkeit.

Nesbitt verfolgt den Wortwechsel zwischen Dru und Camado wie ein Vater, der eine Begegnung zwischen seinem Sohn und dem der Nachbarn arrangiert hat. Er greift nicht ein, läßt sie reden und einander mustern; erst, als das einleitende Wortgeplänkel zu versiegen droht, fragt er: »Wollen wir nicht essen gehen? Ich hab bei Kurini's einen Tisch reservieren lassen.«

Wir gehen alle hinaus unter das Vordach, Camado macht, an Dru gewandt, einige Bemerkungen über das Londoner Klima im Vergleich zu dem hier. Zwei Hotelangestellte bringen das Auto von Nesbitt und das von Camado: einen kleinen weißlichen Toyota. Merkwürdig, daß er sich bei den Millionen von Büchern, die er verkauft hat, nicht was Besseres leisten kann; aber vielleicht ist er von Natur aus sehr anspruchslos, oder er kann, weil er nicht an die Öffentlichkeit treten will, keine besonders guten Verträge aushandeln; oder er macht es, um nicht aufzufallen. Auch seine Kleidung wirkt bescheiden, wie aus der Teenagerabteilung eines Kaufhauses.

Dru steigt zu Camado in den Toyota, mich und Camados Verehrerinnen schickt er mit den Worten: »Wir folgen euch« in Nesbitts Wagen.

Nesbitt fährt betont langsam, alle paar Sekunden schaut er – aus Angst, sie zu verlieren – in den Rückspiegel. Vor einer roten Ampel fragt er Maribel: »Wo lebt Astor gewöhnlich?«

»Weiß ich nicht«, sagt die.

Nesbitt fragt weiter: »Aber wenn er in L. A. ist, wohnt er bei euch?«

»Nur tagsüber«, sagt Kate. »In unserer Wohnung können wir keine Männer übernachten lassen.« Auch ihre Stimme klingt wie die einer Betschwester, matt und kraftlos.

Nesbitt vergewissert sich, daß der Toyota noch hinter uns ist, fragt dann: »Und wer macht euch solche Vorschriften? Wer entscheidet das?«

»Niemand«, sagt Kate.

»Das sind keine Vorschriften«, erklärt Maribel. Wir halten zwischen einer Reihe von Mercedes, Porsches und Ferraris unter einer von Weinranken überwachsenen Pergola. Der Parkwächter scheint etwas unangenehm berührt, als er Camados Wagen sieht, und bringt ihn an einer sichtgeschützten Stelle unter.

Drinnen ist alles in blassen Farben gehalten, an den niedrigen Tischen sitzen ein paar Männer, die Marketingmanager, Anwälte oder Schallplattenproduzenten sein könnten, neben Frauen, die wie Fernsehstars, Galeristinnen oder Werbefilmproduzentinnen wirken. Sie essen in erster Linie Salate.

Dru bestimmt wie immer die Sitzordnung, läßt uns ein paar Mal Platz nehmen und wieder aufstehen, bis er den Eindruck hat, daß alle in bezug auf ihn optimal verteilt sind.

Er beordert Nesbitt etwas weiter weg, neben sich plaziert er Camado und Maribel, die weniger häßliche der beiden Frauen, der anderen weist er einen Platz an meiner Seite zu.

Ein Ober trägt uns in affektiertem Tonfall vor, was auf der Speisekarte steht, und beschreibt uns die Zusammensetzung der einzelnen Saucen. Camado sagt sofort ungeniert: »Für mich Languste.« Er schaut Nesbitt an und lacht, stellt ihm irgendwelche detaillierten Fragen zu einem anderen Restaurant, wo sie zusammen gewesen sind, sagt dann zu Dru: »Du mußt es dir von ihm zeigen lassen.«

Dru sagt mit einem Lächeln: »Ja.« Es kommt nicht oft vor, daß er sich so brennend für jemanden interessiert; für gewöhnlich sind in solchen Situationen die Interessen völlig ungleich verteilt, ist das Gleichgewicht von vornherein zu ihm hin verschoben, ehe er überhaupt noch den Mund aufgemacht hat. Heute hingegen schaut er ununterbrochen Camado an, bittet ihn um Erläuterungen zum Titel eines seiner Bücher, hört zu, ohne sich abzuwenden oder mitten im Satz dazwischenzureden, wie er es sonst immer tut. Camado ergeht sich in verschlüsselt wirkenden Ausführungen, fuchtelt dabei mit seinen kurzen Armen herum. Gleich darauf wechselt er das Thema, fragt Dru, welche Personen in seinem letzten Film wirklichen Menschen entsprächen. Dru sagt: »Sie sind alle aus wirklichen Menschen *zusammengemixt*, aus drei oder vier verschiedenen, und zu diesem Gemisch kommt dann noch die eine oder andere uneingestehbare Projektion und hin und wieder ein mißlungener Diebstahl.«

Kate zu meiner Linken ist eine richtige Schülerin Camados, sie konzentriert sich voll auf das, was am anderen Ende des Tisches abläuft, mich beachtet sie so gut wie überhaupt nicht. Nur einmal wendet sie sich mir mit einem schwachen Lächeln zu: »Es ist sicher interessant, der Sekretär von Mr. Resnik zu sein.«

Ich liefere ihr keine Erklärungen, sage nur: »Äußerst interessant.«

Der Ober kommt mit dem Essen; Camado und seine zwei Fans scheinen fasziniert; Dru dreht sich nach drei Blondinen an einem Nebentisch um. Nesbitt bemüht sich sofort, das Gespräch am Laufen zu halten, sagt zu Camado: »Ich weiß noch, als *Begegnung mit dem Nichts* erschienen ist und sofort die Bestseller-Listen gestürmt hat, hat praktisch jede wichtige Zeitung oder Zeitschrift einen Journalisten auf deine Spur gesetzt.« Er wendet sich Dru zu und sagt: »Du kannst dir das nicht vorstellen, es hat sie *wahnsinnig* gemacht, nicht zu wissen, wie er aussieht, das war unerträglich für sie.«

»Kann ich mir denken«, sagt Dru.

Camado löst ein Stück weißes Fleisch von seiner Languste und schiebt es sich mit der Gabel hastig in den Mund. Dann sagt er: »Einmal bin ich damals mit Freunden in San Francisco auf eine Party gegangen, und der Gastgeber, der nicht die geringste Ahnung hatte, wer ich war, hat mir einen Typen vorgestellt, der sich überall als Astor Camado ausgegeben hat.« Er greift nach der Mayonnaise, dann nach der Zitrone und macht sich auf seinem Teller zu schaffen.

»Und was hast du dann gemacht?« fragt Nesbitt, nachdem er mit einem Blick festgestellt hat, daß Dru noch immer interessiert zu sein scheint.

»Ich hab ihm die Hand geschüttelt«, sagt Camado. »Er war groß und blond, sah nicht schlecht aus, aber er hatte einen etwas dümmlichen Gesichtsausdruck. Du hättest sehen sollen, wie ihn die Frauen umschwärmt haben.«

»Und dann hast du ihn bloßgestellt?« fragt Nesbitt.

»Machst du Witze?« sagt Camado mit vollem Mund. »Wie oft passiert es dir schon, daß einer all die negativen Reaktionen, die eigentlich für dich bestimmt sind, auf sich zieht?«

Lachend meint Dru: »Stimmt.« Auch Nesbitt lacht, und, wie zwei Schafe, auch Kate und Maribel.

Noch ehe das Lachen verebbt ist, fragt Nesbitt weiter: »Und wie war das nochmal mit dieser Dame, von der du mir gestern erzählt hast?«

»Ah, ja«, meint Camado. Er hat eine professionell wirkende Art, stets wie selbstverständlich im Zentrum der Aufmerksamkeit zu stehen; ich glaube, er bemüht sich sogar, sie nicht vollständig auf sich zu ziehen. Er sagt: »Das war damals in New York, da ruft mich doch Gene Baker an, mein Agent und so ziemlich die einzige Person, die mich offiziell kennt, und sagt zu mir, komm bitte mal her, ich hab hier ein Problem. Gut, ich geh zu ihm, und was seh ich da? Eine gutaussehende Frau um die dreißig, sehr elegant und nervös. Gene stellt mich vor, sagt zu ihr, gnädige Frau, ich weiß nicht, von wem Sie ein Kind erwarten, aber dies hier ist der einzige Schriftsteller Astor Camado, den ich kenne.« Er lacht einen Augenblick lang hektisch, wirft seinen kleinen runden Kopf nach hinten.

Dru sagt: »Etwas, worum ich die Schriftsteller immer beneidet habe, ist, daß sie unter Ausschluß der Öffentlichkeit arbeiten können. Sie können sich unsichtbar machen, brauchen gar nicht da zu sein.«

»Aber doch nicht nur die Schriftsteller«, meint Camado. »*Niemand* braucht zu sein.« Bei diesen Worten verändert sich sein Aussehen ein wenig: Sein Gesicht verfinstert sich, er wird ernster, richtet sich im Sitzen auf. Er schaut Dru entschlossen ins Gesicht, sagt aber nichts mehr.

Einen Augenblick lang gabeln alle wortlos vor sich hin. Nesbitt wirkt unsicher. Dann sagt Maribel: »Die Musik von *Lines* ist einfach toll. Ich hab eine Cassette von ihnen, die hör ich mir jeden Abend an.«

Dru meint achtlos: »Ja?«

Kate sagt: »Weißt du, daß Maribel vor fünf Jahren drauf und dran war, blind zu werden, und daß Acambon sie in den Dschungel gebracht und mit Macaulinonüssen geheilt hat?« Nach der Art, wie sie es erzählt, zu urteilen, ist Acambon wohl eine Figur aus einem von Camados Büchern; vielleicht sollte ich sie doch mal lesen, allmählich komme ich mir etwas aus der Unterhaltung ausgeschlossen vor.

Maribel lächelt, ihre Augen sind etwas glasig. Nesbitt meint: »Unglaublich.« Der Ober bringt Fruchtsorbets.

Dann hat Dru plötzlich genug von dem Ganzen und sagt: »Jetzt sitzen wir schon eine Stunde hier.«

»Stimmt«, meint Nesbitt und deutet sofort dem Ober an, daß er zahlen möchte.

Dru sieht Camado an und fragt: »Wann nimmst du uns mit nach Mexiko?« Sein Ton ist jetzt wieder ungeduldig, enthält nur noch Spuren des herzlichen Interesses von vorhin.

»Wann ihr wollt«, sagt Camado. »Von mir aus sofort.«

»Wie wär's mit morgen?« fragt Dru.

»Wann ihr wollt«, meint Camado noch einmal. Er gibt sich, zumindest vorerst, damit zufrieden, neben Dru die zweite Geige zu spielen; er breitet als Zeichen seiner uneingeschränkten Bereitschaft die Arme aus.

Dru meint: »Bestens.« Dann steht er auf und schüttelt die Beine, als hätte er den ganzen Tag sitzend verbracht.

Nesbitt reicht dem Ober eine seiner vielen Kreditkarten und sagt: »Dann lasse ich also Plätze im Flugzeug reservieren.«

»Es ist besser, wenn wir mit dem Auto fahren«, meint Camado. »Wir müssen ohnehin im Norden bleiben.«

Nesbitt scheint zu überschlagen, was wir dafür an Zeit, Geld und Energie brauchen, dann sagt er: »Das ist ein gutes Stück mit dem Auto.«

»Aber es ist besser«, meint Camado. Vielleicht hat auch er Angst vor dem Fliegen, oder er macht eine Prinzipienfrage daraus, um sich nicht völlig unbedeutend vorzukommen.

»Machen wir's so, wie es Astor lieber ist«, sagt Dru und geht in Richtung Ausgang.

Nesbitt sagt: »Okay«, läßt sich die Kreditkarte zurückgeben.

Draußen laufen wir einen Augenblick lang ziellos zwischen den parkenden Autos umher. Dru nimmt Camado beiseite und zeigt ihm die Botschaft, die er in seinem Zimmer gefunden hat. Camado wirft nur einen flüchtigen Blick darauf; lächelnd schüttelt er den Kopf und sagt: »Die krieg ich zu Dutzenden. Ich nehme sie gar nicht mehr zur Kenntnis.« Er sagt das, als würde die Sache nur ihn angehen, meint dann: »Hier treibt sich jede Menge Irre herum, die halten sich für Camado-Jünger, nur weil sie ein paar von meinen Büchern gelesen haben, folgen mir auf Schritt und Tritt und versuchen, sich in alles einzumischen.«

Der Parkplatzwächter holt den weißen Toyota wieder aus der Ecke, in der er ihn versteckt hat; Maribel und Kate schlüpfen hinein, verabschieden sich mit angedeuteten Handbewegungen. Camado sagt, er werde uns um acht im Hotel aufsuchen, dann könnten wir noch im einzelnen über unsere Reise sprechen. Er schüttelt uns allen die Hand, kaum weniger herzlich als bei der Begrüßung; dann fährt er davon.

Nesbitt bringt uns zurück nach Beverly Hills. Wir sind

auf das kaum wahrnehmbare Vibrieren des Motors konzentriert, als er uns fragt: »Na, er ist doch sympathisch, oder?«

»Sehr«, sagt Dru.

Verena würde wahrscheinlich sagen

Verena würde wahrscheinlich sagen, das Ganze sei im Grunde ein Versuch, der Verantwortung auszuweichen, und mich dadurch wie immer in Wut versetzen, und wie immer hätte sie teilweise recht, aber nur teilweise. Ich kann mich noch so sehr bemühen, ein Gleichgewicht zwischen den Menschen, die mich interessieren, und den verschiedenen Komponenten meiner Arbeit und den Orten und Zeiten und Dingen herzustellen, es kommt niemals mehr als ein trügerisches Scheingleichgewicht dabei heraus; ein Scheingleichgewicht, das sich seinerseits aus Ungleichgewichten zusammensetzt, die so angeordnet sind, daß sie sich mit Hilfe winziger Hebel und versteckter Gegengewichte ausgleichen. Es ist eher ein Gleichgewicht von Schuldgefühlen und Wunschträumen, von Versprechungen und wertlosen Garantien als eines von Tatsachen, und niemand würde es als brauchbaren Ausgangspunkt für irgend etwas Weiterreichendes ansehen. Im übrigen ist es eine komplizierte, heikle, ja unbrauchbare Angelegenheit, weil es, sobald ich mich entferne, Risse bekommt und zu zerfallen beginnt und ich jedesmal, wenn ich zurückkomme, ganz von vorne anfangen muß, nachdem ich mich eben von dem anderen Scheingleichgewicht abgewandt habe, das ich in der Zwischenzeit mit den zur Verfügung stehenden Elementen errichtet hatte. Und davon scheint es nicht zu viele zu geben, zum gegenwärtigen Zeitpunkt, wo Dave so sehr an seiner Rolle klebt, Jack erfüllt ist von mechanischer Begei-

sterung und alle, mit denen man reden könnte, drüben sind, auf der anderen Seite des Ozeans und an Gleichgewichte gebunden, bei denen gewiß auch schon ein rascher Zerfallsprozeß eingesetzt hat.

Manchmal frage ich mich, was jemand wie Dave wirklich von meinen Filmen hält, jemand, der einen unbestechlichen Blick für jede Verschiebung der Oberfläche und jede Unklarheit der Details besitzt, der erfüllt ist von Antipathie gegen jede Instabilität, gegen jedes Zögern, das sich unter der Oberfläche verbergen könnte. Und die Sechzehn- und Achtzehnjährigen, die heute ins Kino gehen, müssen da noch weiter sein, müssen einen Film sehen wie eine Uhr, eine Pistole oder irgendeinen anderen Mechanismus, der dazu dient, möglichst wirksam eine Funktion zu erfüllen. Ich glaube nicht, daß Nesbitt darüber jemals richtig nachgedacht hat, wo er doch davon überzeugt ist, daß er nur ein wenig Geld lockerzumachen und sich an meinen Namen anzuhängen braucht, um über den Abend der Oscar-Verleihung zu internationalem Ruhm gezogen zu werden. Oder Camado, dem die Vorstellung so zu gefallen scheint, daß ich seine Story nehmen und zerlegen und sie dann mit anderem Material wieder zusammensetzen will, daß ich die Einzelteile neu anordnen, einige weglassen und andere hinzufügen werde, so daß sie sich auf wunderbare Weise wieder harmonisch zusammenfügen und das Ergebnis noch eindrucksvoller, eindringlicher und einträglicher ist als die Vorlage. Ich glaube, ich hätte mich in diesen Film nie so verbissen, wenn ich von vornherein gewußt hätte, daß ich mein Ziel schließlich erreichen würde.

Anscheinend bin ich eingeschlafen

Anscheinend bin ich eingeschlafen, denn es ist bereits sieben und dunkel draußen, und der Fernseher läuft vor sich hin. Es klopft an der Tür. Wenn ich am Tag schlafe, kriege ich hinterher meinen Verstand nicht mehr richtig zusammen, deshalb tu ich's nach Möglichkeit nie. Ich stehe auf, öffne die Tür.

Dru kommt herein, macht den Fernseher aus, reicht mir ein Blatt Papier. Die Schrift ist die gleiche wie bei der letzten Mitteilung: Bleistiftgekrakel, das ungeordnet auf dem Blatt hin und her wogt. *Wer nicht zu verstehen sucht sondern sich nur bestätigen lassen will was er zu wissen glaubt geht das größte Risiko ein. Wir beobachten dich.*

Dru greift wieder nach dem Blatt und sagt: »Wer immer das sein mag, allmählich geht er mir auf die Nerven.«

Ich schlüpfe in die Schuhe, bemühe mich, einen klaren Kopf zu kriegen. Frage: »Und wo hast du's gefunden?«

»In meinem Zimmer, auf dem Fußboden, genau wie das andere«, sagt Dru und steckt das Blatt wieder in den Umschlag, auf dem falsch, mit ck geschrieben, sein Name steht.

Ich folge ihm hinaus auf den Korridor, und wir stellen uns nebeneinander vor die geschlossene Tür seines Zimmers. Er sagt: »Der Brief hat ein paar Meter von der Tür entfernt gelegen, ich weiß nicht, wie sie die Dinger so weit reinkriegen.«

»Probieren wir's doch mal«, sage ich, lasse mir den Brief

geben und versuche, ihn unter der Tür durchzuschieben; es geht nicht. Ich drücke ihn flach zusammen, aber das nützt auch nichts. Die Tür schließt dicht ab, zwischen Holz und Teppichboden ist kein Millimeter Luft.

Während Dru mich anschaut, scheint sich seine Ratlosigkeit in Besorgnis zu verwandeln. »Das heißt also, daß sie im Zimmer waren?« fragt er.

»Ich weiß nicht«, sage ich. »Jedenfalls haben sie ihn nicht unter der Tür durchgeschoben.«

Eine merkwürdige Geschichte ist das jetzt, ich verstehe jedenfalls gar nichts.

Ein Hotelboy schiebt mit finsterem Gesicht ein Wägelchen voller frischgewaschener Handtücher an uns vorbei. Dru sieht ihm nach, bis er um eine Ecke verschwunden ist, sagt dann: »Vielleicht gehört der auch dazu, sie haben sicher einen Hauptschlüssel.«

Ich sage, das sei möglich, und gebe ihm den Brief zurück. Er wägt ihn in der Hand ab, öffnet die Tür: »Okay, wir sehen uns in einer halben Stunde unten.«

Ich gehe ins Bad und wasche mir das Gesicht, dann schaue ich mir ein Stück von irgendeinem idiotischen Fernsehquiz an. Es wäre nicht schlecht, wenn ich auf eigene Rechnung hier wäre, um einen eigenen Film zu drehen; ich möchte nur wissen, wieviele Jahrzehnte bis dahin noch vergehen müssen. Ich ziehe ein Jackett an und gehe nach unten.

Dru und Nesbitt sitzen mit ratlosem Gesichtsausdruck in einer der Bars. Dru sagt: »Jack meint, es könnte jemand sein, der mit dem Zauberer von Camado zu tun hatte.«

»Das ist nur so eine Idee«, sagt Nesbitt und verdeutlicht mit einer Geste, wie vage seine Vermutung ist.

»Möglich wär's schon«, meint Dru. »Vielleicht stört es jemanden, daß Camado von Dingen geredet hat, die geheim bleiben sollten, und daß er uns jetzt sogar einen Film darüber drehen lassen will.«

»Oder jemand ist neidisch, weil er selbst nicht mitmachen darf«, meint Nesbitt, um Camado in ein besseres Licht zu stellen.

Wir bleiben in der Bar und trinken noch ein Glas Weißwein, warten darauf, daß es acht wird. Nesbitt beschreibt uns einige Projekte, mit denen er sich trägt: einen Technik-Western und ein Lustspiel mit einem Schauspieler, den Dru nicht ausstehen kann. Es scheint Nesbitt nicht besonders viel Spaß zu machen, davon zu sprechen, offensichtlich interessieren ihn diese Projekte viel weniger als Drus Camado-Film; man merkt, daß er nicht viel vom Filmemachen versteht, aber durchaus beurteilen kann, ob etwas ankommt, ob es sich lohnt.

Um acht gehen wir hinauf in die Hotelhalle. Camado erwartet uns bereits, geht vor der Rezeption auf und ab. Er begrüßt uns einen nach dem anderen, stützt sich dabei auf seinen Spazierstock. Nesbitt meint mit einem Blick darauf: »Ein schönes Stück.«

»Ein Zauberstock«, sagt Camado und hebt ihn ein wenig an. »Er verleiht seinem Besitzer Macht.«

Dann sagt Dru: »Ich hab wieder eine Botschaft in meinem Zimmer gefunden.«

Camado scheint nicht überrascht; er meint: »Wenn ich dir all die Briefe und Botschaften zeigen würde, die ich kriege, würdest du Augen machen.«

»Ja, und wer kann dahinterstecken?« fragt Nesbitt.

»Das sind alles diese Verrückten«, meint Camado. »Hier wimmelt es nur so von Verrückten.«

Die Art, wie er Dru anschaut, macht deutlich, daß er schon gerne wüßte, was in der neuen Botschaft steht; aber er fragt nicht.

Dann fragt Nesbitt: »Wollen wir nicht essen gehen?«

Wir fahren hinauf ins oberste Stockwerk, wo es ein Luxusrestaurant gibt. Sobald man den Aufzug verläßt, ist man umgeben von Goldverzierungen und roten Samtverkleidungen. Der Maître betrachtet uns, sagt dann, ohne Jackett könne er niemanden hineinlassen. Der einzige, der keines anhat, ist Camado, er steckt noch immer in der weißen Teenagerjacke von heute vormittag. Nesbitt fragt, ob man nicht eines ausleihen könne; der Maître meint nein. Hinter ihm ist eine Ecke des Restaurants zu sehen, in der Damen mittleren Alters in Abendkleidern sitzen und Kellner geschäftig umhereilen. Nesbitt läßt nicht locker, er ist wohl noch nie in so einem Restaurant abgewiesen worden; der Maître versperrt uns, als gelte es, geheiligte Prinzipien zu wahren, weiterhin den Durchgang. Dru sieht noch eine Weile zu, dann reicht es ihm, und er sagt zu dem Maître: »Wer will schon in so einer heruntergekommenen Spelunke essen, scheren Sie sich doch zum Teufel mitsamt Ihrem ganzen Laden!« Er wird ziemlich laut; der Maître läuft bläulich an, ein Kellner, der gerade vorbeikommt, dreht sich zu uns herum.

Als wir wieder im Aufzug stehen, entschuldigt sich Nesbitt peinlich berührt: »Tut mir leid, das ist lächerlich.«

»Schweine«, meint Dru. Camado blickt stumm auf seine Fingernägel.

Nesbitt sagt, weiter unten müsse es noch ein Hawaii-Restaurant geben. Wir durchqueren die Halle, gehen an den großen Geschäften vorbei und eine Treppe hinab und gelangen in einen langen unterirdischen Gang mit pfeilförmigen Wegweisern zu einem *Aloha Room*, eine Art Tunnel, dank dem sich die Hotelgäste nicht einmal für wenige Meter der frischen Luft aussetzen müssen.

Am Eingang des Restaurants verbeugt sich wieder ein Maître vor uns, dem Aussehen nach ein Japaner, und sagt, niemand dürfe das Restaurant ohne Jackett betreten. Wir wenden uns alle Camado zu. Dru meint: »Das ist ja eine richtige *Verschwörung*.« Auch diese Bemerkung scheint Camado nicht sonderlich aufzuheitern, er bringt lediglich ein schwaches, steifes Lächeln zustande. Doch hier kann man Jacketts ausleihen, der Maître läßt sofort eines bringen. Camado liefert seine weiße Jacke ab, als würde er sie einem Geiselnehmer übergeben und schlüpft widerwillig in das Jackett. Das ist blau und hat ein goldenes Wappen auf der Brusttasche, wie von einer Admiralsuniform. Für ihn ist es etwas zu weit und zu lang.

Der Maître führt uns an einen Tisch ganz hinten in einer dunklen Ecke und winkt einen Ober herbei. Das spärlich beleuchtete Lokal ist beinahe leer, nur an wenigen Tischen sitzen schweigende Pärchen. An den Deckenbalkenimitationen hängt ein Einbaum, an den Wänden nachgemachte Fischernetze mit Fischen und Langusten aus Plastik; im Hintergrund ertönt der gedämpfte Klang von Hawaii-Gitarren. Wir bestellen ziemlich gleichgültig auf gut Glück irgendwelche Gerichte. Die Atmosphäre ist etwas gespannt, seit heute mittag scheinen Jahre vergangen zu sein. Camado sagt, er wolle nur ein Glas Wasser; abends esse er nie etwas. Aus seiner, verglichen mit der unseren niedrigen Perspektive blickt er in seinem blauen Admiralsjackett verloren über den Tisch.

Nesbitt fragt ihn, was aus der Fahrt nach Mexiko morgen werde. Camado sagt, er habe darüber nachgedacht, und wir müßten mit zwei Autos fahren, Dru und er in einem und Nesbitt mit mir im anderen. Er hat anscheinend nicht vor, uns zu erklären, warum; er ergreift mit beiden Händen sein eisgekühltes Perrier, läßt sich einen Strohhalm bringen.

»Wenn wir alle vier in einem Auto fahren, schlafen uns die beiden auf dem Rücksitz nur ein.«

»Wieso denn das?« fragt Nesbitt. Er bemüht sich, Verständnis zu zeigen, sieht Dru an.

»Weil sie nicht viel sehen«, sagt Camado. »Es ist eine sehr kurvenreiche Strecke.« Er wirkt jetzt eigensinnig und irrational, scheint kaum von seiner Absicht abzubringen zu sein.

Nesbitt gibt nicht auf: »Ich verstehe nicht...«

»Es ist eine Strecke, die nur ich kenne«, meint Camado. Er starrt auf sein Glas, versucht die Diskussion zu beenden.

Dru scheint beeindruckt von seiner Verbohrtheit und von Nesbitts höflich unterdrückter Bestürzung, hält sich aus dem Wortwechsel heraus.

Nesbitt sagt: »Astor, ich schwöre dir, daß ich in meinem ganzen Leben noch nie im Auto eingeschlafen bin. Ich setze mich nach hinten, zusammen mit Dave. Es hat keinen Sinn, getrennt zu fahren.«

»Es hat sehr wohl Sinn«, meint Camado, ohne ihn anzusehen.

Schließlich greift Dru ein: »Ich finde, es ist einfacher, wenn wir alle zusammen fahren, Astor.« Bei solchen Dingen macht sich der Regisseur in ihm bemerkbar, er weiß, wann die Irrationalität des Künstlers sich den organisatorischen Erfordernissen unterzuordnen hat. Nesbitt sieht ihn erleichtert an, nimmt einen Schluck Wein; Camado meint: »Wie ihr wollt«, schiebt mit dem Strohhalm den Eiswürfel hin und her.

Ein paar Minuten lang essen wir schweigend, konzentrieren uns ganz auf die geschmacklosen, süßlichen Gerichte, die angeblich für Hawaii typisch sind. Dann fängt Dru an, Camado nach seinen Büchern zu fragen, viel ernsthafter und systematischer als mittags. Er erkundigt sich nach Einzelheiten, läßt sich den Ablauf von Ritualen und die Bedeutung einzelner Worte erklären. Camado wartet, auf die Ellbogen gestützt, jedesmal ab, bis sich die Frage gesetzt hat, dann antwortet er leise. Es ist ein schwerfälliges, schleppendes Gespräch, alles andere als freundschaftlich.

Nach einer Weile sagt Dru: »Aber wenn du die jenseitige Welt *beschreiben* müßtest?«

»Ein völlig leeres und dunkles Zimmer«, sagt Camado. Auch seine Stimme klingt jetzt anders als heute mittag, wirkt dunkler. Er sagt: »Da geschieht nichts, nichts ist zu erkennen. Nur dieses absolute Schwarz.«

Dru schiebt seinen Teller von sich und sagt: »Das muß ja furchtbar sein.«

»Wieso furchtbar?« fragt Camado. Er hat jetzt keine Spur von Herzlichkeit mehr an sich, wirkt weit entfernt und besorgniserregend; ich weiß nicht, ob die Beleuchtung des Raums und die Einrichtung damit zu tun haben. »Wenn man etwas als furchtbar bezeichnet, stellt man eine Reihe von Bezügen her, die in jenem Stadium keinerlei Bedeutung mehr haben. ›Furchtbar‹ im Vergleich wozu? Ein dunkler Raum kann einem Furcht einflößen, wenn man ihn ständig mit draußen vergleicht, mit der freien Natur, dem Tageslicht, aber wenn es außer dem dunklen Raum nichts gibt, dann gibt es keinen Standpunkt mehr, von dem aus der dunkle Raum furchtbar erscheinen könnte.«

Dru nickt zustimmend. Nesbitt scheint darüber nachzudenken, ob diese Ausführungen umsetzbar sind, in einen Film, den man in Kinos vorführen könnte.

Camado sagt: »Das Geheimnis besteht darin zu wissen, daß wirklich *alles* irrelevant ist, Liebe und Arbeit und Beziehungen und Gefühle, Landschaften, Sehnsüchte,

Projekte und so weiter. Das sind doch alles nur Kitschobjekte, nichts als Krimskrams. Das Geheimnis besteht darin, *nicht zu sein*. Verstehst du, was ich damit sagen will?«

»Ja«, meint Dru, doch ich glaube, daß es selbst ihm nicht sonderlich klar ist. Aber er wirkt sehr konzentriert, bemüht sich wirklich, Camados Ausführungen zu folgen.

»Ich zum Beispiel bin in diesem Augenblick hier, ohne hier zu sein«, sagt Camado. Er verwendet den richtigen Tonfall, es gelingt ihm, nicht lächerlich zu wirken; deutet versteckte Bedeutungen hinter seinen Worten an. Vermutlich hat er auf diesem Gebiet viel Erfahrung, hat lange daran gearbeitet. Er sagt: »Ich könnte an jedem beliebigen anderen Ort sein, und es wäre dasselbe. Die Huela hat zum Beispiel einmal Kate getadelt, weil sie sich zu sehr darum gesorgt hat, von den anderen geliebt zu werden.«

»Und wer ist die Huela?« fragt Nesbitt. Allmählich scheinen ihn Camados Ausführungen zu beunruhigen; ich glaube, auch er kennt seine Bücher nicht sonderlich gut.

Doch Camado wendet sich ausschließlich an Dru, spricht weiter, ohne irgend etwas wahrzunehmen: »Sie hat ihr gesagt, daß es *irrelevant* ist, ob du geliebt wirst oder nicht, du darfst nicht alles so reduziert sehen, darfst nicht glauben, so wichtig zu sein, daß sich alles auf deine Person konzentrieren müßte. Die Dinge, die dir wichtig erscheinen, *existieren* überhaupt nicht. Alles dreht sich im Kreis.«

Dru starrt ihn wortlos an.

Camado sagt: »Aber solange wir uns das nicht klarmachen, machen wir wie bisher weiter, mühen uns ab, investieren Energie in zwischenmenschliche Beziehungen, machen Pläne und rennen von Ort zu Ort, um nach einer Bestätigung für unsere Gefühle zu suchen, um uns vorzumachen, sie entsprächen über uns schwebenden universellen Zuständen, und es gelingt uns nicht einmal, die *Vorstellung* vom absoluten Nichts zu akzeptieren.«

Niemand sagt jetzt noch ein Wort, keiner ißt mehr einen Bissen. Der Ober räumt die Teller ab. Camado schlürft sein Wasser ganz langsam, sein Glas scheint nicht leerer zu werden. Nesbitt und ich sehen uns betreten an, als wären wir irrtümlich in einer Messe irgendeiner dubiosen Sekte gelandet. Dru klopft mit den Fingern auf den Tisch.

Dann zahlt Nesbitt, und wir stehen auf. Auf dem Rückweg durch den Tunnel sind wir noch niedergeschlagen und gehemmt von der Atmosphäre im Restaurant und schauen einander nicht an. Als wir in der Hotelhalle ankommen, ist es sofort besser, bei all dem Licht, dem Lärm und dem Treiben der Hotelgäste, die geschäftig hin und her eilen. Camado dagegen scheint etwas an Gewicht zu verlieren, weniger mühelos zu gehen. Er verabschiedet sich von uns, verspricht, am nächsten Tag wiederzukommen zu unserer Fahrt nach Mexiko. Wir blicken ihm nach, als er mit seinem Zauberstock davongeht.

Nesbitt begleitet Dru und mich zum Aufzug. Dru fragt ihn: »Bist du immer noch sicher, daß du diesen Film machen willst, Jack?«

»Aber klar«, sagt Nesbitt. Er bemüht sich, die Betroffenheit aus seinem Gesicht verschwinden zu lassen, und meint: »Ich finde das alles unwahrscheinlich faszinierend.«

Das Telefon klingelt unerbittlich

Das Telefon klingelt unerbittlich; Drus Stimme fragt: »Hab ich dich etwa geweckt?«

»Nein, nein«, sage ich. Der Film, den ich mir gerade am Kabelfernsehen ansehe, ist an einem entscheidenden Punkt angelangt, und ich bemühe mich, das Geschehen auf dem Bildschirm weiter zu verfolgen.

Dru sagt: »Schon wieder eine Botschaft. Wenn du rüberkommst, zeig ich sie dir.«

Mit einem letzten Blick auf den Bildschirm versuche ich mir vorzustellen, was noch alles passieren könnte. Es ist kein großer Film, aber ich steige höchst ungern nach der Hälfte aus einer Story aus.

Dru öffnet mir die Tür; ehe er sie hinter mir wieder schließt und mir das Blatt reicht, schaut er in beide Richtungen den Korridor entlang. Auf dem Bett liegt offen, fast fertiggepackt, sein Koffer.

Die gleiche Handschrift auf dem gleichen Hotelbriefpapier: *Nur ein Dummkopf wird jemanden der nicht über das Eingangstor hinausgekommen ist fragen wie es im Haus aussieht. Wir beobachten dich.*

Dru geht hin und her, fragt: »Verstehst du, was zum Teufel die von mir wollen?«

»Nein«, sage ich. »Anscheinend nichts Bestimmtes.«

Dru schließt die Vorhänge, läßt sie wieder aufgleiten. Es ist merkwürdig, wie sehr dieses Zimmer durch die Möbel, die Stoffbezüge und die Ausmaße meinem Zimmer ähnelt und doch ganz anders ist. Es sieht irgendwie nach mehr aus, wenn ich auch nicht sagen könnte, warum; vielleicht liegt das an der Unbekümmertheit, mit der es bewohnt wird.

Dru tritt vom Fenster zurück, sagt: »Wenn es nicht Nesbitt ist, der möchte, daß ich einen anderen Film mache, oder Camado, der mich aus dem Gleichgewicht bringen oder mich auf die Probe stellen will.«

Mein Blick fällt auf die Hülle eines Buches von Camado in dem offenen Koffer, ein glutroter Sonnenuntergang in der Wüste.

Dru schlüpft in ein Jackett, sagt: »Gut, gehen wir runter und essen was.«

Wir treten hinaus auf den Korridor, und zwei Männer, die auf uns zukommen, bleiben plötzlich stehen. Sie sind vielleicht noch zehn Meter von uns entfernt, der eine ist klein und gedrungen, der andere blond, ziemlich groß, beide tragen graue Dreiteiler, wie Geschäftsleute. Ein paar Sekunden lang bleiben sie reglos stehen, wie auf einem Foto, dann wenden sie sich ganz langsam einander zu, schauen sich in die Augen, drehen sich um und gehen wieder davon; während sie sich entfernen, werden ihre Bewegungen ganz allmählich wieder schneller; dann verschwinden sie um eine Ecke.

Dru scheint drauf und dran zu sein, entweder aufzuatmen oder in Lachen auszubrechen; doch dann ruft er: »He, macht das nochmal!«

Ich weiß nicht, warum er – von allem, was möglich gewesen wäre – gerade das ausruft, aber jedenfalls kommt praktisch im selben Augenblick der kleine Gedrungene wieder um die Ecke und schaut uns mit einem unsicheren Lächeln an, als wolle er wirklich noch einmal auf uns zukommen und uns die ganze Szene noch einmal vorspielen. Der andere streckt den Arm nach ihm aus und zerrt ihn fort.

Ich und Dru stehen da und schauen den leeren Korridor entlang: Kurz vor der Ecke steht ein hoher Aschenbecher. Als wir hinrennen, ist niemand mehr da; die grünen Pfeile am Aufzug deuten nach unten. Dru fährt sich mit der Hand durchs Haar; er sagt nichts.

Es dauert ein paar Minuten, bis wir unten in der Halle sind; wir machen einen Rundgang, aber natürlich sind die beiden verschwunden. Wir gehen in eine der Bars, trinken einen Kaffee, schauen uns um. Dru sagt: »Die haben nicht wie Verrückte ausgesehen, oder wie Fanatiker.« Er zieht die letzte Botschaft aus der Tasche, aber es ist jetzt auch nicht leichter, einen Sinn in ihr zu erkennen. Er meint: »Womöglich wollten sie uns gerade noch eine bringen.« Die Geschäftsführerin steht an der Tür und schaut zu uns herüber, auch sie wirkt verdächtig, mit ihren strohblonden Haaren und der Brille mit den kleinen, runden Gläsern.

Als wir gerade gehen wollen, kommt Nesbitt. Er wirkt angespannt, sagt: »Astor hat mich angerufen: Als er gestern abend hier weggegangen ist, ist ihm jemand im Auto gefolgt.«

Dru sagt: »Was?«, läßt es sich noch ein paar Mal erzählen. Wir blockieren den Durchgang zwischen den Tischen, zwingen die Bedienungen, sich ganz dünn zu machen und sich an uns vorbeizudrücken. Dru zeigt Nesbitt die neueste Botschaft; erzählt ihm von den zwei Typen im Korridor. Nesbitt sagt: »So 'ne Scheiße.«

Wir kehren zurück in die Halle, stehen mißtrauisch unter all den Leuten. Nesbitt sagt: »Ich finde, wir sollten besser die Polizei einschalten.«

Plötzlich steht Camado hinter uns, ist durch einen Nebeneingang hereingekommen. Er deutet einen Gruß an, blickt beunruhigt nach allen Seiten: »Gehen wir irgendwohin, wo nicht so viele Leute sind.«

Wir gehen wieder hinunter. Nesbitt deutet auf eine Sesselgruppe in einer dunklen Ecke; Camado schüttelt den Kopf, läßt den Blick umherwandern, sucht nach etwas anderem. Wir gehen weiter bis ans Ende des Korridors. Camado drückt die Glastür auf, die hinausführt auf den Hof mit dem Swimmingpool, sagt: »Vielleicht hier draußen.«

Wir treten hinaus auf den künstlichen Rasen. Die Sonne sticht vom Himmel, wir kneifen alle vier die Augen zusammen. Ein Dutzend Gäste liegen in Liegestühlen herum, das Mädchen hinter der Verkaufstheke mit den Badesachen ist in ein Buch mit dem Titel *Interferenzen* vertieft. Camado geht am Rand des Swimmingpools entlang, bleibt an einer schattigen Stelle stehen, wo uns schwerlich jemand zuhören kann. Dru sagt: »Und?«

Camado schaut sich noch einmal um; sagt dann: »Ich war noch nicht richtig aus der Garage heraus, da hab ich gemerkt, daß mir jemand folgt. Es waren zwei Autos, die immer denselben Abstand zu mir gehalten haben. Genau fünfzehn Meter hinter mir, ich hab ein paarmal ordentlich Gas gegeben und dann wieder abgebremst, hab gegen sämtliche Verkehrsregeln verstoßen, aber sie waren nicht abzuschütteln.« Er ist aufgeregt, hält immer wieder inne und blickt über den Hof. Es ist nicht zu fassen, wie sich seine überlegene Haltung von gestern abend in Luft aufgelöst hat, wie sie all diesen menschlichen Reaktionen gewichen ist; der ganze Vortrag über das Nicht-sein und so weiter.

Dru und Nesbitt wirken betroffen, finden keine Worte.

Camado sagt: »Es waren mit Sicherheit Profis, so, wie sie sich an mich drangehängt haben. Sie sind mir gefolgt, bis ich vor einer Polizeiwache angehalten hab und hineingelaufen bin, da sind sie natürlich verschwunden.«

Nesbitt fragt: »Und hast du 'ne Idee, warum sie dir gefolgt sind?«

Camado schüttelt den Kopf, sagt: »Was weiß ich.« Er wirkt jetzt beinahe mitleiderregend, so klein und verängstigt, wie er ist.

»Und du hast keinerlei Vorstellung, wer sie sein könnten?« fragt Nesbitt.

»Nein«, sagt Camado, ohne ihn anzusehen. »Es könnte der CIA sein, oder irgendein Verbrecher, oder... eigentlich jeder. *Jeder.*«

Wir stehen an dem schattigen Fleck, zusammengedrängt wie vier Verschwörer; sobald man einen Schritt in Richtung Swimmingpool macht, blendet einen das grelle Sonnenlicht.

Dru erzählt Camado von der letzten Botschaft und von den zwei Typen im Korridor, und Camado schwankt einen Moment lang hin und her. Er hat dunkle, lebhafte Augen, in denen jetzt konzentrierte Panik aufblitzt.

Nesbitt meint: »Wir könnten uns doch wenigstens hinsetzen.« Er zeigt auf ein paar weiße Stühle, die in der Nähe stehen; ich helfe ihm, sie in den Schatten zu tragen.

Camado setzt sich unwillig auf die Stuhlkante und sagt: »Dru, es ist einfach der *falsche* Ort und der *falsche* Zeitpunkt. Vielleicht wäre alles anders, wenn wir uns in London getroffen hätten, oder auch hier, aber unter anderen Umständen. Aber das jetzt ist alles falsch.« Er achtet überhaupt nicht mehr auf den Tonfall, in dem er spricht; er wirkt jetzt so, als wolle er nur noch so schnell wie möglich aus der ganzen Sache aussteigen.

»Wie meinst du das, daß alles falsch ist?« fragt Dru.

Camado schiebt seinen Zauberstock zwischen beiden Händen hin und her: »Das ist nicht so einfach zu erklären, Dru. Es ist gefährlich.«

Dru fragt: »Auch nach Mexiko zu fahren ist gefährlich?«

»Ja«, sagt Camado. »Uns bleibt nichts, als es abzublasen.«

Nesbitt streckt die Hände abwehrend nach vorn, sagt: »Moment, Astor, versuchen wir's doch mal nüchtern anzugehen. Dru ist nur deswegen hierhergekommen. Wir waren uns einig, in den letzten Monaten haben wir immer wieder darüber gesprochen, alles ist organisiert...«

»Tut mir leid«, meint Camado. »Es ist nicht meine Schuld. Niemand kann etwas dafür.«

Nesbitt sinkt auf seinem Stuhl zusammen; sagt: »Ich kann's nicht glauben, Astor, das ist absurd. Das kannst du nicht mit uns machen, nicht jetzt. Du kannst doch nicht nur, weil irgendein Psychopath mitgekriegt hat, daß Dru sich in der Stadt aufhält und in diesem Hotel abgestiegen ist, und ihm zwei anonyme Mitteilungen schickt, die ganze Sache platzen lassen.«

Camado sagt noch einmal: »Tut mir leid, es ist der falsche Zeitpunkt.« Er sitzt völlig verkrampft da und umklammert seinen Stock; es ist offensichtlich, daß man ihn jetzt mit nichts auf der Welt umstimmen könnte.

Nesbitt schaut hilfesuchend auf Dru, doch der ist fasziniert von Camados Verwandlung. Nesbitt steht auf, geht ein paar Schritte hin und her, fragt: »Und was machen wir jetzt? Fahren wir auf eigene Faust nach Mexiko?«

»Wenn ihr allein hinfahrt, geht ihr keinerlei Risiko ein«, meint Camado sofort. Er sieht einen Ausweg für sich, sagt: »Ich kann euch erklären, wo es ist, ihr könnt ohne weiteres allein hinfahren.«

»Und ohne jedes Risiko?« fragt Dru.

»Ja, ganz bestimmt«, sagt Camado. Jetzt, wo er glaubt, so gut wie davongekommen zu sein, versucht er auch, einen Schritt zurückzugehen und wieder er selbst zu werden, wenigstens annähernd wieder den Tonfall von gestern abend anzunehmen. Er sagt: »Wenn ich nämlich mitkomme, seid *ihr* in Gefahr. Ich hab einen Schirm, der mich schützt, ich brauche mich nicht zu sorgen. Aber er reicht nicht für alle vier aus, das ist es. Und was passiert, wenn hier, Dave zum Beispiel, nicht mehr drunterpaßt?« Er zeigt auf mich, als wäre ich der Beweis für seine Argumentation.

Nesbitt seufzt auf, zieht eine Straßenkarte von Mexiko aus der Tasche. Er breitet sie vor Camado aus, fragt: »Wo müßten wir hin?«

Camado reckt einen Augenblick den Hals und schaut auf die Karte; zeigt dann vage auf die Gegend nahe der Grenze zu Arizona und sagt: »Hierhin.«

»Müssen wir nicht an einen bestimmten Ort?« fragt Nesbitt. »Kein Name oder irgendeine genauere Beschreibung?«

Camado schüttelt den Kopf, macht eine noch vagere Handbewegung in Richtung Karte, ohne dem Blatt auch nur die Finger zu nähern. Meint: »Es reicht, wenn ihr euch hier in diesem Streifen aufhaltet.«

»Aber du hast uns doch gestern was von einer Straße erzählt, die mit den vielen Kurven«, sagt Nesbitt. Man sieht, daß er sich bemüht, ruhig zu bleiben und zu retten, was zu retten ist. »Wo ist die?«

»Ach, ich glaube nicht, daß ihr die finden würdet«, sagt Camado. Er fuchtelt mit den Händen herum: »Wichtig ist vor allem, daß Dru eine Vorstellung von der Landschaft, dem Licht, der Vegetation und so weiter bekommt.«

Dru sagt: »Sicher«, und schaut auf Nesbitt, der mit einem Stift auf der Karte die Gegend markiert, die Camado angedeutet hat.

Camado erhebt sich, sagt: »Ich muß gehen. Wir hören voneinander, wenn ihr zurück seid.«

Doch Dru läßt ihn nicht so einfach verschwinden, sagt zu ihm, wir würden ihn nach oben begleiten.

Wir gehen den Korridor entlang und die Treppe hoch wie drei Polizisten, die einen Dieb abführen. Dru geht betont langsam. Er ist jetzt mitleidlos. Camado dreht immer wieder den Kopf nach hinten und bewegt sich ruckartig, seine Erregung steigt mit jeder Sekunde, die wir ihn aufhalten. In der Halle gibt er uns allen die Hand, sagt: »Na, dann gute Reise.« Er versucht, ein Lächeln zustandezubringen, aber es gelingt ihm nicht; er setzt zu einer Geste an, aber auch die gelingt ihm nicht recht. Er entfernt sich ein paar Schritte, kommt dann nochmal zurück und reicht Dru den Zauberstock, meint: »Nimm du ihn.«

Dru greift ganz automatisch nach dem Stock; ehe ihm klar wird, was vorgeht, ist Camado bereits zehn Meter weiter. Er hüpft gleichsam davon, ohne den Schritt zu verlangsamen oder sich umzudrehen, ehe er durch die Glastür des Nebeneingangs hinaus ist.

Dann läßt Dru den Zauberstock wie ein Vaudeville-Stöckchen herumwirbeln, sagt: »Na dann, sieht so aus, als könnten wir nach London zurückfliegen.«

Nesbitt dreht sich zu ihm herum und schaut ihn aus angsterfüllten Augen an, fragt: »Aber willst du dir diese Orte in Mexiko nicht wenigstens mal ansehen? Wo du schon mal hier bist?«

»Wir wissen ja nicht mal, *welche* Orte, Jack«, sagt Dru in einem Ton, der deutlich macht, daß er das Thema für beendet hält. Er ist nicht der Typ, der in Fällen wie diesem menschenfreundliche Überlegungen in den Vordergrund stellt.

Nesbitt geht um ihn herum, sagt: »Nur zwei Tage, Dru. Wir fahren hin und sofort wieder zurück. Wir wollen die Sache doch nicht gleich ganz abschreiben.«

»Ich kann nicht«, meint Dru. Er dreht sich um und schaut

einer Brünetten nach, die ziemlich sexy aussieht und gerade, gefolgt von einem Hotelboy mit ihren Koffern, an uns vorbeigeht. Dann sagt er: »In London wartet 'ne Menge Arbeit auf mich, ich hab keine Zeit.«

Nesbitt steckt die Hände in die Taschen und starrt auf die Tür, durch die Camado verschwunden ist. Der Film, der sich in nichts aufgelöst hat, ist rings um uns in der Luft, eine Art Vibration, durch den gedämpften Lärm in der Halle hindurch gerade eben spürbar. Einige ältere Damen in aprikosenfarbenen und rosa Kleidern bilden in der Nähe der Aufzüge eine kleine Gruppe, der Kassierer sitzt hinter seinem Schalter mit vergoldeten Gitterstäben, Gäste telefonieren, stehen in Gespräche vertieft beieinander oder gehen gerade auseinander, kommen herein und gehen hinaus. Eine Lautsprecherstimme sagt: »Mr. Resnik; Mr. Resnik bitte zur Information.« Erst beim zweiten oder dritten Mal versteht Dru seinen Namen und geht zum Informationsschalter. Eine der Angestellten in Livree reicht ihm ein zusammengefaltetes Blatt Papier. Dru faltet es auseinander, schaut es aus wenigen Zentimetern Entfernung an, dreht sich um, um das Mädchen etwas zu fragen, schaut dann noch einmal auf das Blatt. Langsam kommt er zu mir und Nesbitt zurück, zeigt uns die Notiz.

Das Mädchen hat in regelmäßigen Druckbuchstaben notiert: WENN DU DIESEN KONTINENT JETZT WIEDER VERLÄSST, WIRD NIEMALS IRGEND ETWAS KLAR WERDEN. WIR HELFEN DIR.

Ich zeige auf die in einem Feld des Formulars eingetragene Uhrzeit, sage: »Acht Uhr fünfundvierzig.«

Auch Dru und Nesbitt schauen nun noch einmal auf das Blatt. Nesbitt fragt: »Wie zum Teufel konnten die vor zwei Stunden wissen, was für eine Situation sich in diesem

Moment ergeben würde? Als Camado mich noch nicht einmal angerufen hatte?«

Wir stehen mitten in der Hotelhalle, auf allen Seiten gehen Leute an uns vorbei, Nesbitt hält das Hotelformular in der Hand, Dru den Zauberstock.

Schließlich meint Dru: »Verdammt noch mal, fahren wir eben nach Mexiko!«

Wir gleiten mit etwa der gleichen Geschwindigkeit dahin

Wir gleiten mit etwa der gleichen Geschwindigkeit dahin wie die Autos auf den anderen Spuren: mal etwas schneller, dann wieder etwas langsamer. Die kleinen Vorsprünge, die sich durch gelegentliches Überholen ergeben, sind nach wenigen Sekunden wieder dahingeschmolzen. Nesbitt braucht nicht viel zu tun, nur hin und wieder eine Taste zu berühren oder die Fahrtrichtung geringfügig zu korrigieren. Von Reibung ist nichts zu spüren, weder unerwartete Brems- noch Ausweichmanöver sind nötig. Nesbitt braucht keine riskanten Spurwechsel vorzunehmen, ist nie gezwungen, Vollgas zu geben. Die Landschaft am Rand des Verkehrsstroms ist geprägt von einer nicht endenden Folge flacher Gebäude, von blaßgelben und schmutzigweißen Mauern, Reklametafeln und Schildern, die auf Motels hinweisen. Hinter keinem der Elemente dieses Bildes steckt eine Story, bei keinem von ihnen liegt eine tiefere Bedeutung unter der an der Oberfläche erkennbaren.

Links von uns fährt ein Ferrari Cabriolet mit zwei kräftig gebauten Männern in T-Shirts und mit Sonnenbrillen. Es ist reichlich lächerlich, sich in diesem Land, wo man nicht schneller als 55 Meilen pro Stunde fahren darf, einen Wagen mit 400 PS zu kaufen. Auch Nesbitt dreht sich ein paarmal zu dem Ferrari herum. Er fragt: »Die verfolgen uns doch nicht etwa?«

Dru, der auf die Landschaft hinausgeschaut hat, wird ebenfalls aufmerksam, fragt: »Die dort?«

Fünf oder sechs Minuten lang achten wir genau darauf, was passiert: Bald gewinnen sie etwas Vorsprung, bald sind sie mit uns auf gleicher Höhe oder fallen etwas zurück; dann wechseln sie die Spur und verschwinden. Nesbitt meint: »Dazu müßte es eine Stafette sein, ein anderer Wagen müßte sie abgelöst haben.«

Ich schaue nach hinten: schwer festzustellen mit so vielen Autos hinter und neben uns.

Nesbitt sagt: »Pardon, ich möchte lieber sichergehen.«

Er fährt bei der nächsten Abfahrt raus, verläßt den Freeway; auf dem Parkplatz eines Holiday Inn hält er an. Er kurbelt die Scheibe herunter, meint: »Wenn da jemand ist, werden wir ihn gleich zu sehen bekommen.«

Dru sagt: »Und was denkst du, wer es ist? Der CIA, wie Camado meint? Die müssen ganz schön raffiniert sein, sich so naiv zu stellen: schreiben mit zittriger Bleistiftschrift sibyllinische Sätze auf einen Zettel und schieben ihn dann unter der Tür durch.«

Nesbitt streckt den Kopf nach draußen, blickt über den Parkplatz und auf die Straße. Sagt: »Ich verstehe bloß nicht, warum der CIA uns daran hindern sollte, einen Film zu drehen.«

»Wer weiß«, meint Dru. »Vielleicht paßt es ihnen einfach nicht, daß so viel Wirbel um diese Stories von Camado gemacht wird, die mit Drogen und okkulten Kräften und der Dritten Welt zu tun haben. Aber der Gedanke ist, zugegeben, reichlich lächerlich.«

»Es könnte auch die mexikanische Regierung sein«, sage ich. Allerdings sehe ich auch bei der mexikanischen Regierung nicht viele Gründe dafür, aber mir scheint, daß es jetzt darum geht, alle Möglichkeiten auszuloten.

»Oder eine rivalisierende Sekte, oder irgendein einzelner Fanatiker«, sagt Nesbitt, um das Bild abzurunden.

Dru sagt: »Sicher. Und, wer immer es sein mag, er hat gesagt, er werde uns helfen.«

Wir bleiben noch ein paar Minuten auf dem Parkplatz stehen, dann läßt Nesbitt den Wagen wieder an, und wir fahren auf dem Freeway weiter. Die Landschaft wird immer eintöniger und flacher, der Abstand zwischen den einzelnen Autos vergrößert sich. Wir schauen hin und wieder nach hinten, aber es kommt nicht viel dabei heraus.

Kurz vor Sonnenuntergang fliegt ein Jumbo niedrig über uns hinweg und landet rechts von der Straße; Nesbitt meint: »Sind gleich in San Diego.«

Dru sagt: »Gut, das reicht für heute.« Er streckt Arme und Beine aus, reckt sich.

Nesbitt nimmt die nächstmögliche Abfahrt, folgt den Wegweisern nach La Jolla. Die Straße steigt zunächst an, fällt dann zur Küste hin ab, direkt in die untergehende Sonne hinein, die tief über dem Meer steht. Wir gleiten über die kurvenreiche Straße und sind in einem Dorf, auf einer Hauptstraße, die von Gebäuden im spanischen Stil gesäumt ist, geschmückt mit kleinen Bögen und Mäuerchen. Ein paar Leute spazieren an Schaufenstern vorbei, Paare mittleren Alters und kleine Familien; Mädchen, bisweilen recht hübsche, plaudern vor Bars und Eisdielen mit muskulösen Typen. Der Ort wirkt recht angenehm, nach all den Stunden mit nichts als Autos und überbelichteten Landschaften.

Dann fahren wir an einem Gebäude vorbei, das vornehmer wirkt als die anderen, einer Art Gouverneurspalast mit Garten und einem Laubengang. Über dem Gittertor steht *Cardinal Inn*. Nesbitt sieht Dru an, fragt: »Wollen wir's hier mal versuchen?« Dru sagt: »Ja, ja«, und öffnet die Tür bereits, ehe der Wagen steht.

Wir durchqueren den Laubengang, betreten eine kleine

Hotelhalle, in der uns von allen Seiten blankpoliertes altes Holz entgegenglänzt. Die Möbel und die anderen Einrichtungsgegenstände scheinen aus den zwanziger Jahren zu stammen; durch die Fenster eines ein paar Stufen höher gelegenen kleineren Raums dringt das Licht der untergehenden Sonne herein. Der Direktor steht an der Rezeption. Er scheint aus derselben Epoche zu stammen wie sein Hotel; als er uns bemerkt, deutet er steif eine Verbeugung an. Nesbitt fragt ihn, ob er drei Zimmer für uns habe. Der Direktor schüttelt den Kopf, sagt: »Ich fürchte nein, Sir.« Er öffnet das Gästebuch. »Tut mir leid, alles reserviert.« Er dreht Nesbitt das Buch so hin, daß er das selbst sehen kann.

Nesbitt beugt sich vor, sagt: »Aber...« Er deutet mit dem Finger auf ein paar Namen, die da in winzigen Buchstaben nebeneinander stehen. »Das sind *wir*. Nesbitt, Resnik, Hollis.« Auch Dru sieht die Namen, macht ein verdattertes Gesicht.

Der Direktor dreht das Gästebuch wieder zu sich herum, schaut auf die Namen, schaut auf Nesbitt. Sagt: »Entschuldigen Sie, Sie haben mir nicht gesagt, daß Sie reserviert haben.«

»Wir haben auch gar nicht reservieren lassen«, sagt Nesbitt mit Bestürzung in den Augen. »Eben erst, vor einem Augenblick, haben wir beschlossen, hier zu übernachten.« Dru fährt sich mit der Hand zwischen Hals und Kragen.

Der Direktor schüttelt den Kopf, sagt: »Ich hab hier eine Reservierung auf diese Namen.«

»Das gibt's doch nicht«, meint Nesbitt. »Wer kann denn das gemacht haben? Wir hatten nicht im mindesten die Absicht, hierher zu kommen.«

Der Direktor wirft ihm einen nicht sehr freundlichen Blick zu, fragt dann: »Ja, wollen Sie nun die drei Zimmer oder nicht?«

»Doch, doch, aber verstehen tu ich überhaupt nichts mehr«, sagt Nesbitt.

Ein Boy trägt unsere Koffer zum Aufzug, ein Mädchen in Hoteluniform läßt die Tür aufgleiten und drückt auf ein paar Knöpfe. Der Aufzug ist ein alter Metallkorb, gut geschmiert jedenfalls, der mit uns nach unten fährt und nicht nach oben, denn das Hotel liegt am Hang und erstreckt sich von der Straße aus nach unten, zum Meer hinab. Der Boy führt uns einen schmalen Korridor entlang, der Fußboden knarrt unter unseren Füßen. Eine recht wacklige Konstruktion, erstaunlich, wieviele Jahre sie schon steht; es muß ein kompliziertes Gleichgewicht sein, das sie davor bewahrt zusammenzustürzen.

Der Boy öffnet zwei Türen und sagt, das dritte Zimmer sei einen Stock tiefer. Dru sieht Nesbitt und mich an, ist unsicher, wen er als Zimmernachbarn vorziehen soll. Es ist nicht die Art von Ort, an den man sich gerne zurückzieht, um alleine zu sein, vor allem wegen dem unangenehmen violetten Licht, das durch die Fenster hereindringt. Schließlich deutet Dru auf mich, sagt: »Vielleicht könnte Dave das Zimmer hier nehmen und du, Jack, das andere, einen Stock tiefer.« Sagt dann: »Oder umgekehrt«, aber Nesbitt folgt bereits dem Boy in Richtung Aufzug.

Das Zimmer ist ganz brauchbar, wenn auch ein bißchen eng. Ich sehe mir das Bett an, drücke ein Knie darauf: ziemlich weich. Beim Blick aus dem Fenster sieht man in dem dämmrigen Licht den Ozean; eine Feuerleiter, die an der Außenwand hinabführt. Das Badezimmer hat offenliegende Wasserrohre und massive Armaturen mit abgerundeten Konturen. Ich schaue in die Dusche, drehe das Wasser auf.

Als ich unter dem beinahe zu heißen Wasserstrahl stehe, klopft es an der Tür. Ich werfe mir einen Bademantel über und öffne.

Dru kommt herein, marschiert geradeaus bis ans Fenster, kommt dann zurück. Sagt: »Sie haben mich angerufen.«

»Wer?« frage ich.

»Weiß ich nicht«, meint er. Er geht wieder in Richtung Fenster, zu aufgeregt, um ruhig stehenzubleiben. Sagt: »Müssen die gleichen sein, von denen die Botschaften stammen, aber ich verstehe das alles immer weniger.«

Ich frage ihn: »Und was haben sie dir gesagt?« Ich komme mir reichlich lächerlich vor in dem viel zu kurzen, völlig ausgewaschenen Bademantel.

Dru kehrt zurück an die Tür, sagt: »Gib Jack Bescheid, er soll in die Halle kommen, wir müssen kurz darüber reden.« Und geht hinaus.

Als Nesbitt auf uns zukommt, macht er ein Gesicht, als würde er mit dem Schlimmsten rechnen; auf den Stufen zu dem Raum, in dem Dru und ich sitzen, gerät er ins Stolpern. Er fragt sofort: »Was haben sie dir gesagt?«

»Nichts«, meint Dru. »Nur herzlich willkommen, und daß sie uns helfen.«

»Und weißt du, wer zum Teufel es gewesen sein kann?« fragt Nesbitt. »Was für eine Stimme war es?« Ein Pärchen mit straffen, gelifteten Gesichtern sitzt auf einer Couch rechts von uns; drunten in der Halle ist es ruhig, es bewegt sich kaum etwas.

Dru sagt: »Sie hatte so einen merkwürdigen Klang, fast elektronisch, aber nicht ganz. Der Tonfall war ziemlich mechanisch, und trotzdem wirkte sie irgendwie ausdrucksvoll.«

»Sie kam nicht vom Band?« fragt Nesbitt.

»Ich hatte nicht den Eindruck«, meint Dru. Er betrachtet ein häßliches Gemälde an der Wand, eine Küstenlandschaft; sagt dann: »Es hat aber alles in allem nur ein paar Sekunden gedauert, möglich wär's schon.«

Nesbitt geht auf dem Parkettboden ein paar Schritte hin und her; sagt: »Na gut, wir haben es mit einer Organisation zu tun, die offensichtlich jeden Schritt von uns überwacht, wo immer wir auch sind. Und es müssen Profis sein, wenn sie's sogar schaffen, unsere Zimmernummern zu erfahren, ehe wir sie kennen.« Er dreht sich um und schaut einem Paar mit Kind nach, die Richtung Ausgang gehen.

Dru fragt: »Aber was meinst du denn, worauf sie hinauswollen?« Er wirkt jetzt nicht mehr im geringsten belustigt, fährt sich mit dem Finger über den Nasenrücken.

»Keine Ahnung«, meint Nesbitt. »Aber ich könnte schwören, daß sie uns auch in diesem Moment beobachten.«

Wir gehen hinüber zur Rezeption, Nesbitt fragt die Angestellte, ob sie sich noch an die Stimme von dem Gespräch für Dru erinnere. Sie sagt, sie habe es nicht entgegengenommen; fragt ihre Kollegin, aber auch die weiß nichts davon. Nesbitt will wissen, ob jemand nach uns gefragt hat, oder ob uns jemand gefolgt ist, als wir in die Halle gekommen sind; die beiden Frauen schütteln den Kopf. Es ist ihnen unangenehm, wahrscheinlich denken sie, wir seien in irgendwelche krummen Geschäfte verwickelt. Der Direktor beobachtet uns von seinem Schreibtisch aus, folgt uns mit dem Blick, als wir zum Ausgang gehen. Draußen gehen wir den leicht abschüssigen Gehsteig entlang, begegnen jungen Leuten aus dem Dorf und Paaren und Familien, die einen Wochenendausflug machen, und eine nach der anderen gehen die Straßenlaternen und die Schaufensterbeleuchtungen an. Nesbitt sieht sich das Treiben auf der Straße an, blickt nach hinten, sagt: »Wenn wir wenigstens eine *vage Vorstellung* hätten, wer sie sind.«

Wir gehen weiter, kommen nach ein paar Minuten an die Treppe zu einem Luxus-Shopping-Center, einer verschachtelten vertikalen Konstruktion in der Art eines Fischerdorfes, mit durch kleine Brücken untereinander verbundenen Blockhüttenimitationen, die auf eine Dorfplatzimitation hin ausgerichtet sind. Wir gehen hinab zu dem kleinen Platz, setzen uns an einen der Tische, die vor einem Restaurant im Freien stehen. Nesbitt fragt sofort einen etwas dümmlich dreinblickenden Kellner, ob er nicht einen besseren Tisch für uns hätte, mit besserem Licht, und erkundigt sich nach zwei oder drei Weinsorten und Jahrgängen, die es nicht gibt. Ich glaube, daß er einfach irgendwie seine überschüssige Energie loswerden muß; daß er sich verloren fühlt, wenn er nicht irgendwie aktiv werden kann. Er dreht sich auf seinem Stuhl herum, schaut alle Leute an, die rings um uns sitzen. Sagt: »Früher oder später müssen sie sich doch zu erkennen geben.«

Wir essen eine Sorte Fisch mit weißem, geschmacklosem Fleisch, mit Mandelcreme, versuchen uns klarzuwerden, in welcher Reihenfolge wir die Botschaften erhalten haben. Wir versuchen, sie unter verschiedenen Blickwinkeln auseinanderzunehmen und wieder zusammenzusetzen, aber das ist eine ziemlich nutzlose Übung. Dru spricht nicht viel, trinkt einen kalifornischen Riesling und beobachtet eine junge Frau zwei Tische weiter, die ihm ein paarmal zulächelt. Nesbitt stellt Vermutungen über Camados unerwartetes Erschrecken an; sagt: »Es ist unwahrscheinlich, daß er einfach so verschwunden ist.«

Als Dru genug hat, gehen wir. Anstatt die Treppe wieder hinaufzusteigen, nehmen wir eine Straße, die in einer Kurve hinunter zum Meer führt. Die Luft ist weniger drückend und sauberer als in Los Angeles, aus den gepflegten Gärten weht Blumenduft zu uns herüber. Der Halbmond über uns scheint ziemlich hell. Wir gehen gemächlich durch dieses kleine Wochenendparadies, haben den Film praktisch schon verloren gegeben und eigentlich gar keinen Grund, hier zu sein, außer Nesbitts Verbohrtheit und Drus Neugier.

Ein Stück geht Dru rückwärts, die Hände in den Taschen, sagt: »Womöglich ist es einfach irgend jemand, der meine Filme nicht ausstehen und die Vorstellung, sich noch einen davon ansehen zu müssen, nicht ertragen kann. Vielleicht wollen sie uns auch alle drei um die Ecke bringen, damit diese Möglichkeit ein für alle Mal vom Tisch ist.«

»Um Gottes willen, Dru«, meint Nesbitt, dreht sich um und schaut die menschenleere Straße hinter uns entlang.

Wir folgen der Straße durch die Kurve und kommen wieder auf die Hauptstraße, vielleicht fünfhundert Meter unterhalb vom *Cardinal Inn*. Hier sind noch immer Menschen unterwegs, wenn auch nicht mehr viele; hin und wieder fährt ein Auto langsam an uns vorbei. Ein Dreirad mit überdachter Sitzbank, eine Art Fahrrad-Rikscha, kommt die Steigung herauf, eine blonde junge Frau fährt ein älteres Ehepaar spazieren. Vor einer Bar hält sie an, läßt die beiden aussteigen.

Nesbitt schaut Dru an, fragt: »Hast du Lust auf eine kleine Spazierfahrt?«

»Ach was«, meint Dru, schaut aber weiterhin recht interessiert hin.

Nesbitt winkt hinüber, ruft: »He!« Das Mädchen dreht ihr Gefährt herum, kommt zu uns herübergefahren. Sie ist athletisch gebaut und braungebrannt, keineswegs häßlich, trägt kurze weiße Hosen und ein T-Shirt mit dem Aufdruck *Tricycab*.

Nesbitt fragt, ob sie uns alle drei schaffe. Sie mustert uns einen Moment lang abschätzend, sagt dann: »Kein Problem.«

Wir steigen ein; das Mädchen fährt bergauf los, beginnt,

im Stehen kräftig in die Pedale zu treten. Dru fragt sie: »Sind Sie sicher, daß wir nicht zu schwer sind?« Sie sagt: »Natürlich.« Dru lächelt, betrachtet ihren Po durch den dünnen Baumwollstoff ihrer Hose, schaut im Vorbeifahren auf den Gehsteig. Nesbitt stützt sich auf einen Ellbogen, ganz, als ließe er sich durch eine orientalische Stadt kutschieren.

Das Mädchen fragt: »Habt ihr ein bestimmtes Ziel oder wollt ihr einfach ein bißchen was von der Gegend sehen?« Sie bemüht sich, ganz locker zu wirken, doch man merkt, daß sie ihre ganze Kraft einsetzt, bis an die Grenze ihrer Leistungsfähigkeit geht. Ich fühle mit ihr, es ist mir unangenehm, einfach hier hinten drinzusitzen.

Dru fragt: »Gibt es hier kein Lokal mit guter Musik?« Ab und zu hat er so sadistische Anwandlungen.

»Was für Musik, mittlere oder laute?« fragt das Mädchen jetzt ziemlich kurzatmig zurück und tritt dabei kräftig in die Pedale.

»Laute natürlich«, meint Dru; fragt Nesbitt und mich, ob wir bequem sitzen.

Wir fahren fünf oder sechs Minuten lang auf der jetzt zum Glück flacheren Straße weiter, bis an den Rand des spanisch anmutenden Zentrums. Das Mädchen fährt auf einen Platz, auf dem viele Autos parken, hält vor einer Art Dorftanzlokal. Laute Musik dringt heraus: eine markante, langsame Version von *Johnny Be Good*.

Das Mädchen meint: »Da wären wir!« wischt sich mit der Hand über die Stirn.

Dru sagt zu ihr: »Du warst toll!« Fragt sie nach ihrem Namen. Sie sagt: »Mary Ann«; er meint, das sei ein wunderschöner Name. Er benutzt jetzt seinen verführerischen Ton, nachdem er sie sich den Berg hoch hat abschinden lassen wie eine Sklavin; fragt sie, ob sie nicht etwas mit uns trinken wolle. Sie überlegt einen Moment, sagt dann ja. Sie muß von Anfang an gewußt haben, wer er ist, denn als wir zur Eingangstür gehen, fragt sie ihn: »Du bist doch Dru Resnik, der Regisseur, oder?«

Er sagt: »Ja, ja«, als spiele das überhaupt keine Rolle, sieht sie dabei nicht an. Manchmal macht es mich richtig wütend, daß er immer so viel Glück bei den Frauen hat, daß das bei ihm so *automatisch* läuft. Unsereiner reißt sich ein Bein aus, um Einfühlungsvermögen zu entwickeln und seine positiven Eigenschaften besser zur Geltung zu bringen, bemüht sich, einen eigenen Stil zu entwickeln, und trotzdem bietet sich einem nicht einmal ein Hundertstel der Chancen, die er hat, nur weil er Dru Resnik ist.

Drinnen sitzen in einem großen Raum voller Qualmwolken Leute an kleinen Holztischen und nehmen den Lärm in sich auf. Vor der Bühne, auf der die Gruppe spielt, gibt es eine, allerdings noch leere Tanzfläche; an der gegenüberliegenden Wand eine lange Theke. Ein recht einfaches Lokal, mit dem makellosen Pseudo-Fischerdorf weiter drunten hat es nichts gemein.

Wir trinken ein paar Bier, schauen uns von weitem die Band an. Dru ist damit beschäftigt, Mary Ann schönzutun: Er nimmt ihre Hand und liest ihr daraus, erzählt ihr, was sie für einen Charakter habe. Sie lacht, neigt den Kopf zur Seite; sagt: »Das *stimmt*!« Nesbitt und ich haben, außer zuschauen und Bier trinken, nicht viel zu tun.

Vorne beginnt jemand zu tanzen, die Sängerin ruft: »Auf, bewegt euch!« Ich stehe auf, sage: »Ich geh ein bißchen weiter vor.«

Dru fragt: »Wozu, hörst du von hier hinten nicht genug?« Er hat gern ein möglichst großes Publikum und Ausweichmöglichkeiten, solange er sich nicht völlig sicher fühlt.

Auch Nesbitt steht auf, kommt mit mir nach vorne zur

Tanzfläche. Wir versuchen festzustellen, ob hübsche Mädchen unter denen sind, die tanzen, aber es sieht nicht so aus. Wir gehen an die Bar; Nesbitt bestellt zwei Bourbon, besteht darauf, daß ich den einen trinke. Er lehnt sich mit dem Rücken gegen die Theke, kippt das erste Glas hinunter; bestellt sofort noch eines. Er ist im Nu angetrunken, bekommt einen glasigen Blick. Fragt: »Dieser Film, meinst du, wir kriegen ihn fertig?«

»Weiß nicht. Das kommt drauf an«, sage ich. Die Musik ist laut, ich verstehe kaum, was er sagt.

Nesbitt leert auch das zweite Glas, bekommt jetzt leichte Gleichgewichtsprobleme. Brüllt: »Er würde *todsicher* ein Erfolg. Ohne den *geringsten* Zweifel.«

Ich nicke zustimmend. Camado hat heute morgen im Hotel gewirkt, als wolle er unwiderruflich verschwinden. Es schien nicht, als ob er noch einmal zurückkommen und Pläne für irgendwelche Filme machen wolle.

Nesbitt läßt sich noch einen Bourbon geben; sagt: »Die Dreckskerle wissen das ganz genau. Deshalb versuchen sie, ihn mir abzujagen. Aber wenn sie glauben, sie könnten mir mit zwei anonymen Mitteilungen Angst machen, dann irren sie sich.« Er dreht sich herum und schaut zu Dru hinüber: der liest Mary Ann mittlerweile bereits den Arm.

Ich deute zur Tanzfläche, fordere Nesbitt mit einer Geste auf mitzukommen. Wir drängen uns durchs Gewühl der Leute, die bis direkt an die Bühne tanzen. Die Sängerin hüpft auf ihren Pfennigabsätzen vor und zurück, brüllt: »Clap your hands! Stamp your feet!« Die Musik ist nichts Besonderes, aber bei dieser Lautstärke spielt das keine große Rolle. Ich tanze im Gewühl, drehe mich im Kreis, auf der Suche nach einem Mädchen. Da wäre eine, aber sie tanzt mit einem Bodybuilder; sie schaut mich drei- oder viermal an, doch als ich mich auf sie zu bewege, wendet sie sich ab.

Auch Nesbitt hat sie bemerkt und versucht, sich ihr zu nähern, tanzt ein paar Meter vor ihr, schaut sie an wie einer, der einen Verführer parodiert. Er agiert mit minimalen Bewegungen von Armen und Beinen, die nicht sonderlich koordiniert wirken. Die Musik ist so laut, daß man hier unten überhaupt nichts versteht. Ich folge mit meinen Bewegungen dem Rhythmus, der Baß und das Schlagzeug hämmern mir an die Schläfen, die Stimme der Sängerin klingt so schneidend wie eine Bandsäge. Nesbitt geht zurück an die Theke, leert noch ein oder zwei Bourbons; jedesmal wenn ich ihn sehe, scheint er noch etwas unsicherer auf den Beinen geworden zu sein.

Dann tanze ich mehr oder weniger für mich allein; da taucht ein Mädchen vor mir auf, drängt sich richtiggehend an mich. Die Haare hängen ihr ins Gesicht, sie schüttelt sie nach allen Seiten. Sie ist klein, vollführt schnelle Bewegungen, hüpft lächelnd vor mir herum; gemeinsam lassen wir uns von dem hämmernden Rhythmus weitertreiben. Plötzlich macht sie einen wahren Satz und gibt mir einen Kuß auf den Mund. Sie lacht, spitzt noch einmal die Lippen, wiegt sich in den Hüften, klatscht über dem Kopf in die Hände. Sie muß voll Kokain oder Amphetamin oder was weiß ich sein, ist schweißüberströmt und benimmt sich wie rasend. Ich werfe einen Blick auf Nesbitt: Er tanzt ganz nah bei dem Mädchen des Bodybuilders, *berührt* sie beinahe. Sie lächelt die beiden abwechselnd an, die Situation scheint ihr durchaus zu gefallen. Nesbitt und der Bodybuilder werfen ihr ähnliche Blicke zu, tanzen, als wollten sie sie durch ihre Bewegungen zu einer Entscheidung zwingen, tun so, als würden sie einander überhaupt nicht sehen.

Die Kleine von vorher packt mich am Ärmel, ruft mir etwas zu. Ich schreie zurück: »Was?« Die Musik dröhnt uns jetzt direkt in die Ohren, wir sind mit dem Kopf nur wenige Zentimeter von den Lautsprechern entfernt. »Dein Name!« schreit sie, als würde sie es einem Wilden auf einer einsamen Insel aus großer Entfernung zurufen. Ich brülle meinen Namen, erst beim zweiten oder dritten Mal versteht sie. Dann ruft sie mir, glaube ich, ihren zu; ich brülle zurück, daß ich nichts verstehe. Sie bemüht sich, mir noch näher zu kommen, aber nun sehe ich in dem flackernden Licht ihr häßliches rundes Gesichtchen mit kleinen Knopfaugen. Ich tu so, als hätte ich verstanden, nicke ihr zu. Der Baß röhrt wie der Motor eines Traktors, die Trommeln hämmern mir direkt aufs Trommelfell. Ich mache eine halbe Drehung und sehe, daß der Bodybuilder Nesbitt rüde zurückstößt.

Ich schüttle die Kleine ab, dränge mich durch das Gewühl. Der Bodybuilder gibt Nesbitt noch einen Stoß mit beiden Händen, brüllt ihn mit geschwollenen Halsvenen und Nackenmuskeln an. Ich versuche, ihn am Arm zu packen, aber er schiebt mich, ohne sich auch nur umzudrehen, beiseite. Nesbitt geht rückwärts, fällt aber nicht hin; dann kommt er wieder auf uns zu, hängt sich an den Bodybuilder, zerrt an seinem Hemd. Das Mädchen schaut erschrocken um sich, tut aber nichts. Der Bodybuilder versucht loszukommen, verliert ein paar Knöpfe; er wird noch wütender und versetzt Nesbitt einen Stoß, daß dieser wieder rückwärtsstolpert und in die Menge fällt. Die Leute treten einen halben Meter zur Seite und fangen in dem Lärm sofort wieder an zu tanzen. Ich bücke mich zu ihm hinab, versuche ihn hochzuziehen, aber jemand dreht mir einen Arm auf den Rücken, zieht mich gewaltsam hoch, schiebt mich zum Ausgang und wirft mich wortlos zur Tür hinaus. Einen Augenblick später fliegen auch Nesbitt und der Bodybuilder raus, landen direkt an meiner Seite.

Nun stehen wir da, zwischen den parkenden Autos, in

dieser reichlich kalten, dunklen Nacht. Auch das Mädchen des Bodybuilders kommt heraus, wir schauen einander an, alle vier, wissen nicht, was wir tun sollen. Der Bodybuilder ist vielleicht eins achtzig groß, aber so breit wie Nesbitt und ich zusammengenommen. Ich sage zu ihm: »Schwierige Zeit für uns alle...« Er brüllt: »Schaut, daß ihr in euer Scheißland zurückkommt, ihr Ärsche!« Er brüllt das in erster Linie, weil er's seinem Ruf schuldig zu sein glaubt, seine Stimme paßt nicht recht zu seinem Körper, sein Gesichtsausdruck ist vermutlich weniger entschlossen als ihm lieb wäre. Seine Freundin packt ihn am Arm, zieht ihn, auf den Absätzen dahinwackelnd, zu ihrem Auto.

Nesbitt sagt: »Das hier *ist* verdammt noch mal mein Land, und ich kann hier tanzen, mit wem ich will!« Er lehnt sich gegen die Fahrrad-Rikscha, versucht Luft zu holen; dreht sich nach der anderen Seite und übergibt sich. Ich gehe auf dem Parkplatz auf und ab; eine reichlich dumme Situation.

Dru und Mary Ann kommen Arm in Arm heraus, als kämen sie aus einer Theaterpremiere. Dru schaut auf Nesbitt, der noch immer gekrümmt dasteht, fragt: »Was war denn da los? Wir haben das Durcheinander gesehen, aber nicht verstanden, worum's ging.«

Ich erkläre ihm, was passiert ist; er geht zu Nesbitt, klopft ihm ein paarmal auf den Rücken, fragt ihn: »Wie geht's, Jack? Wieder besser?« Nesbitt hustet, sagt: »Ich weiß nicht.«

Wir bleiben noch ein paar Minuten zwischen den Autos stehen, Dru schmatzt Mary Anns Hände ab, und Nesbitt versucht sein Äußeres wieder in Ordnung zu bringen. Aus dem Lokal dringen Wellen von Hardrock-Klängen zu uns heraus. Dann zeigt Dru auf die Fahrrad-Rikscha, fragt mich: »Dave, könntest du nicht so nett sein und uns fahren? Es geht die ganze Strecke bergab.«

Also klemme ich mich hinter die Lenkstange, und sie steigen hinten ein; ich muß mich ganz schön reinhängen, um das lächerliche Gefährt vom Parkplatz zu kriegen. Nachdem ich auf der Straße angelangt bin, ist es nicht mehr weiter schwer, das stimmt, aber es ist auch nicht gerade der Traum meines Lebens, den werten Herrn und seine Gnädigste an so einem Abend und auf so eine Weise nach Hause zu bringen. Außerdem fühle ich mich nach all dem Lärm und dem Alkohol nicht sonderlich wohl, mein Kopf ist wie betäubt. Nesbitt sitzt leichenblaß hinter mir, sagt zwei- oder dreimal: »Tut mir leid, verdammte Scheiße!« Parallel zum Gehsteig verläuft ein Streifen mit sorgfältig gemähtem Gras.

Während

Während sie nebenan herumhantiert, sich wäscht oder schminkt oder in den Spiegel schaut, dringen, verstärkt durch das alte Holz der Wände, das Plätschern des Wassers im Waschbecken, das Rauschen in den Rohren und die Geräusche beim Auf- und Zudrehen des Wasserhahns zu mir herüber. Es ist eine zerrissene Atmosphäre, nicht so glatt, so flüssig, wie ich es mir vorgestellt habe, ein Hin und Her zwischen Hoffnung und Trostlosigkeit, ohne daß eines der beiden Gefühle stark genug wäre, um die Oberhand über das andere zu gewinnen. Ich bedaure es, mich um diesen Augenblick bemüht zu haben, wenn auch nicht allzusehr, ihn vorbereitet und zwangsläufig gemacht zu haben, wo es doch viel besser gewesen wäre, rein zufällig in diese Situation zu geraten, ohne die Strömungen zu verändern, und zugleich liegt zumindest ein Teil der Anziehungskraft dieser Atmosphäre in der Zerrissenheit des Ganzen, in den möglichen, nur schwer wiedergutzumachenden Folgen. Alle echten Verführer, die ich gekannt habe, besaßen eine Aura, die sich schützend um ihre Selbstbezogenheit legte, einen Taucheranzug eindeutiger Absichten, in jeder Tiefe absolut dicht, aber ich fürchte, daß man das von Anfang an entweder hat oder nicht, daß es jetzt etwas spät ist für derartige Gedanken. Und die Stimme am Telefon war, gleich unter jenem Klang wie aus einem japanischen Science-fiction-Zeichentrickfilm, angefüllt mit Bruchstücken und Reflexen von Absichten, war voller kaum wahrnehmbarer

Vorsicht und Besorgnis, was die Auswirkungen der eigenen Worte anging. Alles in allem nicht sonderlich beruhigend, aber ich glaube nicht, daß ich im Augenblick Bedarf an beruhigenden Worten habe. Ich möchte vor allem wissen, was gespielt wird, warum ich da hineingeraten bin und wieso ich nicht einfach wieder rauskann.

Ihre Stoffschuhe liegen achtlos hingeworfen auf dem Fußboden, zeugen ebenfalls von übertriebenen Erwartungen, von dem Widerspruch zwischen ihrer geringen Festigkeit und der starken Beanspruchung beim Fahrradfahren.

Ich hab Kopfschmerzen und noch immer ein Pfeifen in den Ohren

Ich hab Kopfschmerzen und noch immer ein Pfeifen in den Ohren von gestern abend. Ich gehe ins Bad, trinke einen Schluck Leitungswasser, bringe mein Äußeres ein wenig in Ordnung, versuche mich zu erinnern, warum ich hier bin.

In Situationen wie der gegenwärtigen kann man wohl kaum sagen, ich würde einer Arbeit nachgehen; ich lasse mich lediglich von vagen Absichten eines anderen vorwärtstreiben. Da hat man nichts zu bestimmen, keine eigenen Vorstellungen zu entwickeln; man bleibt stumm und praktisch unsichtbar, bis einen jemand etwas fragt. Ich beginne jetzt zu verstehen, daß einen Film machen zu siebzig Prozent darin besteht abzuwarten und ziellos umherzustreifen.

Ich gehe ganz ans Ende des Korridors, trete hinaus in den Garten, der zum Meer hin abfällt. Es ist neun Uhr, man sieht noch keinen der Gäste. Weiter unten sehe ich einen kleinen ovalen Swimmingpool. Ein Kellner spannt eben noch einen letzten Sonnenschirm auf, steigt dann eilig einen Weg mit vielen Treppchen hoch, verschwindet im Hotel. Die Luft ist klar; weit drunten läuft ein Mädchen hinter einem Hund her, den Strand entlang.

Ich steige zum Swimmingpool hinab, komme an eine weiße Blockhütte mit der Aufschrift *Sauna* auf der einen Seite und *Fitness-Center* auf der anderen. Im Fitness-Center ist Dru, er macht sich gerade an einem Gerät mit schweren Gewichten zu schaffen. Er sagt: »Wie geht's?« Stößt eine Hantel mehrmals kräftig nach oben, kommt ins Schnaufen und schöpft wieder Atem.

»Gut«, sage ich. Ich setze mich auf das Trainingsfahrrad und trete ein wenig in die Pedale, doch dann kommt mir, daß das wie eine Anspielung auf gestern abend, auf Mary Ann wirken könnte; ich steige ab.

Er macht noch ein paar Minuten weiter; schlüpft dann aus seinem Gerät, stürzt sich sofort auf ein anderes und macht zwanzigmal hintereinander eine Übung für die Unterarme. Es ist typisch, wie er mit einem richtig fanatischen Rhythmus arbeitet, als müsse er irgend jemandem etwas beweisen.

Ich frage ihn: »Irgendwelche Mitteilungen oder Anrufe?«

Er sieht mich kurz an, sagt: »Nein«, und steigert das Gewicht, beginnt wieder an den Griffen zu ziehen. Er hat das Gerät offensichtlich so eingestellt, daß er sein Äußerstes geben muß: Er zerrt wild daran, so daß die Metallblöcke gegeneinander stoßen. Als er eine Pause macht, sagt er zu mir: »Könntest du nicht Jack wecken gehen, wer weiß, wie lang der sonst noch schläft?«

Ich gehe hoch auf Nesbitts Etage, klopfe ein paarmal an seiner Tür. Er fragt mit heiserer Stimme: »Wer ist da?«

»Dave«, sage ich. Es ist Samstag morgen, zwanzig nach neun, er hätte eigentlich ein Recht darauf, in Ruhe gelassen zu werden.

Er öffnet die Tür einen Spalt weit, schaut mich an. Er hat verschwollene Augen, die Haare stehen ihm zu Berge. Schließlich fragt er: »Ist was passiert?«

»Nein, nichts. Dru hat gesagt, ich soll dich wecken.«

Er läßt mich eintreten, sagt: »Einen Moment, ich bin gleich fertig.«

Ich schaue aus dem Fenster, während er in seinem Koffer

nach etwas zum Anziehen kramt und in Richtung Bad stolpert; ich bedauere ihn. Für Dru ist das hier alles Material, früher oder später wird er es für einen Film verwenden, und für mich ist es auf alle Fälle besser als ohne Arbeit in London zu sitzen. Für Nesbitt jedoch ist das, was hier passiert, eine Katastrophe, für ihn bedeutet es, einen Film zu verlieren, von dem er seit Jahren träumt.

Nach ein paar Minuten kommt er wieder aus dem Bad, komplett angezogen und die Wangen von der Rasur gerötet, die Haare stramm nach hinten gekämmt. Umständlich nimmt er Brieftaschen und Mäppchen für Kreditkarten aus einem Jackett und steckt sie in ein anderes. Sagt dann: »Ich hab nochmal kurz darüber nachgedacht, und ich versteh nicht, wie wir das alles mit uns machen lassen können: die unter der Tür durchgeschobenen Botschaften und die dunklen Andeutungen, und jetzt die Anrufe.« Sein Tatendrang, seine Energie beginnt ihm jetzt, in Wellen, wieder zuzufließen, erfüllt ihn mit Wut. Er stellt einen Fuß auf einen Hocker, poliert mit einem hoteleigenen Läppchen seinen Schuh. Sagt dann: »Das heißt, ich verstehe, daß für einen großen Regisseur wie Dru auch das Inspirierende an der Situation im Vordergrund stehen kann, aber wir haben uns herumkommandieren lassen wie dumme Jungs.« Er stellt den anderen Fuß auf den Hocker; sagt: »Ich hab aber nicht die leiseste Absicht, mich einer Bande von Schurken und Verbrechern, die mir lediglich einen Film wegschnappen wollen, geschlagen zu geben.«

»Klar«, sage ich. Jetzt wirkt er längst nicht mehr so mitleiderregend, er bewegt sich wieder ziemlich sicher, wirkt wie jemand, der sich im Recht weiß. Er wirft den kleinen Lappen in eine Ecke, sagt: »Es ist mir völlig gleich, wer die sind. Wir leben in einem freien Land, und ich kann sie alle vor Gericht bringen. Ich verklage sie auf zehn Millionen

Dollar Schadenersatz, mal sehen, ob sie dann noch Lust haben, Botschaften unter Türen durchzuschieben.«

Wir verlassen das Zimmer, im Korridor schaut er erstmal nach beiden Seiten. Auf dem Treppenabsatz starrt er ein schwules Pärchen, das aus dem Aufzug kommt, so lange an, bis sich einer der beiden genervt herumdreht. Unten in der Halle geht er sofort an die Rezeption, sagt der Angestellten, er wolle den Direktor sprechen. Der kommt, bereits nicht in bester Laune, fragt mürrisch: »Ja?« Nesbitt sagt zu ihm: »Wir möchten eine Liste aller Gäste der letzten zwei Tage.« Er stützt sich dabei mit beiden Händen auf den Tresen.

Der Direktor sagt: »Tut mir leid, aber das ist unmöglich. Es sei denn, Sie wären von der Polizei.«

»Wir sind nicht von der Polizei«, sagt Nesbitt, »aber ich kann Ihnen versichern, daß wir die rufen werden, wenn Sie uns die Liste nicht geben.«

Der Direktor erstarrt; sagt: »Kann ich erfahren, was für ein Problem Sie haben?« Die Angelegenheit beginnt ihn zu beunruhigen, auch weil Nesbitt sicher nicht wie ein Wochenendausflügler oder ein Spinner wirkt.

»Man hat uns bedroht«, sagt Nesbitt. »Wir haben Drohbriefe von jemandem bekommen, der uns bis in dieses Hotel gefolgt ist.«

Jetzt schaut der Direktor besorgt zur Seite. Eine der Angestellten steht mit unbeteiligter Miene nicht weit von ihm, die andere spricht mit einem Gast, sieht aber die ganze Zeit zu uns herüber. Der Direktor fragt: »Was für Drohbriefe?«

Dru kommt zusammen mit Mary Ann aus dem Aufzug, spaziert auf uns zu. Fragt: »Was ist los?«

»Ich erzähle dem Direktor gerade von den Drohbriefen«, sagt Nesbitt voller Entrüstung.

»Aber als Drohbriefe kann man die doch nicht bezeichnen«, sagt Dru. »Und der Anruf war ja eher ein Willkommensgruß.« Er dreht sich nach Mary Ann um, sieht sie an und streicht ihr zärtlich über den Arm.

Der Direktor hat eine Art nervösen Tick, kneift immer wieder zwei- oder dreimal nacheinander die Augen zu; sagt: »Wenn die Herrschaften wollen, rufe ich natürlich sofort die Polizei.«

Dru lächelt ihn an, sagt: »Danke, aber das ist nicht nötig, doch nicht wegen eines Willkommensgrußes.«

Nesbitt meint fassungslos: »Aber Dru, entschuldige ...« Dru hakt sich bei ihm unter, sagt: »Gehen wir frühstükken.« Nesbitt sträubt sich, sagt »Moment ...«, läßt sich wegziehen. Der Direktor und die zwei Angestellten, Seite an Seite hinter dem Tresen aus dunklem, altem Holz, folgen uns mit haßerfüllten Blicken.

Wir gehen hinaus in den Vorgarten zwischen dem Hotel und der Straße, setzen uns an einen der vielen Tische mit Sonnenschirm. Nesbitt bleibt stehen, sagt: »Dru, ist dir eigentlich klar, in was für einer Lage wir uns befinden?« Er schaut sich nach den anderen Gästen hier draußen um: nach den Wochenendliebschaften und den Paaren auf Dauer, nach den Pärchen auf Hochzeitsreise. Sagt: »Verdammt nochmal, sie sind *hier*, auch jetzt.«

Mary Ann schaut ihn verständnislos an, wendet sich Dru zu. Der sagt: »Ganz ruhig, Jack. Die Stimme am Telefon klang überhaupt nicht gefährlich. Und sie hat gesagt, sie würden uns helfen.«

»Und du findest, wir sollten ihnen das glauben?« fragt Nesbitt. Er setzt sich, aber so, als wolle er jeden Moment wieder aufstehen, ohne sich uns ganz zuzuwenden. Er sagt: »Camado schien ein bißchen nervös zu sein, als wir ihn das letzte Mal gesehen haben.«

Ein Kellner tritt an unseren Tisch, gießt uns Kaffee ein.

Mary Ann bestellt Toast und Eier und Grapefruitsaft, fragt uns, was wir wollen, aber keiner antwortet; der Kellner geht. Links von uns, unter einem Laubengang, streitet sich eines der Paare: Sie eilt im Stechschritt zum Hotel zurück, er geht bis zum Gittertor, dann überlegt er sich's anders und rennt hinter ihr her.

Der Kellner bringt Toast, Eier und Saft für alle. Mary Ann bestreicht ihren Toast zögernd mit Butter und Honig, bemüht sich, Drus Blick abzufangen. Sagt in fragendem Ton: »Dru?«

Ohne sie anzusehen fragt Dru Nesbitt: »Aber bist du mittlerweile nicht auch neugierig, worauf sie hinauswollen? Was sie vorhaben? Interessiert dich das überhaupt nicht?«

»Nein«, meint Nesbitt. Er dreht sich noch weiter von uns weg; sagt: »Dru, nach allem, was wir bisher mitgekriegt haben, könnte es ohne weiteres eine Bande von *Killern* sein.«

Mary Ann schluckt ein Stück Toast hinunter, legt den Rest auf ihren Teller. Sie scheint sich jetzt nicht mehr recht wohl zu fühlen, ihr Interesse am Frühstück scheint erlahmt; sie schaut Dru an.

Dru sagt: »Die zwei, die wir im Hotel gesehen haben, hatten keine Killer-Gesichter, wenn mir auch, zugegeben, in meinem Leben noch nicht viele davon untergekommen sind und ich nicht weiß, wie sie aussehen. Aber jedenfalls sind wir zu dritt und wissen uns wohl auch zu verteidigen.«

Nesbitt meint: »Das ist doch lächerlich, Dru, wir hätten gleich bei der ersten Botschaft die Polizei rufen müssen. Tun wir's wenigstens jetzt.«

»Lassen wir sie weitermachen«, sagt Dru. »Nur noch ein bißchen.«

Nesbitt schüttelt den Kopf, schaut auf die Teller und

Tassen am Tisch. Mary Ann blickt uns alle drei scharf an, sie fühlt sich immer unwohler. Dru konzentriert sich weiter auf Nesbitt, wirkt jetzt, als habe er jegliches Interesse an ihr verloren. Sie trinkt ihren Grapefruitsaft aus, schaut ein paarmal auf die Uhr. Steht auf, meint: »Ich muß mich beeilen.« Bleibt stehen, scheint auf etwas zu warten. Dru sieht sie an, als gelinge es ihm nicht, sich klarzumachen, wer sie ist, sagt dann »Ciao« zu ihr; sie geht eilig unter den Sonnenschirmen davon. Ich hätte plötzlich Lust, ihr nachzulaufen; es ist unglaublich, wie wütend ich in solchen Situationen auf Dru bin.

Nesbitt schaut zur anderen Seite, meint: »Aber...« Ein Aushilfskellner, dem Aussehen nach ein Indio, starrt aus etwa zehn Meter Entfernung mit einem kaum wahrnehmbaren Lächeln auf den Lippen zu uns herüber. Er wendet den Blick ab, sobald er bemerkt, daß wir ihn beobachten, verschwindet hinter einem Sonnenschirm. Zwei Sekunden später taucht er in der Nähe der Hecke, die den Garten zur Straße hin begrenzt, wieder auf; er nimmt Bestecke aus einem Kasten, reibt sie mit einem Tuch blank, verteilt sie auf den noch ungedeckten Tischen. Die Art, in der er sich weiterbewegt, wirkt abrupt, er wiederholt Bewegungen, die ihm offensichtlich sehr vertraut sind. Noch einmal sieht er uns an, nur einen Augenblick; ich glaube nicht, daß wir es bemerkt hätten, wenn wir nicht alle so darauf achten würden.

Nesbitt erhebt sich, sagt dabei: »Ich werd mal mit ihm reden.«

»Und was willst du ihm sagen?« fragt Dru.

»Weiß nicht, werd ihm ein paar Fragen stellen«, sagt Nesbitt. Der Aushilfskellner verschwindet wieder irgendwo zwischen den Tischen; einen Augenblick später ist er unter dem Laubengang, geht ins Hotel. Nesbitt springt auf, eilt ihm nach.

Dru und ich bleiben wortlos sitzen, schauen auf die frühstückenden Gäste, zur Hecke, zum Laubengang. Dann stehen wir fast gleichzeitig auf, als wäre uns der Gedanke im gleichen Moment gekommen, und gehen ebenfalls nach drinnen.

Nesbitt steht im Korridor, nicht weit von der Tür zum Restaurant, und drückt den Aushilfskellner gegen die Wand. Wir sehen von hinten, wie er seinen massigen Körper gegen die viel zierlichere Gestalt in der schwarz-weißen Livree drückt. Dru packt ihn an der Schulter, fragt: »Jack, bist du verrückt geworden?«

»Laßt mich in Ruhe!« sagt Nesbitt; schüttelt Drus Hände ab, quetscht den Aushilfskellner noch fester gegen die Wand. Sagt: »Er braucht nur meine Fragen zu beantworten, der Dreckskerl!«

Dru zieht ihn mit Gewalt zurück, sagt: »Hör auf damit, Jack. Beruhige dich wieder.« Ich helfe ihm dabei, Nesbitt zurückzuhalten.

Der Aushilfskellner löst sich nicht von der Holzwand, atmet ganz langsam. Nesbitt versucht noch einmal auf ihn loszugehen, brüllt: »Er soll mir nur sagen, warum die uns haben hierher kommen lassen, diese Schweinebande!«

Wieder halten wir ihn zurück, auch wenn es nicht ganz einfach ist. Er hat die Statur eines fündunddreißigjährigen Ex-Baseballspielers, ist gut genährt und davon überzeugt, daß er im Recht ist, ist reich, ehrlich und aufgebracht.

Dru sagt zu dem Aushilfskellner: »Ich bitte Sie für unseren Freund um Entschuldigung. Er ist sehr müde.« Er wendet sich mir zu und fragt: »Was heißt müde auf spanisch?«

»*Cansado*«, sage ich.

»*Cansado*?« fragt der Aushilfskellner leise und schlüpft beiseite.

Der Direktor kommt aus der Halle, gefolgt von zwei

Kellnern. Sein Gesichtsausdruck hat sich verfinstert, er fragt: »Was gibt's jetzt für ein Problem?«

Dru meint, ohne Nesbitt loszulassen: »Nichts, wir haben uns nur unterhalten.«

Doch Nesbitt ist noch immer bis zum äußersten angespannt, hat einen hochroten Kopf; er zeigt auf den Aushilfskellner und brüllt: »Wir wollten nur wissen, wer die Hurensöhne sind, die diesen Dreckskerl bezahlen!«

Der Direktor bemüht sich, nicht die Beherrschung zu verlieren, meint: »Luis ist ein Angestellter unseres Hauses, wenn Sie Grund zur Beschwerde haben, wenden Sie sich doch bitte besser an mich.«

Dru sagt zu ihm: »Ich bitte Sie, regen Sie sich nur nicht auch noch auf.«

Wir holen unser Gepäck und verlassen das Hotel. Draußen auf dem Gehsteig warten wir, bis ein Angestellter unseren Wagen bringt, sind jetzt reichlich nervös. Nesbitt schaut nach oben und sagt: »Scheiße.«

Auch Dru und ich schauen hinauf und sehen auf einem Balkon auf der anderen Straßenseite einen Tiger, eine Stoffpuppe in Lebensgröße, die in einer Schlinge hängt, die von einer anderen Puppe, einem Mönch, gehalten wird. Dru starrt, eine Hand in die Hüfte gestemmt, reglos hinauf. Sie wirken echt, unheimlich.

Unser Auto kommt; Nesbitt stürzt sich sofort auf den Hotelangestellten, fragt ihn: »Was ist das da droben? Wer hat das da hingestellt?«

Der Angesprochene antwortet mit einem dümmlichen Lächeln, meint: »Das ist für morgen. Wir hoffen, daß wir's ihnen zeigen werden, den Tigers.«

»Was?« fragt Dru.

Nesbitt seufzt, sagt: »Das sind die Maskottchen von diesen Scheißbaseballmannschaften.«

Wir bleiben noch ein paar Sekunden am Gehsteig stehen, dann steigen wir ins Auto und schauen aus dem Fenster, hinauf zu dem erhängten Tiger, der in der reglosen Luft hin und her baumelt, zu der Kutte, in der ein gesichtsloser Mönch steckt. Nesbitt wendet, fährt dann langsam davon. Wir schauen noch eine Zeitlang zurück, sind alle reichlich verunsichert und beunruhigt.

Nur hin und wieder belebt ein trockener Strauch

Nur hin und wieder belebt ein trockener Strauch die kargen Täler, dann nicht einmal mehr das, nur noch Steine über Steine, ausgebleicht vom grellen Licht. Eine Art Trümmerlandschaft, die von einem gigantischen Stößel zermalmt wurde: eingeebnete Flächen, Hügel und ganze Berge von schuppigem, grauem Gestein. Die Straße vor und hinter uns ist kilometerweit völlig leer, so weit das Auge reicht.

Nesbitt bremst plötzlich ab, fragt: »Habt ihr das gesehen?«

»Was?« fragt Dru.

Nesbitt zeigt nach hinten, sagt: »Da war eine Aufschrift, *Wir erwarten euch*.«

»Bist du sicher?« fragt Dru.

»Natürlich bin ich sicher«, meint Nesbitt. »Ich dreh um und zeig's euch.« Aber gerade als er anhalten will, sehen wir eine zweite Aufschrift: *Wir erwarten euch* steht an einem Felsen auf der anderen Straßenseite. Nesbitt hält abrupt an.

Wir steigen aus. Die heiße Luft trifft uns wie ein Hieb, läßt uns schier verdampfen; die Klimaanlage und die getönten Scheiben hatten uns vergessen lassen, daß wir uns in einer Wüste befinden.

Wir überqueren die Straße, die Hände schützend vor der Stirn. Der Felsblock mit der Aufschrift hat eine glatt geschnittene Oberfläche, bildet den Gipfel eines ganzen Haufens solcher Felsblöcke; die Farbe scheint frisch zu sein, glänzt weiß im Sonnenlicht. Wir stehen wohl fünf

Minuten am Straßenrand und schauen hinauf, ohne daß ein Auto vorbeikommt, ohne daß irgend etwas zu hören wäre außer dem kaum wahrnehmbaren Brutzeln des Asphalts. Keiner von uns sagt ein Wort; wir stehen fast reglos da. Wir scheinen auf einem anderen, reichlich unwirklichen Planeten zu sein. Schließlich steigen wir wieder ins Auto und fahren weiter.

Nach ein paar Meilen bremst Nesbitt erneut ab. Da ist wieder ein Schriftzug, allerdings ein anderer: *Nur zu, wir erwarten euch.* Aber auf einem Stein etwas weiter oben ist auch noch eine Zeichnung, der Umriß eines Mönchs, der eine Schlinge in der Hand hält. Nesbitt sagt: »Schon wieder dieses Scheißbaseballspiel.«

Es ist schwer zu sagen, ob das reiner Zufall ist oder noch eine Botschaft oder sonst was. Wir fahren weiter durch diese Steinwüste ohne Ende.

Die Landschaftsfetzen zerbröckeln nach und nach, zerfallen immer mehr zu Staub, bilden helle, glasige Sandwellen, die immer weicher, immer aufgelockerter zu werden scheinen. Nesbitt fährt genau fünfundfünfzig Meilen pro Stunde, als hätten wir ein Polizeiauto hinter uns. Wir lauschen dem Brummen des Motors, dem Rauschen der Aircondition. Jetzt türmt sich der Sand zu wahren Dünen auf wie in einer afrikanischen Wüste, nur daß wir nicht eine staubige Piste entlangholpern, sondern auf einem glatten Asphaltband dahingleiten, und uns nicht *in* der Landschaft befinden, sondern ein wenig darüber, oder daneben.

Wir schauen auf die Dünen, die an uns vorbeifließen, und plötzlich wandert eine kleine Sandwolke einen Kamm entlang, steigt erst nach oben und kommt dann herunter. An zwei oder drei anderen Stellen tauchen ebenfalls solche Wolken auf, und innerhalb weniger Sekunden erscheinen

Dutzende davon, und am Ausgangspunkt von jeder einzelnen ist ein motorisiertes Dreirad mit breiten Geländereifen auszumachen. Auf den Linien, die von den Wolken gezogen werden, bewegen sich die winzigen bunten Sturzhelme der Fahrer vorwärts wie Murmeln, die einander verfolgen, einholen und sich dann wieder voneinander entfernen. Da ist auch ein Camp mit Wohnwagen, kleinen Lastwagen und Zelten, wo sich menschliche Gestalten zu schaffen machen. Die Sandwolken überschneiden sich ein ums andere Mal, bis sie ein staubiges Netz bilden; dann werden sie wieder weniger, verschwinden eine nach der anderen; eine einzelne, die fast parallel zum Kamm dahingleitet, verschwindet über eine Welle der Landschaft.

Die Dünen tauchen nicht mehr so regelmäßig auf, werden grau und flacher. Es gibt wieder Sträucher; Reklametafeln; andere Schilder, immer dichter beieinander; eine Tankstelle; eine Autowerkstatt, ein Supermarkt, ein Burger King; flache Gebäude, Tankstellen, Supermärkte, Reklametafeln, Hinweisschilder, Werkstätten, freie asphaltierte Flächen, Häuschen mit Garten, zunächst immer dichter beieinander, dann wieder weiter voneinander entfernt; eine Tankstelle, zwei Reklametafeln; Sträucher und zusammengebackener Sand.

Nesbitt meint: »Da hätten wir vielleicht was trinken können.« Aber wir sind längst daran vorbei.

Wir müßten jetzt nah bei der Grenze sein, auch wenn noch nichts darauf hinweist. Die Landschaft verändert sich seit geraumer Zeit nicht mehr, die Straße ist gerade und leer; man könnte endlos weiterfahren, ohne daß es einem überhaupt bewußt würde.

Nesbitt fährt rechts raus auf einen staubigen Platz, faltet seine Straßenkarte auseinander. Er schaut nach draußen, sucht nach Orientierungspunkten; sagt: »Kein Mensch benutzt diese Route, wenn er nach Mexiko will. Es ist hundertmal vernünftiger, in Kalifornien nach Süden zu fahren bis an die Grenze, wenn man schon nicht fliegen will.« Dru schweigt, hat die Beine ausgestreckt und die Hände hinter dem Kopf verschränkt.

Nesbitt wendet, fährt langsam zurück in die Richtung, aus der wir gekommen sind; alle paar Minuten hält er an und schaut auf die Karte. Schließlich sehen wir ein kleines Schild mit der Aufschrift *Mexico*; wir folgen dem Wegweiser, biegen auf eine andere Straße ein, bei der nicht recht klar wird, in welche Richtung sie eigentlich führt.

Wir gelangen in ein verlassenes Dorf. Dru sagt: »Seit *Stunden* sind wir jetzt in diesem Sarg eingesperrt.« Nesbitt hält auf einem leeren Parkplatz an.

Es ist drei Uhr, und die Sonne brennt mit unverminderter Heftigkeit vom Himmel; nicht einmal ein Hund ist zu sehen oder ein Kind auf dem Fahrrad. Es ist eine Art Geisterstadt, die Fenster sind verrammelt, in den Auslagen der Geschäfte hängen Schilder mit der Aufschrift *Geschlossen* als sei es für immer. Dru geht mitten auf der Straße, sieht sich um. Nesbitt versucht in dem schmalen schattigen Streifen direkt an den Häuserwänden zu bleiben, aber an der ersten Kreuzung muß er hinaustreten in die pralle Sonne. Dru zeigt auf eine Kaffeebar auf der anderen Straßenseite; wir gehen hinüber.

Drinnen ist es finster, die Luft ist stickig, keine Air-condition. Eine Reihe von Tischen, mit zwei oder drei einzelnen Gästen; ein weiterer Gast lehnt an der Theke. Dahinter schließt eine Frau gerade ein neues Faß Bier an den Siphon an, ganz langsam. Alle hier scheinen kurz vor dem

Einschlafen zu sein, wirken wie erschlagen von der Leere draußen.

Wir setzen uns an den letzten Tisch ganz hinten. An der Wand baumeln Schnüre herab, die an kleine Glocken gebunden sind, offensichtlich, damit man an Tagen, an denen es hier lebhafter zugeht als heute, die Bedienung rufen kann. Die Frau hinter der Theke hebt den Kopf, fragt, was wir wollen. Dru bestellt Grapefruitsaft. Die Frau schaut uns an, als wollten wir sie auf den Arm nehmen; der Gast an der Theke dreht sich um. Nesbitt sagt leise: »Ich fürchte, das einzige, was man hier kriegt, ist Bier.«

Doch das will Dru nicht bestellen. Es ist eine der Fragen, die er zu Prinzipien erhebt, vielleicht will er auch die Frau auf die Probe stellen oder die Situation auf die Spitze treiben. Er verlangt noch drei oder vier Sachen, die es hier ganz bestimmt nicht gibt. Die Frau sagt: »Das haben wir nicht«; schaut uns immer feindseliger an. Schließlich fragt Dru nach Milch; sie zieht eine Packung aus dem Kühlschrank, füllt drei Gläser und stellt sie auf ein Tablett, kommt zu uns nach hinten und stellt sie unsanft vor uns auf den Tisch.

Wir trinken die eiskalte Milch, betrachten dabei ein paar Schilder an den Wänden, die Witze oder Gemeinplätze verkünden. Nesbitt denkt vielleicht darüber nach, wie groß die Chance ist, daß wir den Camado-Film noch machen, er scheint nicht gerade gut gelaunt zu sein. Dru dreht sich zwei- oder dreimal um und mustert den Mann, der am Tisch neben uns sitzt. Es sah so aus, als würde er genau wie die anderen auf die Ellbogen gestützt vor sich hin dösen, aber er schreibt oder zeichnet irgend etwas: malt kurze Zeichen auf ein Blatt Papier, zieht die Linien dann mit äußerster Konzentration noch einmal nach. Nach einer Weile merkt er, daß wir zu ihm hinüberschauen; deckt das Blatt mit einer Hand ab. Er hat das Gesicht eines an Heldenrollen gewöhnten, aber heruntergekommenen jungen Schauspielers, wirkt für die dreißig oder fünfunddreißig Jahre, die der haben dürfte, reichlich verlebt und lädiert. Ein Lächeln zeigt uns, daß ihm ein paar Zähne fehlen.

Dru deutet auf das Blatt Papier, das er vor uns versteckt, fragt ihn: »Was schreiben Sie?«

Er schiebt das Blatt in eine dünne Mappe, schließt diese sorgfältig. Sagt: »Das ist ein Plan.«

»Was für ein Plan?« fragt Dru und hat bereits die Vampiraugen, die er jedesmal bekommt, wenn er meint, das Leben würde ihm irgend etwas Interessantes bieten.

»Für den Wiederaufbau«, sagt der Mann. Er hat ein altes Arbeitshemd an und eine Hose voller Risse und Flicken; seine Füße sind nackt und schwarz.

Dru achtet darauf, nicht zuviel Druck auf ihn auszuüben; er läßt ihm Zeit, richtet die Augen auf die Glocken über unseren Köpfen. Fragt: »Für was für einen Wiederaufbau?«

Wieder lächelt der Mann, ich habe nicht das Gefühl, daß das uns gilt. Seine Augen scheinen grau zu sein, wenn das auch bei dem Licht hier nicht eindeutig zu erkennen ist. Er meint: »Wenn die Städte kaputt sind und die Leute davonlaufen und niemand mehr einen Ort hat, wo er hingehen kann.« Er spricht ziemlich mechanisch, hundertprozentig überzeugt von dem, was er sagt, wie eine Art Missionar.

Dru fragt ihn: »Und wann soll es so weit sein?« Ich glaube, er versucht herauszufinden, ob es irgendeine Verbindung zu unseren Botschaften gibt; welche Interpretationsmöglichkeiten sich anbieten.

Der Mann mit den grauen Augen gibt der Frau hinter der Theke ein Zeichen, sagt: »Noch einen Kaffee.«

Die Frau macht keinen allzu begeisterten Eindruck, weil der Kaffee nur zehn Cent kostet, aber sie kommt trotzdem mit der Kanne her, gießt ihm die Tasse voll.

Der Mann mit den grauen Augen trinkt einen Schluck, schaut keinem von uns ins Gesicht. Sagt: »Sie haben immer weiter und weiter gebaut, ohne auch nur die wesentlichsten Punkte zu berücksichtigen, haben all die leeren Räume, die sie hätten freilassen müssen, gefüllt und lauter falsche Materialien verwendet und die falschen Farben und die falschen Maße und haben alles ringsum abgeschlossen, bis die Leute niederträchtig geworden sind, und heute gibt es *Millionen* von niederträchtigen Menschen, und wenn die Städte und die Häuser kaputt gehen, wird es für niemanden einen Ort geben, wo er hin kann, wenn nicht irgend jemand einen Plan für den Wiederaufbau macht.«

Dru ist jetzt wirklich gespannt: Er bewegt keinen Muskel, sitzt da, wie wenn er im Verlauf von Dreharbeiten merkt, daß ein Schauspieler das richtige Feeling entwickelt und über das, was er selbst vorgegeben hat, hinausgeht, ohne in Klischees oder Banalitäten zu verfallen. Nesbitt hält sein halbvolles Glas Milch in der Hand und blickt verdutzt drein. Die Frau hinter der Theke und die anderen Gäste sind weit weg, meilenweit.

Der Mann mit den grauen Augen kratzt sich am Handrücken. Wir warten darauf, daß er weiterredet, aber scheinbar hält er das Thema für beendet. Dru fragt ihn: »Und wie sind Sie hierher gekommen?«

Er schüttelt den Kopf, sagt: »Meine Frau hat dreimal versucht, mich umzubringen, die haben sie dazu überredet, aber sie hat's auch vorher schon von sich aus machen wollen, jetzt ist sie eine ganz berühmte Sängerin geworden, und ihr habt sie bestimmt schon x-mal im Fernsehen gesehen, aber damals hat sie längere Haare gehabt und dreimal versucht, mich zu vergiften, und ich hab weggehen müssen, jetzt lebt sie im fünfunddreißigsten Stock eines Hochhauses, macht Plattenaufnahmen für die CBS.«

»Wie heißt Ihre Frau?« fragt Nesbitt.

Der Mann mit den grauen Augen versteift sich, sagt: »Natürlich haben die sie dazu überredet, aber sie hätte es auf jeden Fall gemacht, sie hat auch unsere kleine Tochter mitgenommen, die lebt jetzt auch im fünfunddreißigsten Stock, und alle Städte sind falsch gebaut, und die produzieren immer weiter Motoren und Wände und radioaktive Dämpfe und machen alles dicht, ohne an die richtigen Materialien zu denken, und machen sich über den Raum her und ersticken ihn, bis alles kaputt geht und die Menschen überhaupt keinen Ort mehr haben, wo sie hin können, wenn man nicht rechtzeitig dafür sorgt.« Er preßt die Hände auf seine Mappe, macht jetzt einen müden und ziemlich feindseligen Eindruck.

Dru starrt ihn weiter an, vielleicht ein wenig enttäuscht davon, wie sehr sich sein Wahnsinn im Kreis dreht. Nesbitt schaut auf die Uhr, sagt leise: »Ich glaube, wir sollten jetzt gehen, Dru.«

Dru steht auf, sagt zu dem Mann mit den grauen Augen: »Wir müssen gehen.«

Er sieht uns an, als könnte er die Bedeutung dieser Mitteilung nicht erfassen.

Dru fragt ihn: »Können wir denn irgend etwas tun?« Er ist noch immer interessiert, sucht noch immer, zögernd, nach Verbindungen.

Der Mann mit den grauen Augen wirkt, wie er da vor seiner Tasse Kaffee sitzt, als denke er über den Sinn dieser Frage nach, während Dru und ich ihn von oben herab mustern und Nesbitt ängstlich zum Ausgang schaut. Schließlich schüttelt er nur den Kopf.

Wir sagen: »Auf Wiedersehen«, doch er antwortet nicht, hat schon wieder sein Blatt aus der Mappe gezogen, malt mit dem Stift wieder Zeichen aufs Papier.

Das Licht draußen ist noch immer grell, das Dorf menschenleer.

Gegen halb fünf überqueren wir die Grenze. Wir sind die einzigen, die auf die andere Seite wollen; die Zöllner würdigen uns keines Blickes, schauen nur auf das Auto.

Dann sind wir drüben, in einer Kleinstadt, die wie von einer Katastrophe heimgesucht aussieht. Die Asphaltdecke der Straße ist aufgequollen und rissig, überall durchbohrt von Schlaglöchern; die Gebäude sind zum Teil verfallen, die Fensterscheiben blind, die Türen hängen schief in den Angeln. Überall ist Staub, erhebt sich in großen Wolken, wo immer wir vorbeigehen. Kinder spielen barfuß auf dem Gehsteig, von dem nur noch Reste vorhanden sind, die aber so hoch sind, als wären sie als Fluchtmöglichkeit im Falle einer überraschenden Überschwemmung gedacht. Die Reklametafeln sind verblaßt und voller Risse.

Nesbitt fährt im Schrittempo durch dieses Wrack eines amerikanischen Dorfes. Dru sagt: »Halt mal einen Moment an.« Vor einer Eisenwarenhandlung sitzt eine Gruppe Musiker und spielt für *niemanden*. Dru läßt die Scheibe herunter: Es sind fünf oder sechs Männer mit Sombreros, Schnurrbärten und dunklen Augen, die Gitarren um den Hals hängen haben. Sie spielen ein einfältiges, billiges Liedchen, der Straße zugewandt, als wären sie Teil einer Inszenierung für Touristen, nur daß hier keiner zu sehen ist und der Ort auch gar nicht den Eindruck erweckt, als könne er welche anlocken. Wir bleiben in unserem schwarzen Mercedes sitzen und schauen ihnen etwa eine halbe Minute lang zu, bis Dru sagt: »Fahren wir weiter, sonst denken sie noch, wir wären auf Talentsuche.« Er läßt die Scheibe wieder hochgleiten, verbannt den Lärm und den Staub nach draußen.

Nesbitt fährt dicht an einigen in Trümmern liegenden, von einem Brand oder vielleicht von einer Explosion geschwärzten Gebäuden vorbei; wir verlassen das Dorf, fahren nach Süden. Die Landschaft unterscheidet sich kaum von der auf der anderen Seite der Grenze, nur daß die Straße hier kümmerlicher und kurvenreicher ist. Dann verändert die karge Ebene ein wenig ihre Farbe, weist ein paar gelbe Maisfelder auf, dazwischen schmale Feldwege und kleine Flächen mit festgestampftem Boden, wo die Überreste von PKWs oder kleinen Lastwagen herumliegen. Bauernhütten tauchen auf, Gräben und Kanäle eines Bewässerungssystems.

Nesbitt sagt: »Scheinen wohl nicht die Orte aus Camados Büchern zu sein.«

»Nein«, sagt Dru mit einem Blick auf die Maisfelder. »Ich kann mir beim besten Willen in dieser Gegend keinen Zauberer vorstellen.«

Nesbitt fährt rechts ran, holt die Karte mit den vagen Angaben von Camado heraus, stellt fest, daß wir genau in der richtigen Gegend sind. Sagt: »So 'ne Scheiße.« Er wirkt eher betrübt als wütend, wie jemand, der sich eben ein Stück Wüste als Wald hat andrehen lassen. Sagt: »Er hat uns an einen x-beliebigen Ort geschickt, den erstbesten, der ihm eingefallen ist, nur, um uns loszuwerden.«

Dru schüttelt den Kopf, fragt: »Und die ganze Geschichte von der Straße, die er uns erzählt hat? Von den schrecklichen Kurven und der unerträglichen Müdigkeit?«

»Das kann doch alles nicht wahr sein!« meint Nesbitt. Er fährt wieder los, schaut dabei mit nur mühsam beherrschter Angst nach rechts und links.

Wir fahren mindestens eine Stunde lang nach Süden, biegen zwei- oder dreimal auf eine andere Straße ab, suchen nach irgendwelchen Signalen oder Überraschungen in der

Landschaft. Doch die besteht ausschließlich aus ebenen bestellten Feldern und rötlicher Erde, nichts, was besonders beeindruckend wäre.

An einer Ausweichstelle hält Nesbitt an, steigt aus, rennt wie wild einmal ums Auto, lehnt sich mit dem Hinterteil gegen die Motorhaube. Auch Dru und ich steigen aus, vertreten uns die Beine. Dru sagt: »Jack, wir können jetzt nur versuchen, uns nicht allzusehr zu ärgern.«

»Ja, natürlich«, meint Nesbitt. Schlägt mit der flachen Hand auf das dicke, schwarze Blech; sagt: »Wenn uns wenigstens klar wäre, was passiert ist, was Camado so einen Schreck eingejagt hat, oder von wem diese Botschaften kommen und was zum Teufel sie wollen. Du wirst ja wohl zugeben, daß es nicht gerade ein erhebendes Gefühl ist, mitansehen zu müssen, wie alles den Bach runtergeht, ohne daß man was dagegen tun kann.«

»Sicher«, sagt Dru in verständnisvollem Ton.

Wir stehen alle drei da und starren auf die große Maisfläche, dann steigen wir wieder ins Auto, und Nesbitt fährt los. Wir haben seit heute morgen nichts mehr gegessen, allmählich bekomme ich Hunger.

Dru sagt: »Womöglich wäre der Film ja auch ein Reinfall geworden, und du hättest eine Menge Geld bei der Sache verloren.«

»Ein *triumphaler Erfolg* wäre er geworden«, meint Nesbitt mit entnervter Stimme. »Dafür hätte ich die Hand ins Feuer gelegt.«

Eine weitere Stunde lang irren wir ziellos umher, dann hält Nesbitt noch einmal an, fragt: »Fahren wir wieder nach Hause?«

»Kommt etwa aufs gleiche raus«, meint Dru. Er neigt die Rückenlehne nach hinten, legt die Füße aufs Armaturenbrett.

An der nächsten Kreuzung biegt Nesbitt nach Norden ab, folgt den Wegweisern nach Mexicali. Wir achten jetzt überhaupt nicht mehr darauf, was sich draußen tut; lassen die Landschaft an uns vorbeirauschen wie einen Dokumentarfilm im Fernsehen.

Dru fängt an, von der Zeit zu erzählen, als er in Jugoslawien seine ersten Filme gedreht hat, davon, mit welchen Tricks er es fertiggebracht hat, mehr Filmmaterial zu bekommen, als ihm zugeteilt worden war. Er sagt: »Da gab's an der Kunstakademie jemanden, dem jedes Drehbuch vorgelegt werden mußte, ein gewisser Ivo Kučarić, mit einer Art grauer Bürste auf dem Kopf und kleinen Hamsteraugen. Der saß hinter seinem Schreibtisch in einem Büro mit hellgrünen Wänden und sagte einem, wo man kürzen oder etwas ändern oder ganz neu machen mußte, als ob er in irgendeiner Kartei ein Modell des perfekten Drehbuchs hätte, an dem er das, das man ihm vorlegte, messen konnte. Es ist unglaublich, wieviel *Haß* wir alle ihm entgegengebracht haben. Aber ich glaube, das war fast so etwas wie Nahrung für ihn, es schien ihm jedenfalls nicht zu schaden.«

»Es muß schrecklich gewesen sein«, meint Nesbitt.

»Ungefähr so, als sei man in einer alten Schule eingesperrt, die in die Brüche geht«, sagt Dru. »Man konnte ein fleißiger Schüler sein oder einer, der Probleme macht, es waren auf keinen Fall mehr als Pennälerprobleme. Wenigstens haben wir immer die Vorstellung gehabt, daß wir, in einem anderen Teil der Welt, alle Filme hätten machen können, die wir machen wollten, genau so, wie wir es wollten. Die absolute Freiheit des künstlerischen Ausdrucks.« Er lacht, schaut nach draußen. Sagt: »Es dauert ein wenig, bis man versteht, daß einen Film machen so ähnlich ist, wie wenn man auf einem Spaziergang eine Ecke entdeckt, die einem gefällt, um sich dann in den Kopf zu setzen, ganze Scharen zahlender Touristen in Bussen dort hinzukarren. Da ist zunächst der Eigentümer des Busunternehmens von der Sache zu überzeugen, der das Benzin kauft und die Versicherung bezahlt und dafür sorgt, daß Luft in den Reifen ist. Man muß die Routen, die man im Kopf hat, auf Millimeterpapier übertragen und Fotos und Erläuterungen anfügen, Garantien dafür geben, daß die Straßen befahrbar sind und die Gegend schön ist und daß die Eindrücke, die man selbst gewonnen hat, jederzeit von jedem anderen nachempfunden werden können. Und wenn man sich mittlerweile nicht völlig aufgerieben hat, kann man schließlich an den Ort zurückkehren, der einem so gut gefallen hat, und zusehen, wie die Horden in ihn einfallen, ihn zertrampeln und ihn mit Papierabfällen überhäufen.«

Nesbitt fragt: »Es hängt aber auch davon ab, wer der Busunternehmer ist und wer die Touristen sind, oder?«

»Und davon, wem die Straße gehört«, meint Dru.

Nesbitt dreht die Air-condition ein wenig herunter; versucht, den Schlaglöchern auszuweichen. Wir fahren an den Überresten einer Tankstelle vorbei, an einem Esel, der reglos auf einer Wiese steht.

Dru fragt: »Passiert es euch auch manchmal, daß ihr durch die Gegend fahrt und eure Stimmung sich ohne ersichtlichen Grund ändert?«

»Ja«, meint Nesbitt.

»Manchmal«, sage ich.

Dru sagt: »Das ist eine Art von elektromagnetischer Strahlung, die jeder Ort anders ausstrahlt. Man fährt schnell dahin, eingeschlossen im Auto, die Scheiben dicht geschlossen, und innerhalb weniger Sekunden ist man in einer so depressiven Stimmung, daß man sich am liebsten auf der Stelle umbringen würde.«

Nesbitt schaut zur Seite, fährt etwas schneller.

Dru sagt: »Als ich in Italien gelebt habe, hab ich mir einen Ferrari gekauft, um schneller fahren zu können, aber das hat nicht viel gebracht. Das ganze Land ist bereits so eingekerbt, zerrissen, ja zerstückelt, die Strahlen *durchbohren* einen. Man kann keinen Kilometer weit fahren, ohne eine Baugrube, einen abgetragenen Hügel oder eine Betonwand zu sehen, eine Werkhalle oder eine Reihe von monströsen Gebäuden, die neben der Straße steil aufragen, ein Möbellager in einem Meer von Asphalt oder einen Supermarktbunker, der sich vierhundert Meter weit hinzieht. Ich bin mit diesem Zuhälterauto immer schneller gefahren, als erlaubt war, sie haben mich bestimmt zweihundertmal angehalten.«

»Die Dinger haben einfach unglaubliche Motoren«, meint Nesbitt.

Dru kratzt sich am Knie, sagt: »Die Leute machen sich nicht klar, wie gefährlich negative Landschaften sein können. Wenn man sie ohne jeden Filter durchquert, auf dem Motorrad zum Beispiel, können sie einen sogar umbringen. Ich bin sicher, daß sich manchmal Leute einfach auflösen, spurlos verschwinden. Man findet nur noch das Motorrad, und keiner versteht, was passiert ist. Und stell dir mal vor, wie das erst für jemanden sein muß, der da *lebt*.«

Nesbitt schaut ihn an, unsicher, ob er Witze macht.

Dru sagt: »Aber das ist eine ziemlich komplexe Sache, es ist nämlich nicht so, daß ein Ort nur nicht verwüstet zu sein braucht, und schon sendet er positive Strahlen aus. Es gibt Landschaften, die wirken ganz natürlich und werfen doch Schatten auf einen, erfüllen einen mit Müdigkeit oder mit Schuldgefühlen. Und Landschaften, die wirken dumpf und beengend, oder wie achtlos zusammengebastelte Kunstprodukte, oder auch völlig unbewohnbar, und doch heitern sie einen auf. Das ist schwierig zu sagen, solange man nicht drin ist.«

Auch Wohnungen können ganz schön deprimierend wirken, würde ich am liebsten anfügen. Ich muß an meine eklige Küche in London denken; auch da muß es irgendeine Art elektromagnetischer Strahlung geben.

Dann geht bereits die Sonne unter, und wir sind in Mexicali, ohne es zu bemerken: Gerade noch sind wir zwischen Maisfeldern hindurchgefahren, gewärmt vom Licht der Sonne, und jetzt befinden wir uns mitten auf einer mehrspurigen, holprigen Allee zwischen Strömen von alten Personenwagen, kleinen LKWs und riesigen Trucks, die sich dröhnend voranschieben und die Luft mit Gestank erfüllen. Wir fahren stockend um einen Platz mit einer Statue in der Mitte, einer Gestalt, die sich an einen nach Norden zeigenden Felsvorsprung lehnt, lassen uns vom Verkehr mitschleppen, zwischen wahnwitzigen Gebäuden und den Straßenlaternen, die jetzt eine nach der anderen angehen, hindurch, inmitten von wildem Hupen und stinkenden Abgasen und Quietschen und Knallen und Rauchfahnen, die emporsteigen bis über den schmutziggelben Horizont, in den dunkelblau und violett geäderten Himmel.

Nesbitt fährt angespannt, muß alle zwei Sekunden bremsen und das Steuer herumreißen, um Autos auszuweichen, die uns schneiden, uns vorwärts oder aus der Spur zu drängen versuchen, uns ihre Rücklichter zeigen wollen. Die Gebäude auf beiden Seiten folgen jetzt immer dichter aufeinander, immer häufiger werden die Ladenschilder, die Schaufenster, die bisweilen hektisch blinkenden Leuchtreklamen; der Verkehrsstrom wird langsamer und langsamer, bis er schließlich zum Stehen kommt, sich nur noch ruckweise, mit größeren Pausen, ein paar Meter voranschiebt. Wir kommen an kleinen, heruntergekommenen Supermärkten vorbei, die ihre Preise mit großen, roten Buchstaben an die Scheiben geklebt haben, an Kinos, in denen Karatefilme oder Softpornos laufen, an Textilgeschäften, Hamburger- und Tacobuden, an Verkaufsstellen für alkoholische Getränke; und überall parkende Autos, schief auf den Gehsteigen und in zweiter oder dritter Reihe mitten auf der Straße. In der Nähe von Tankstellen, an den Türen der Kaffeebars, unter den verfallenen Arkaden, überall gehen Leute ihren Geschäften nach: junge Prostituierte mit gefärbten und toupierten Haaren, gefährlich wirkende Männer, die wild gestikulierend in kleinen Gruppen herumstehen und sich in diesem Durcheinander von Lärm, Licht und mechanischen Bewegungen Witze erzählen und Beleidigungen an den Kopf werfen. Die Stadt ist eine Art post-atomare Metropole, die mit den Trümmern dessen, was vorher an ihrer Stelle stand, wieder aufgebaut wurde, und dabei scheint man an nichts anderes gedacht zu haben, als an den Verkehr und die Geschäfte, die man irgendwie am Laufen zu halten versuchte, und daran, wie die Menschen in die Menschenbehälter hineinkommen und sie wieder verlassen können.

Dru fasziniert diese Atmosphäre des Verfalls; er mustert die Seitenansicht eines Gebäudes, das jeden Augenblick zusammenzubrechen scheint, mitten auf die Straße, verfolgt das Treiben vor einem Schuhgeschäft, vor einem Kentucky Fried Chicken mit zersprungenen Schaufensterscheiben. Sagt: »Bleiben wir mal 'n Moment stehen.« Nesbitt dreht sich beunruhigt zu ihm herum, schaut aus dem Fenster; hält in der zweiten Reihe an, unmittelbar bei einer Passage, in der ein paar Typen mit schwarzen Lederjacken Tanzbewegungen vollführen. Sagt: »Ich weiß nicht, ob das hier so sinnvoll ist, Dru.«

Dru öffnet die Tür, sagt: »Wenn du willst, kannst du ja hierbleiben. Dave und ich sind gleich wieder da.«

Ich steige aus, obwohl ich viel lieber im Wagen auf ihn warten würde. Nesbitt guckt jetzt wirklich besorgt drein, dreht sich um und beobachtet das Treiben auf der Straße. Die Luft riecht nach Abgasen und Zuckerwatte, nach Benzin, verbranntem Gummi und Duftwässerchen aus Friseurläden, ist derart geschwängert davon, daß man sie kaum mehr einatmen kann. Dru geht rasch vorbei an einer Gruppe rauchender Männer, die sich nach ihm umdrehen, an einem Geschäft für Brautkleider, in dem sich Schaufensterpuppen drängen. Auf einem schweren Motorrad sitzt ein junger Kerl und läßt den Motor für zwei oder drei Zuschauer im Leerlauf aufheulen; in einem Auto mit heruntergedrehten Scheiben hört jemand Discomusic; ein Mädchen heult und schreit und zieht eine dickere Frau, die mit dem Rücken zur Wand steht, an den Haaren. Leute winken sich über die Straße hinweg zu, tauchen an Haustüren und Ladeneingängen auf, um sich gleich darauf wieder zurückzuziehen; überall Brummen und Schnauben, Klikken und Zucken von Lichtblitzen, überall wird gepfiffen und gelacht, werden ohne Vorankündigung immer wieder neue süßliche und beißende Düfte verströmt. Ich bemühe mich, mit Dru Schritt zu halten, das Herz pocht mir wie nach einem Verkehrsunfall. Wir laufen schnell, einen Fuß im Verkehrsgewühl, den anderen im menschlichen Gewühl auf dem Gehsteig, und werden von allen Seiten immer heftiger bedrängt von Blicken, Bewegungen, Lärm; wir huschen voran, rechnen jeden Augenblick damit, einen Schlag oder einen kräftigen Stoß abzukriegen, schließlich fällt uns sogar das Schlucken schwer, und Dru kommt zur Vernunft; wir machen kehrt und eilen zurück, finden den Weg zum Auto rasch wieder.

Nesbitt hält das Lenkrad umklammert, drei Männer mit vor Pomade glänzenden Haaren stehen neben dem Wagen am Gehsteig und erörtern offensichtlich, wie einfach der Mercedes zu zerlegen und zu verkaufen wäre. Sobald er uns sieht, entriegelt Nesbitt die Türen, um sie, nachdem wir hineingeschlüpft sind, sofort wieder zu schließen und sich in den Verkehr zu stürzen. Inzwischen ist es dunkel: Die blaue und rote Neonbeleuchtung der Schaufenster spiegelt sich auf dem feuchten Asphalt, im Lack und den Scheiben der Autos, die sich in der von Dämpfen schwangeren Luft stockend voranbewegen.

Nesbitt folgt den Wegweisern zur Grenze, doch obwohl es bis dahin weniger als ein Kilometer ist, vergeht eine halbe Stunde, ehe wir dort sind. Angespannt und wortlos stehen wir in der Schlange, halten beinahe die Luft an, bis wir an dem Zollhäuschen vorbei und in den Vereinigten Staaten sind, auf der breiten Straße, die geradewegs nach Norden führt.

Dru fragt: »Was meint ihr, wollen wir in einem Stück bis Los Angeles durchfahren?«

Nesbitt läßt mich erst ans Steuer, als er kurz vor dem Zusammenbruch steht; erklärt mir dann zehnmal, wie alles funktioniert. Dru schaut nach draußen, wenn es da auch außer Finsternis nicht viel zu sehen gibt. Nesbitt schließt die Augen; öffnet sie wieder und tut so, als hätte er sie nie geschlossen. Er scheint nicht allzuviel von meinen Fahrkünsten zu halten; sagt: »Es ist vielleicht besser, wenn du etwas langsamer fährst, Dave.« Sobald er nicht mehr darauf achtet, gebe ich wieder Gas.

Wir legen eine Pause ein, gehen in eine Bar, die an ein leeres Aquarium erinnert. Drinnen sind nur zwei Bedienungen und ein Gast, der niedergeschlagen an einem Tisch sitzt. Wir bestellen jeder zwei Tassen Kaffee, gehen unruhig auf den weißen Fliesen hin und her. Eine der Bedienungen fängt ein Gespräch mit Dru an und erzählt ihm, ohne auch nur zu ahnen, wer er ist, daß sie Schauspielerin werden will. Sie nimmt ein paar Posen ein, die ihr Talent beweisen sollen: läßt die Wimpern klimpern, die Hände in die Hüften gestützt, das Kinn hoch erhoben. Offensichtlich hält sie sich selbst nicht für sonderlich überzeugend, denn plötzlich stößt sie ein schrilles Lachen aus, in diesem ringsum verglasten runden Raum.

Wieder reihen sich links und rechts eintönige Vororte aneinander, das diesige Licht wird rasch gelb. Dann steht die Sonne bereits hoch am Himmel, wir gelangen im dichten Verkehrsstrom nach Anaheim; wir sind fast schon in Beverly Hills; sind dann in der Straße, in der unser Hotel liegt.

Wir gehen hinein, lassen uns unsere Zimmerschlüssel geben, Dru fragt nach Briefen oder Anrufen. Der Angestellte hinter dem Tresen sagt, es sei nichts für ihn da, scheint erstaunt über unser verglichen mit vorgestern ziemlich verwahrlostes und zerzaustes Aussehen. Wir entfernen uns ein paar Schritte vom Tresen und schauen einander an, und plötzlich kommt uns die ganze Situation unglaublich traurig und sinnlos vor; abgeschlossen.

Dru klopft sich mit den Schlüsseln auf die Handfläche; sagt: »Ich weiß nicht, was wir eigentlich erwartet haben. Etwa, in irgendeinem Maisfeld ein fertiges, bereits gebundenes Drehbuch zu finden, das hundertmal besser ist als sämtliche Bücher von Camado zusammengenommen, und bei dem wir nicht einmal mehr jemanden wegen der Autorenrechte zu fragen brauchen?« Er wendet sich Nesbitt zu, fragt ihn. »Was haben wir erwartet?«

Nesbitt schaut stumm zu Boden.

Ich könnte auch nicht sagen, was ich erwartet hatte. Vielleicht, dieses irgendwie angenehme, bequeme Leben noch einen weiteren Monat lang hinziehen zu können, ich weiß nicht. Richtig, das alles war nicht meine Story, aber ich steckte genauso drin wie Dru und Nesbitt; mir lag nicht das geringste daran, daß sie möglichst schnell zu Ende ging.

Nesbitt fragt: »Ihr fliegt dann nach London zurück?«

»Hm«, meint Dru.

Wenn er damit einverstanden wäre, mit mir die Wohnung, die Arbeit und die Zukunftsperspektiven zu tauschen, wäre ich sogar dazu bereit, Verena zu übernehmen und all die Scherereien mit seinen Frauen und mit der Arbeit und dem Finanzamt, die er bereits auf sich zukommen sieht; und auch die Enttäuschung, die er in diesem Augenblick empfindet, wegen der er sich gerade auf die Lippen beißt.

Er fragt Nesbitt: »Könntest du bitte in der ersten Maschine morgen früh Plätze für uns reservieren lassen?«

»Sicher«, meint Nesbitt, so ruhig, wie es ihm in seiner Lage möglich ist.

Dru sagt: »Wir sehen uns gegen sieben«, schiebt sich in den Aufzug, ohne auf mich zu warten.

Vielleicht hatte ich

Vielleicht hatte ich tatsächlich angefangen, daran zu glauben, daß hinter diesen Botschaften in der Art eines simplen Fernsehkrimis, hinter all den Zufällen und Orten, den Verschiebungen und Tonschwankungen eine Story steckte, und war schon beinahe überzeugt, ich müsse lediglich einer Spur folgen, von Kontakt zu Kontakt weiter Material sammeln, ganz mühelos, ohne darauf warten zu müssen, daß sich langsam etwas herausdestillierte oder -sublimierte, ohne Empfindungen übertragen, lange nach ihnen schürfen oder sie klauen zu müssen. Das wäre nicht schlecht gewesen, einmal wenigstens, ich hätte dafür auch gerne das eine oder andere Risiko auf mich genommen. Aber dieser arme Psychopath oder diese Gruppe von Psychopathen hat Angst gehabt, sich zu verraten, oder ihnen ist das Geld ausgegangen oder sie haben die Orientierung verloren, oder aber, wie das bei Psychopathen vorkommt, sie sind der Sache müde geworden und haben sich mit der gleichen Entschlossenheit auf etwas anderes gestürzt, und wir fühlen uns jetzt wie drei Fische auf dem Trockenen, sind nicht einmal in der Lage, das Ganze mit ein wenig Humor zu nehmen. Wenn ich nicht gewesen wäre, hätten Dave und Jack wohl nie so lange mitgespielt, ich glaube nicht, daß sie nachgerade von Bewunderung erfüllt sind für die Art, wie ich in die Sache hineingestolpert bin. Es ist schon beinahe beschämend, wie leicht es einem fällt, all die dichten Empfindungen, die Hintergedanken und die merkwürdigen Einstellungen, die man gerne entdecken würde, auf die erstbeste anonyme Stimme zu übertragen, auf genau die gleiche Weise, wie es einem gelingt, sich selbst davon zu überzeugen, die Tricks eines Zauberkünstlers seien wirklich Magie, die Special effects in einem Film seien wirkliche Katastrophen, oder eine Frau, der man ganz zufällig begegnet, sei die Frau des Lebens. Man benutzt, ohne sich dessen bewußt zu werden, diese Realitätsfetzen als Leinwand, auf die man ein verschwommenes Bild seiner wirrsten und wirklichkeitsfremdesten Sehnsüchte projizieren, sie für einen Augenblick in erreichbare Nähe rücken kann. Und wahrscheinlich verbergen sich hinter diesem Aufflackern unreflektierter Bereitschaft irgendwelche Motive, denen man nachspüren könnte; wenn ich wollte, könnte ich auch Spuren zurückverfolgen bis zu der Story, die ich, bereits vorbereitet von andern, zu finden erwartet hatte, und vielleicht einen Film entdecken, der viel interessanter und tiefgehender ist als alle, die ich bisher gemacht habe. Vielleicht wäre er aber auch wirr und schwankend, nicht zu realisieren, oder schlimmer, mit nicht wiedergutzumachender Konsequenz um einen einzigen Gedanken herum angeordnet, ohne den geringsten Raum für Zweifel, Schattierungen oder ironische Akzente. Vielleicht sollte ich eher erleichtert sein, als soviel darüber nachzudenken.

Gegen sieben gehe ich zu Dru

Gegen sieben gehe ich zu Dru. Nesbitt und er stehen im Zimmer, für den Abend elegant gekleidet; nur daran, daß ihnen jegliche Spannung fehlt, erkennt man, wie enttäuscht sie sind. Nesbitt sagt zu mir: »Also, Camado ist spurlos verschwunden. Nicht einmal Kate und Maribel oder sein Agent haben eine Ahnung, wo er steckt. Einfach weg.« Er unterstreicht seine Worte mit einer Geste.

»Man hätte ihn sich nur anzuschauen brauchen, als er wegging«, meint Dru. Er öffnet den Schrank, zieht den Zauberstock hervor, den Camado ihm in der Halle gegeben hat. Er hält ihn abwägend in den Händen, streicht mit den Fingern über das glatte Holz; sperrt ihn wieder in den Schrank. Sagt: »Wir sollten wenigstens versuchen, uns heute abend ein bißchen zu amüsieren; und uns nicht hier einsperren, um uns gegenseitig was vorzujammern.«

»Stimmt«, meint Nesbitt. Er geht zwei oder drei Schritte, fragt: »Und was möchtest du machen?«

»Irgendwas, Hauptsache, ich sehe mal kein bekanntes Gesicht«, sagt Dru im Ton des verwöhnten Superstars.

Nesbitt zögert einen Augenblick; sagt dann: »Wenn du willst, ruf ich meine Freundin an und frag sie, ob ihr was einfällt. Die fänd's toll, dich kennenzulernen.«

»Ruf sie an«, sagt Dru. »Und sag ihr, sie soll noch eine hübsche Freundin mitbringen.«

Nesbitt greift sofort zum Telefonhörer; er spricht leise, den Mund dicht an der Sprechmuschel.

Dru erinnert ihn: »Die Freundin«, macht auf der anderen Seite des Zimmers aufmunternde Gesten.

Nesbitt gibt alles seiner Freundin weiter. Nun liegt mir keineswegs daran, wieder einmal den Chauffeur zu spielen; deswegen sage ich: »Wenn's geht, zwei Freundinnen.«

Nesbitt dreht sich zu Dru herum, um sich das von ihm bestätigen zu lassen. Dru meint: »Ach was, eine genügt. Wir müssen ja nicht unbedingt das alte Pärchenspiel spielen.«

Ich insistiere nicht weiter, habe damit gerechnet. Er neigt dazu, immer alles so zu arrangieren, daß diejenigen, die mit ihm zu tun haben, nicht völlig zufrieden, nicht ganz unabhängig von ihm sind; er sorgt dafür, daß einem immer irgendeine Kleinigkeit fehlt.

Nesbitt meldet also seiner Freundin weiter: »Nein, eine reicht.« Sie hätte sicher ohne weiteres auch zehn hübsche Freundinnen mitbringen können. Er legt auf, sagt: »Wir holen sie um acht ab.«

»Ausgezeichnet«, meint Dru, während er in einer Schublade kramt.

Ich hätte gute Lust, mit dem Fuß auf irgendein Möbelstück einzutreten; allein wegzugehen, die anderen zum Teufel zu jagen.

Nesbitt telefoniert noch einmal, läßt einen Tisch in einem Restaurant reservieren, dann gehen wir hinunter in die Bar, trinken, wenn wir auch nicht den geringsten Durst haben, ein Glas Weißwein und stellen noch ein paar sinnlose Mutmaßungen darüber an, wer die Botschaften verfaßt hat und warum jetzt keine mehr kommen und wohin, verdammt noch mal, Camado verschwunden sein kann. Um zwanzig vor acht gehen wir los.

Ich sitze hinten im Auto und rieche ihre Eaux de Cologne, von denen eines so teuer ist wie das andere, bewundere den gleichermaßen perfekten Schnitt ihrer blauen Jacketts. Meines habe ich im Secondhand-Shop gekauft, die Ärmel sind etwas kurz, nur im Halbschatten mache ich damit eine halbwegs brauchbare Figur. Doch ich fürchte, es ist sowieso ziemlich offensichtlich, daß ich der Assistent bin, Jackett hin oder her. Ich überlege kurz, ob ich auch als Juniorpartner des Produzenten oder als Drehbuchautor durchgehen könnte. Vielleicht als Drehbuchautor, vorausgesetzt, Dru und Nesbitt spielen mit.

Nesbitt fährt quer durch West Hollywood; hält vor einem weißen Haus, das von einer Hecke umgeben ist. Springt aus dem Wagen, sagt: »Bin gleich wieder da.«

Dru betrachtet das Haus mit dem kleinen Garten davor, das sich in eine ganze Reihe kleiner Häuser mit kleinen Gärten einfügt, schaut Nesbitt nach, wie er die Gartentür öffnet, die wenigen Meter bis zum Haus zurücklegt und an der Tür klopft, wie er sagt: »*Walt Disney* ist hier, die schlampige Version.«

Nesbitts Freundin tritt aus der Tür, gibt ihm hastig einen Kuß und kommt sofort auf das Auto zugelaufen. Dru und ich steigen aus; Nesbitt stellt vor, sagt: »Elaine Neals, Dru Resnik.« Sie ist auffallend hübsch, blond, hat hochtoupierte Haare, blaue Augen, eine schlanke Taille und lange Beine; sie trägt einen engen schwarzen Rock, eine schwarze Jacke und ein schwarzes Hütchen mit Schleier. Ich gebe ihr die Hand, sie sieht mich interessiert an, bis Dru zu ihr sagt: »Mein Assistent.« Ihr Interesse verfliegt sofort; sie sagt: »Hallo«, ohne mich dabei anzusehen.

Sie setzt sich auf den Beifahrersitz, zu drei Vierteln herumgedreht, den Arm auf der Rückenlehne, ausschließlich Dru zugewandt. Nesbitt legt die Strecke zur Wohnung der Freundin im Schneckentempo zurück, konzentriert sich voll auf seine Beifahrerin.

Elaine erzählt von sich, als müßte sie in ein paar Minuten alles, was ihr wesentlich erscheint, loswerden. Sagt: »Ich bin Tänzerin beim West Round Ballet unter der Leitung von Miles Ninescu, aber ich glaube, daß ich in meiner Karriere jetzt an einem Wendepunkt angekommen bin, und habe beschlossen, mich in Zukunft viel mehr dem Film zu widmen, wenn ich mich natürlich auch nicht gleich auf die erstbeste Rolle stürzen werde, die sie mir anbieten, sondern es vorziehe, abzuwarten, bis ich etwas meinen Möglichkeiten Entsprechendes finde, denn wenn man sein Talent gleich bei der ersten Rolle vergeudet, denkt später niemand mehr auch nur im Traum daran, einen zu engagieren, und ich glaube, ich hab gute Karten in der Hand, denn es gibt nicht viele Schauspielerinnen, die *wirklich* tanzen können und wissen, wie sie sich bewegen müssen *und* die zugleich schauspielern können.«

»Sicher«, meint Dru, ich glaube, bereits mit einem klaren Bild von ihr vor Augen.

Nesbitt ist angespannt, fingert an der Air-condition herum.

Elaine beginnt sofort damit, sich auch noch unter einem anderen Aspekt darzustellen, ohne die Geschwindigkeit ihres Vortrages zu vermindern. Sie dreht den Kopf, zeigt uns ihr ausgewogenes Profil, sagt: »Ich habe auch parapsychologische Begabung, die hatte ich schon als Kind, und im Laufe meines Lebens hab ich *Hunderte* von unerklärlichen Erlebnissen gehabt, hab telepathisch mit anderen, weit entfernten Personen Kontakt aufgenommen, Dinge gesehen, die in die ferne Vergangenheit gehören, und Ereignisse vorhergesehen, die noch gar nicht passiert waren, zum Beispiel 1986, in der Nacht, bevor das Space shuttle explodiert ist, da hab ich von einem großen Lichtblitz am Himmel geträumt und von einer weißen Rauchwolke, genau so, wie es am nächsten Tag im Fernsehen zu sehen war; als dann das alles wirklich passiert ist, hab ich mich furchtbar schuldig gefühlt, weil ich dachte, ich hätte sie ja warnen können, aber abgesehen davon, daß mir sowieso niemand geglaubt hätte, hab ich auch gar nicht richtig verstanden, was der Traum bedeuten sollte, da war ja nichts als dieses eine lebendige, klare Bild gewesen.«

»Unglaublich«, meint Dru, erschlagen von all diesen Worten.

»Welche Hausnummer?« fragt Nesbitt, um sie mal zu einer Pause zu zwingen.

Aber Elaine ist ohnehin schon verstummt, als wäre die ihr zur Verfügung stehende Zeit abgelaufen. Sie erklärt mit den Händen, wohin genau wir müssen.

Wir steigen alle aus, Elaine klingelt. Es ist ein kleines, modernes Wohnhaus, drei oder vier über Treppen miteinander verbundene Würfel. Elaine sagt: »Rickie und ich haben uns in New York kennengelernt, weil wir für denselben Fotografen gearbeitet haben.« Sie schaut zum Haus, bemüht sich nicht, ein Gespräch in Gang zu bringen.

Rickie tritt aus einer der Türen und kommt die Treppe herunter, lächelt uns ununterbrochen zu, bis sie am Eingangstor ist. Sie ist ungefähr genauso groß wie Elaine und genauso blond und auffällig, aber fülliger, nicht so kantig; sie hat kurze Haare und ist weiß gekleidet. Auch sie konzentriert sich sofort auf Dru, sagt zu ihm: »Ich war schon immer ein Fan von Ihnen.«

Dann, als Nesbitt uns zum Restaurant fährt und sie hinten zwischen Dru und mir sitzt, fängt sie an, uns alles von sich zu erzählen. Sagt, sie habe einen Filmverleih für ausländische Filme, aber eigentlich wäre sie lieber Schauspielerin, wenn ihr natürlich auch klar sei, daß es für eine Persönlichkeit wie ihre kaum entsprechende Rollen gebe und daß ja überhaupt das Geschäft der Rollenbesetzung völlig von einer Mafia von drei oder vier Agenten beherrscht werde, die direkt mit den Produzenten verhandeln, und keiner von den neuen Regisseuren sei energisch genug, um seine eigene Wahl zu treffen, aber sie habe nicht vor aufzugeben, sondern wolle es weiter versuchen, sie habe ja schließlich etwas vorzuweisen, sei nicht nur ein armes Mädchen voller Hoffnungen, mache auch noch andere wichtige Sachen. Sagt, sie sei schon x-mal in Paris gewesen; läßt durchblikken, sie habe etwas mit Gerlais, dem französischen Regisseur, gehabt. Sie redet in einem merkwürdigen, belehrenden Ton, den sie sich wahrscheinlich angeeignet hat, als sie mit ihm zusammen war, und den sie jetzt anscheinend jedem Ausländer gegenüber verwendet, auch wenn der aus einem englischsprachigen Land kommt: Sie spricht langsam, verdeutlicht jedes Wort durch einen entsprechenden Gesichtsausdruck und untermalt es mit illustrierenden Gesten. Dru lächelt amüsiert. Elaine sitzt schweigend auf dem Beifahrersitz, läßt Rickie ebensoviel Raum für ihre Selbstdarstellung, wie sie vorher hatte.

Die beiden Mädchen stelzen in ihren Stöckelschuhen Arm in Arm über den Parkplatz vor dem Restaurant, Dru und Jack in ihren blauen Jacketts gehen hinter ihnen. Ich folge mit ein paar Schritten Abstand, wirklich wie ein Chauffeur.

Der Geschäftsführer oder Besitzer des Lokals trägt einen italienischen Anzug mit zu stark wattierten Schultern und hat glänzende Haare; er erkennt Dru sofort, geleitet uns mit einem feinen, verhaltenen Lächeln an den Tisch. Es gibt nur einen einzigen großen Raum, voller reicher, lärmender Leute. Nesbitt schaut sich um, sagt zu Dru: »Du hättest es vielleicht lieber etwas ruhiger gehabt...«

Doch Dru antwortet nicht einmal, ist bereits damit

beschäftigt, sich eine Sitzordnung zu überlegen. Er setzt sich ans Kopfende, läßt Elaine zu seiner Rechten, Rickie zu seiner Linken Platz nehmen, Nesbitt und mich auf den nächsten Stühlen, so daß er die beiden Mädchen bei sich hat und wir jeder nur eine halbe. Die zwei Mädchen sehen sich an und setzen sich ganz gerade und ordentlich hin. Es ist lustig, sie so einander gegenüber sitzen zu sehen, die eine ganz in Schwarz und die andere ganz in Weiß, eine schlank und die andere füllig, alle beide blond und ansehnlich und auf die gleiche Weise von Dru magnetisch angezogen.

Dru bestellt französischen Champagner, persischen Kaviar und Austern, das Teuerste und Außergewöhnlichste, das er auf der Karte findet. Er schlägt Elaine und Rickie irgendwelche ganz besonderen Delikatessen vor, neckt sie ein wenig. Er spricht leiser, macht gemeine Bemerkungen über die Gäste an den anderen Tischen. Die beiden Mädchen sind entzückt: Als der Ober sie umschwärmt, um ihnen Champagner nachzuschenken, neigen sie, betont cool, den Kopf zur Seite, als wären sie gerade mit irgend etwas anderem beschäftigt.

Nesbitt wirft ab und zu eine mehr oder weniger geistreiche Bemerkung ein, doch er hat keine Chance, die allgemeine Aufmerksamkeit für mehr als nur einen Augenblick auf sich zu ziehen. Dru läßt ihn zu Wort kommen, wenn er Unterstützung oder einen Gegenpol braucht, dann redet er mitten im Satz dazwischen und lenkt das Gespräch auf das Thema, das ihm gerade paßt. Er bringt es fertig, das Interesse der anderen nie erlahmen zu lassen: benutzt meine und Nesbitts Enttäuschung über unsere Randplätze dazu, eine noch intensivere Atmosphäre zu schaffen. Aus diesem Grund wollte er keine dritte Frau: Er weiß zu gut, nach welchen Prinzipien magnetische Felder funktionieren.

Er erzählt davon, wie er einmal, vor Jahren, in einem

Hotel in Marseille festsaß, nachdem der italienische Produzent sich aus dem Staub gemacht und der Besitzer des Hotels beschlossen hatte, die ganze Crew als Geiseln dazubehalten. Er erzählt taktlos ein paar erniedrigende Geschichten aus dem Liebesleben einiger berühmter amerikanischer Schauspieler, mit denen er zusammengearbeitet hat; beschreibt ein paar Inselgruppen im Pazifik, stellt Vergleiche zwischen einzelnen Inseln an, als könne keine von ihnen ihm etwas Außergewöhnliches bieten. Er wandert mit dem Blick ununterbrochen hin und her, spricht in einem Ton, als wolle er uns sagen, er könne nicht garantieren, daß er das, was er gerade erzählt, wirklich zu Ende bringen werde. Die Ober bringen einzelne Fischfilets und winzige Salätchen; die Mädchen sind so gefesselt, daß sie gar nicht merken, was sie auf dem Teller haben. Nesbitt und ich könnten genausogut an einem anderen Tisch sitzen, unsere Chancen, in das Gespräch einzugreifen, würde das auch nicht weiter verringern.

Dann wird Dru seiner Rolle als Alleinunterhalter müde und räumt den Mädchen das Feld, die sich sofort daran machen, diese Lücke zu schließen, bald mit populäresoterischen Vorträgen, bald mit viel banaleren Überlegungen. Unglaublich, wie sie von all diesen Dingen wie ESP, Astraleinflüssen und Prädetermination reden und uns einen Augenblick später mit Informationen über Autos und Rocksänger, Gymnastikgeräte und Diätprobleme vollstopfen, dabei lachen, einander verschmitzt zuzwinkern und frivole Handbewegungen machen können. Als ob sie zwei Betriebsstufen hätten, zwischen denen sie je nach Bedarf hin und her schalten können.

Dann steht an einem Nebentisch eine Frau um die fünfzig auf und kommt geradewegs auf uns zu, bleibt unschlüssig vor Dru stehen.

Dru mustert sie von unten nach oben, versucht sich klarzuwerden, ob sie betrunken ist oder psychisch labil oder was sonst.

Die Frau fährt sich mit den Fingern durch die in Strähnen gefärbten Haare. Sie trägt elegante Maßkleidung, eine Platinuhr, ist mit Diamanten behängt und hat eine Stupsnase. Sie sagt: »Ich möchte nur, daß Sie wissen, wie sehr ich Sie bewundere und daß ich jeden Ihrer Filme viermal gesehen habe.«

Dru sagt halblaut: »Sehr freundlich«, als bedanke er sich bei ihr für eine Beileidsbekundung. Ich glaube nicht, daß er sich hier in Amerika je so richtig zu Hause fühlen wird; daß er je wirklich sicher sein wird, was hinter einer Sache steckt.

Die Frau reibt sich jedenfalls die Augenwinkel trocken, deutet einen Knicks an und geht an ihren Tisch zurück. Da und dort im Saal hat sich jemand, ganz verstohlen natürlich, herumgedreht und die Szene verfolgt. Rickie und Elaine scheinen innerlich zu beben, wie zwei Gläubige an der Seite eines Heiligen, der gerade ein Wunder vollbringt.

Dru meint: »Wir könnten eigentlich gehen.« Ehe jemand Gelegenheit hat, etwas dagegen einzuwenden, steht er bereits neben seinem Stuhl.

Draußen auf dem Parkplatz sagt er zu mir: »Setz du dich ruhig nach vorne«, und zwängt sich hinten zwischen Elaine und Rickie. Er legt jeder der beiden einen Arm um die Schulter, verteilt mit gesenkter Stimme Komplimente, ruft Gelächter und Gegenkomplimente hervor. Nesbitt fährt nervös: streift beinahe ein anderes Auto, als er aus dem Parkplatz manövriert, bremst an der ersten Ampel erst im allerletzten Augenblick.

Dru fragt ihn: »Also, Jack, wo führst du uns hin?« Sein Tonfall läßt einen sofort an Caligula denken, seine Frage ist eingebettet in das Gequieke der beiden Mädchen im Fond.

»Wohin du willst«, meint Nesbitt; versucht im Rückspiegel sein Gesicht zu beobachten.

Dru sagt: »Gehen wir in einen ganz dekadenten Laden. In den dekadentesten, den du kennst.«

Wir gleiten über den Sunset Boulevard, zwischen Plakatwänden und Leuchtreklamen hindurch, eingekeilt von den Scheinwerfern und den roten Rücklichtern anderer Autos. Nesbitt deutet auf ein Gebäude auf der anderen Straßenseite, von dem zwei Stockwerke hell erleuchtet sind, sagt: »Boko's ist ganz schön dekadent.«

»Jetzt hör aber auf«, meint Rickie. »Dru hat gesagt, was *Dekadentes.*« Sie verleiht ihrer Stimme Kanten, läßt die Vokale dreidimensional herausfließen.

Dru sagt leise zu ihr: »Ich find es ganz außergewöhnlich, wie du sprichst, wirklich!« Ruft damit wieder Gequiekse hervor.

»Das ›Hot-Line‹?« fragt Nesbitt, um nicht völlig abgehängt zu werden.

»Um Gottes willen, das ist so dekadent wie die Fernsehnachrichten«, meint Rickie und bringt Dru damit zum Lachen.

Elaine sagt: »Ich weiß was. Bieg an der zweiten Kreuzung nach Westen ab.«

Nesbitt biegt nach rechts ab, folgt Elaines Anweisungen. Sie albert die ganze Zeit mit Dru herum, hört immer erst auf, wenn wir bereits mitten auf der Kreuzung sind, schaut dann im letzten Moment hinaus und brüllt: »Nach links, nach links!« oder: »Nein, dort lang!« Nesbitt bremst, zwingt die Autos hinter uns, ebenfalls zu bremsen; meint: »Könntest du mir's vielleicht beim nächsten Mal ein paar Zentimeter früher sagen?«

Wir sind kaum an einem flachen, einer Schachtel ähnlichen Gebäude vorbei, da ruft sie: »Halt, hier!« und öffnet die Tür. Nesbitt schafft es, sich bei ihr unterzuhaken, als wir über die Straße gehen, ihr, ehe wir auf der anderen Seite ankommen, einen Kuß zu geben. Sie lächelt ihm rasch beruhigend zu, doch kaum sind wir in dem Gebäude, klebt sie schon wieder an Dru.

Wir gehen durch einen verwinkelten, laufgrabenähnlichen Gang und kommen in einen großen Saal im Westernstil, mit nacktem Holzfußboden, schummriger Beleuchtung und Discomusic in gemäßigter Lautstärke. Viele Tische sind leer, die Leute sitzen ganz hinten im Halbdunkel, an einem Laufsteg entlang, der drei runde Podien miteinander verbindet. Kein anderes Geräusch dringt durch das Pulsieren der Musik.

Wir folgen Elaine, nehmen an einem freien Tisch am Laufsteg Platz. Der Laufsteg und die drei runden Podien sind aus transparentem weißem Kunststoff, werden von unten mit Neonlampen beleuchtet. Jetzt kommt ein Mädchen mit einer großen Brille den erhöhten Steg entlang, streift ein durchsichtiges Negligé ab, läßt es zu Boden fallen. Sie bewegt sich, als wolle sie Sinnlichkeit parodieren, wiegt sich lasziv in den bleichen Hüften, läßt den Blick über die Zuschauer drunten im Halbdunkel gleiten. Sie geht im Zeitlupentempo dahin, bleibt stehen, geht ein paar Schritte zurück, bewegt sich weiter auf das Podium zu. Sie streift einen durchsichtigen blauen BH ab, läßt ihre weichen Brüste wogen, lachelt ins Leere. Auf dem runden Podium angekommen, dreht sie sich ein paarmal im Kreis, streift auch noch den durchsichtigen blauen Slip ab. Sie geht in die Knie, als vollführe sie einen Balanceakt, setzt sich auf den von unten beleuchteten Kunststoffboden, lehnt sich, auf die Ellbogen gestützt, zurück; sie spreizt die Beine, hebt sie etwas an und dreht sich langsam im Kreis, in ihrer Grundschullehrerinnen-Brille spiegelt sich das Licht.

Die Zuschauer sitzen stumm und reglos da, starren dem Mädchen mit bierernstem Gesichtsausdruck zwischen die Beine. Es sind fast nur Japaner, einige haben die Arme verschränkt, andere beugen sich soweit wie möglich nach vorne. Ab und zu legt einer von ihnen einen Dollarschein auf den Rand des Podiums; das Mädchen hört auf, sich im Kreis zu drehen, hält direkt vor ihm an.

Auch wir schauen wortlos zu, das Ganze scheint sich unter Wasser abzuspielen. Die anderen beiden Mädchen auf den weiter entfernten Podien vollführen dieselben gleichmäßigen Bewegungen, die anderen Zuschauer sind ebenso reglos konzentriert. Eine Kellnerin von nuttenhaftem Aussehen geht ein paarmal mit einem Tablett voller alkoholfreier Getränke in unserer Nähe vorbei; wir winken jedesmal ab. Elaine und Rickie lächeln einander und Dru gezwungen an, keiner von uns amüsiert sich sonderlich. Jede Bewegung erscheint jetzt schwierig, wir sitzen wie festgeklebt im Halbdunkel.

Das Mädchen auf dem Podium vor uns erhebt sich, hebt den Slip, den BH und das Negligé wieder vom Boden auf, zieht alles, ohne sich auch nur im geringsten um erotische Anmut zu bemühen, wieder an; geht in Richtung auf das nächste Podium weiter, in der gleichen Art, in der sie sich auf uns zubewegt hat. Die Zuschauer folgen ihr ein Stück mit den Blicken und drehen sich dann zur anderen Seite, hin zu dem anderen Mädchen, das jetzt auf sie zukommt, sich ebenso in den Hüften wiegt wie die erste. Die Musik bleibt immer gleich, ohne erkennbare Veränderungen, getragen von einem gedämpften Rhythmus. Dru schaut ein paarmal zum Ausgang hinüber, als habe er das Gefühl, in der Falle zu sitzen. Elaine fragt: »Gehen wir?«

Wir gehen hinaus, atmen draußen auf dem Gehsteig tief durch. Rickie meint: »Na ja«; parodiert mit ein paar Schritten die Bewegungen der Stripperin. Niemand lacht. Nesbitt sagt zu Elaine: »Sag mal, woher kennst du denn den Schuppen?«

Sie sagt, an Dru gewandt: »Tut mir leid, das war das Dekadenteste, was mir eingefallen ist.«

Wir bleiben noch ein paar Minuten mit dem Rücken zur Hauswand stehen, beobachten den dünnen nächtlichen Verkehr, gehen dann hinüber auf die andere Straßenseite, steigen ins Auto. Dru sitzt wortlos zwischen den beiden Mädchen, wirkt deprimiert. Doch Rickie steckt noch voller Energie, bemüht sich, wieder die Atmosphäre von vorher zu schaffen, als wir aus dem Restaurant kamen; sagt zu Elaine: »Nur ruhig, kein Grund zur Panik, es ist ja erst Mitternacht, lassen wir uns eben was anderes einfallen.«

Nesbitt meint, mit beiden Armen auf das Lenkrad gestützt: »Vielleicht ist Dru zu müde ...«

»Nein, nein«, sagt Dru mit müder Stimme.

»Ich hab's!« ruft Rickie aus. »Ich weiß, wohin wir gehen müssen.«

Dru meint: »Versuchen wir's mal.« Nesbitt fährt los.

Wir durchqueren die Stadt mit gleichbleibender Geschwindigkeit in nordwestlicher Richtung. Elaine zieht einen weißen Quarzkristall aus der Handtasche, sagt, den habe sie von ihrem Medium zum Schutz vor den negativen Einflüssen bekommen. Rickie hat, an einem Kettchen befestigt, fast genau den gleichen in der Jackentasche. Dru hält den einen neben den anderen, betrachtet sie in dem schwachen, andauernd wechselnden Licht. Elaine meint: »Meiner ist aber von einem anderen Medium.«

Wir fahren durch kaum beleuchtete Nebenstraßen, über von Scheinwerferlicht erhellte Plätze. Irgendwann sieht man plötzlich nur noch Chicanos, die in kleinen Gruppen an Kreuzungen stehen, sich um ein Auto drängeln oder paarweise zankend an Hauswänden lehnen. Dru fragt: »Ist es noch weit?« Rickie sagt: »Noch zwei, drei Minuten, Dru, das ist eine große Stadt.«

Schließlich halten wir auf einem Parkplatz voller alter, klappriger PKWs und Lieferwagen; wir gehen zu Fuß an einer Fabrikhalle vorbei, auf deren Wand ein Schriftzug gemalt ist, den man, so nah dran, nicht lesen kann.

Der Kassierer wartet, in einem kleinen Glaskasten eingeschlossen, bis Nesbitt ihm das Geld durch einen Schlitz zugeschoben hat, ehe er per Knopfdruck aus einem zweiten Schlitz unsere Eintrittskarten herauskommen läßt. Gleich hinter einem schweren Vorhang nimmt sie uns ein Kartenabreißer, ohne uns dabei anzusehen, aus der Hand und reißt sie auseinander.

Der große Raum drinnen ist erfüllt von Lärm, Stimmengewirr, Bewegungen und den Blicken Hunderter von Männern: gutturale Schreie, gebleckte Zähne, winkende Hände, Pfiffe. Eine Frau mit hochtoupierten Haaren brüllt wie eine Verrückte in ein Mikrophon, veranstaltet eine Art Versteigerung, nur ist nicht klar, was sie versteigert, ihre Worte verlieren sich inmitten Tausender anderer Geräusche. Wir bahnen uns durch das allgemeine Durcheinander einen Weg bis zu einigen freien Plätzen am Rand eines mit Schlamm gefüllten Boxrings. Die Männer drehen sich um, bedrängen Elaine und Rickie mit Blicken. Nesbitt packt Elaine am Arm, versucht, sie gegen die Blicke abzuschirmen.

Aber die Männer haben sich bereits wieder abgewandt, richten ihre ganze Aufmerksamkeit auf ein Mädchen in einem Leopardenfelltrikot, das sich durch die Menge drängt. Hinter ihr geht ein junger Kerl mit einem Holzkistchen und einem Schild, auf dem auf der einen Seite 1 $ und auf der anderen 2 $ steht. Alle paar Schritte hält das Mädchen an; jedesmal wird Lachen laut, werden Stühle hin und her gerückt, Hände gehoben. Der Junge bewegt sich auf seinen kurzen Beinen mit schon fast pathologisch elastischem Schritt voran, zeigt dem Mädchen, in welcher Reihenfolge die Hände gehoben wurden. Die reißt die Dollarscheine, die man ihr hinhält, an sich und reicht sie dem Jungen weiter, der sie in die Kiste steckt; sie packt die Männer am Kinn oder im Nacken und küßt sie auf den Mund, stößt sie dann sofort wieder zurück; sie schnellt, wie eine echte Leopardin, auf dem Absatz herum, wenn einer der Männer sie von hinten antatscht; spuckt wild aus, brüllt, als Antwort auf die Zurufe der Männer, mit heiserer Stimme obszöne Beschimpfungen in die Runde.

Dru meint halblaut: »Donnerwetter!« Rickie sieht uns an, vergewissert sich, daß wir dem Schauspiel wirklich folgen; zeigt auf ein zweites, viel jüngeres und hübscheres Kuß-Girl in einem Balletttrikot, wie eine kleine Primaballerina, mit rosa Stöckelschuhen. Der Junge hinter ihr ist kräftiger als der von vorher, beinahe ein richtiger Leibwächter. Die beiden kommen nahe bei uns vorbei, sie scheint völlig unberührt von dem, was sie macht, kaut ohne den geringsten Ausdruck eines echten oder vorgetäuschten Gefühls auf einem Kaugummi herum. Sie geht mit ihrer glatten Miss-Oklahoma-Miene durch die Reihen und küßt die vor Begeisterung tobenden und verschwitzten Chicanos auf den Mund, als wäre das eine ganz normale Arbeit. Ihr Leibwächter folgt ihr auf den Fersen, achtet darauf, daß niemand mit der Hand nach ihr greift oder den Kuß über Gebühr in die Länge zieht. Auch der für zwei Dollar dauert weniger als eine Sekunde. Die Männer feixen so obszön herum, wie sie können, gestikulieren und brüllen und stacheln sich gegenseitig auf, aber sobald ihnen das Kuß-Girl den Geldschein aus der Hand nimmt, wirken sie einen

Moment lang völlig wehrlos, bleiben mit ernstem Gesichtsausdruck reglos sitzen, während sie sie küßt und sofort wieder von sich schiebt. Sie schauen ihr entgeistert nach, wenn sie weitergeht, brauchen gut zehn Sekunden, um wieder ein Lächeln oder einen vulgären Ausdruck zustande zu bringen.

Dann lehnt sich das erste Kuß-Girl, das im Leopardentrikot, in die Seile des Boxrings, atmet tief durch und schreit noch ein paar Beschimpfungen nach allen Seiten, bis ein blasses, mageres Mädchen neben ihr auftaucht. Das Kuß-Girl packt sie sofort an den Haaren und zieht sie daran in den Ring und in den Schlamm, tut so, als würde sie sie erwürgen, während die toupierte Frau mit dem Mikrophon wieder etwas Unverständliches brüllt. Jetzt ist auch klar, warum die Plätze ganz vorne am Ring frei waren, denn der Schlamm spritzt, zusammen mit der Spucke des Kuß-Girls, nach allen Seiten. Wir rücken mit unseren Stühlen ein wenig zurück, doch das nützt nicht viel; wir stehen auf, schauen ein paar Minuten im Stehen zu, gehen dann zwischen den Männern hindurch, die lärmend und erhitzt dichtgedrängt dasitzen und vor Erregung beben.

Nesbitt fährt uns quer durch die ganze Stadt zurück, niemand sagt ein Wort. Die Straßen sind so gut wie leer, nur wenige Autos gleiten in dem fahlen Licht dahin. Die Fahrt nach Mexiko und dieser Abend haben uns ganz schön geschafft; wir sind fix und fertig.

Nesbitt hält vor Rickies Haus. Dru sagt: »Gut.« Sagt es so, als wäre der Abend damit beendet.

Rickie hält beim Aussteigen inne, sagt: »Warum kommt ihr nicht noch fünf Minuten mit hoch? Ich würde euch gern ein kleines Bilderbuch von mir zeigen, in Dias. Einen Film in unbeweglichen Bildern.«

»Ich fürchte, mit uns ist nicht mehr viel anzufangen«,

meint Dru, versucht im Licht der Straßenlaternen ihr Gesicht zu erkennen.

Aber Rickie läßt nicht locker, sagt: »Nur fünf Minuten. Wirklich. Ehrenwort. Bitte!«

Wir steigen die Treppe zu dem kleinen Wohnhaus hinauf, ohne daß uns auch nur ein Wort geheuchelten Interesses über die Lippen kommt.

Rickies Apartment wirkt zerbrechlich und aufgeräumt, ist auf eine kindliche Art eingerichtet, die man bei ihrer fraulichen und üppigen Erscheinung nie erwartet hätte. An den Fenstern in dem kleinen Wohnzimmer hängen weiße Spitzengardinen, an den Wänden zwei Drucke mit Gebirgslandschaften und eine blau geblümte Stofflampe. Rickie deutet auf eine kleine Couch und einen Sessel, meint: »Nehmt Platz!« Sie packt einen Diaprojektor aus, stellt ihn auf einen Stuhl; nimmt eines der beiden Landschaftsbilder von der Wand, um eine freie Fläche zu schaffen. Sie zieht die Schuhe mit den hohen Absätzen aus, vertritt sich kurz die Füße. Dru sitzt, den Rücken gegen die Couch gelehnt, am Boden, Elaine und ich hinter ihm; Nesbitt sitzt im Sessel, hat die Arme vor der Brust verschränkt, wie auf einem Filmfestival. Wir starren auf die weiße Wand.

Rickie geht zur Stereoanlage, legt eine Kassette ein, löscht das Licht, kehrt im Dunkeln zum Projektor zurück. Aus den Lautsprechern erklingt eine merkwürdige Art von Klaviermusik, tröpfchenweise, wie destilliert, abstrakt und kreisförmig. Rickie zündet sich ein Marihuanapfeifchen an, macht einen tiefen Zug, gibt sie nicht im Kreis herum. Wir schauen auf den Lichtkegel, den der Projektor ausstrahlt, und ganz allmählich scheint uns die Musik Bruchstücke vertrauter Motive aufzugreifen, gereinigt und in einer fragmentarischen Perspektive in die Ferne gerückt.

Dann fängt Rickie an, die Dias vorzuführen. Sie zeigen

Details von alltäglichen Objekten und die ganzen Objekte, aber so fotografiert, als ob ihr normaler Verwendungszweck, ihre normale Bedeutung nicht bekannt wären. Da ist ein gegen einen Baumstamm gelehntes Fahrrad, das absolut nicht wie das wirkt, was es ist. Ein Korbsessel; ein grauer Stein; eine Schachtel mit einem Band drin; eine Ecke eines Mäuerchens; ein kleines Mädchen, das lächelt, abfotografiert von einer alten Polaroid-Aufnahme mit unechten Farben.

»Das bin ich mit fünf«, sagt Rickie. Es folgen ein Brett einer Sitzbank, die Radkappe eines Autos, eine Autobahnleitplanke, Handschuhe auf einem Tisch. Jedes Bild ist wie die Musik, die wir hören, fremd und vertraut zugleich, äußerst elaboriert und doch zufällig. Rickie zeigt uns jedes Dia nur einen Augenblick, geht dann sofort weiter zum nächsten, *tac tac tac*, ohne Unterbrechung. Wir sitzen alle mit starr geradeaus gerichtetem Blick da, sind gefangen von ihrem Rhythmus.

Das Magazin ist zu Ende; Rickie nimmt es heraus und steckt ein anderes in den Projektor, beginnt wieder mit dem Vorführen, im gleichen Tempo. Elaine fragt: »Könntest du nicht etwas langsamer machen?« Rickie, die im Dunkel hinter uns kniet, ignoriert das völlig. Es ist unklar, ob sie das macht, um die fünf Minuten, von denen sie gesprochen hat, nicht zu überziehen, oder weil sie mit den Dias nicht recht zufrieden ist, oder um die Wirkung zu erzielen, die sich nun tatsächlich einstellt; ob die Müdigkeit oder der Marihuanarauch in der Luft oder die Musik uns den Bildern Bedeutungen zuweisen lassen, oder ob es die Bilder selbst sind, die uns ihre Bedeutungen übermitteln.

Eine graue Pyramide auf einem grasbewachsenen Platz mitten im Dschungel, und die Dias sind zu Ende. Rickie stellt den Projektor ab, schaltet das Licht wieder ein und die Stereoanlage aus. Sagt: »So.«

»Was war das?« fragt Dru wenigstens eine halbe Minute später und zeigt dabei mit dem Finger an die Wand, wo sie bereits dabei ist, das Bild wieder aufzuhängen.

»Was?« fragt sie, mit einer Drehung wie eine Ballerina.

Dru scheint überrascht zu sein, wie merkwürdig ausweichend sie sich jetzt verhält, ganz anders als vorher, als wir sie abgeholt haben; und auch ganz anders als vorhin im Auto, vor zehn Minuten. Ich bin ebenfalls überrascht, und mir scheint, auch Nesbitt; es hat uns die Sprache verschlagen. Wir rühren uns nicht von unseren Plätzen. Die Musik hat eine merkwürdige Schwingung in uns zurückgelassen; vielleicht liegt es auch nur daran, daß wir ziemlich benommen sind, und an unserer Müdigkeit.

Schließlich sieht Nesbitt auf die Uhr, schaut Dru an, fragt: »Ich weiß nicht, was meinst du, sollen wir gehen?«

»Ja, doch«, meint Dru erleichtert.

Wir verabschieden uns von Rickie, achten, als wir die Treppe hinabgehen, auf jede Stufe. Elaine fragt: »Ist sie nicht spitze?« Von der Straße aus schaut Dru noch einmal hinauf, und da steht Rickie auf dem Balkon und sieht zu uns herunter. Sie winkt uns zu, ruft: »Macht's gut.« Ihre Stimme klingt ein wenig mystisch, zugleich beruhigend wie die einer besorgten Mutter und wie die eines oberflächlichen kleinen Mädchens.

Dru sitzt in einer der beiden Bars

Dru sitzt in einer der beiden Bars und hat bereits gefrühstückt, als ich herunterkomme, und seine umgängliche Stimmung der letzten Tage ist offensichtlich erschöpft. Er pocht mit den Fingern auf den Tisch, sagt: »Es ist *Jahre* her, daß ich zum letzten Mal meine Zeit so verplempert hab.«

Ich bestelle nur ein Glas Milch, damit er nicht noch mehr davon verliert; trinke es in vier Schlucken aus. Er schaut auf die Uhr, fragt: »Wo zum Teufel bleibt Jack bloß?«

Wir gehen hinauf in die Halle, und genau in diesem Moment kommt Nesbitt herein und eilt auf uns zu. Er sagt: »Euer Flug geht um elf, ich denke, in einer Viertelstunde sollten wir uns auf die Socken machen.« Er hat seine dynamischen Impulse wieder voll unter Kontrolle; ohne daß man ihm die Enttäuschung allzusehr ansieht.

Wir gehen nach oben, meinen Koffer holen und zuschauen, wie Dru seinen zumacht. Er wirft achtlos noch ein paar Sachen hinein, wie sie drinliegen, scheint ihm völlig gleichgültig zu sein, drückt dann auf den Deckel, bis die Schlösser schließlich zuschnappen. Ein Hotelboy taucht an der offenen Tür auf; Dru zeigt auf den Koffer. Doch der Boy hat einen Brief in der Hand, reicht ihm den. Dru geht ans Fenster und macht ihn dort auf; sein Gesichtsausdruck verändert sich. Nesbitt und ich treten näher, ohne abzuwarten, bis er uns dazu auffordert.

Es ist eine lange Botschaft dieses Mal, ein ganzes mit einer unregelmäßigen Bleistiftschrift gefülltes Blatt. Da steht:

Lieber Freund du bist so beherrscht von dem Gedanken alles um dich unter Kontrolle haben zu müssen daß du die Bedeutung der Dinge überhaupt nicht mehr wahrnimmst. Du meinst du könntest auch das in dem Rahmen unterbringen in den du alles einordnest was mit deinem Leben in Berührung kommt aber dieser Anspruch ist absurd. Deine Kreativität ist blockiert, doch du schaffst es nicht das zuzugeben und noch viel weniger die Gründe dafür. Deine Arbeit ist eine kalte Wiederholung von Motiven, denen du in der Vergangenheit Intensität verliehen hast und die du jetzt benutzt wie die Zutaten in einem Rezept. Die Leidenschaften, die dich bewegt haben sind sterilem unbedeutendem technischem Geschick gewichen. Du bist geteilt zwischen V., J. und L., aber dein Leben befindet sich nicht im Gleichgewicht und ebensowenig die ihren. Jetzt hast du die Wahl. Du kannst diesem Faden folgen oder dich wieder von der Hektik erfassen lassen die zum Nichts führt.

Dru rollt das Blatt zwischen den Fingern zusammen, sagt: »*Wer* sind die bloß? Was zum Teufel wissen sie von alldem?« Er ist jetzt ganz blaß vor Wut, tobt innerlich. Er öffnet den Koffer wieder, holt einen Umschlag heraus, mit den anderen Botschaften, die er bekommen hat, breitet sie auf dem Bett aus. Fragt: »Wie kommen die dazu, sich so in mein Leben einzumischen? In diesem *Ton*, als würden sie die Zeit damit verbringen, die Dinge aus irgendeiner höheren Perspektive zu beobachten!«

An der Tür steht ein anderer Boy, will den Koffer abholen. Dru deutet ihm mit einer Handbewegung an, daß er ihn nach unten tragen soll; dann nimmt er alle Botschaften und reißt sie mitten durch, einmal, ein zweites Mal und noch einmal, bis er die Hände voller Papierschnipsel hat. Sagt dann: »Denken die etwa, jemand würde, nur weil er Regisseur ist und im allgemeinen ziemlich unkonventionell und für Eingebungen offen, wie ein Idiot jeder Bande von Mafia-Spitzbuben, die ihn erpressen wollen, auf den Leim gehen?« Er wirft die Schnipsel in den Papierkorb, schiebt den Papierkorb mit dem Fuß unter den Schreibtisch. Sagt: »Fahren wir zum Flughafen. Ich hab die Schnauze voll.«

Wir gehen hinunter in die Halle, und kaum treten wir aus dem Aufzug, da ertönt eine Lautsprecherstimme, sagt: »Ein Anruf für Mr. Resnik, Anruf für Mr. Resnik.«

Dru geht, noch wütend, zum Tresen, reißt der Angestellten den Hörer aus der Hand. Nesbitt und ich verfolgen aus ein paar Metern Entfernung, wie er irgend etwas sagt, den Hörer ans Ohr preßt, sich mit dem Ellbogen auf den Tresen stützt, zwei- oder dreimal die gleichen Mundbewegungen wiederholt, wieder auflegt, zu Boden schaut.

Wir gehen auf ihn zu. Der Boy mit dem Gepäck bleibt hinter uns stehen und wartet. »Wer ist das gewesen?« fragt Nesbitt.

Dru antwortet nicht, schaut an uns vorbei.

»Was hat er dir gesagt?« fragt Nesbitt, immer beunruhigter.

Dru schüttelt den Kopf, sagt: »Daß es reichlich infantil von mir war, die Botschaften zu zerreißen.«

»Woher wissen die denn, daß du sie zerrissen hast?« fragt Nesbitt. »Das gibt's doch nicht!«

Dru geht hinüber zu einer Sitzecke; wir folgen ihm. Keiner setzt sich oder macht sonst irgend etwas. Nesbitt fragt: »Und war es dieselbe Stimme wie in La Jolla?«

»Ich glaube schon«, sagt Dru. Er zwickt in die Rückenlehne eines Sessels.

»Mit dem gleichen elektronischen Klang?« will Nesbitt wissen.

»Das ist kein elektronischer Klang«, meint Dru. »Er ist schwer zu beschreiben. Ein merkwürdiger Ton, unbeteiligt, dünn und gedehnt, klingt, als sollte jedes Wort für sich stehen und nicht in einem Satzzusammenhang.« Er faßt sich mit der Hand in den Nacken; sagt: »Es ist schon verdammt anstrengend, das, was sie sagt, überhaupt zu verstehen.«

Nesbitt umkreist ihn, fragt: »Und der Typ hat gewußt, daß du die Botschaften zerrissen hast?«

»Ja«, meint Dru. »Er hat mich gefragt, warum ich's getan hab.«

»Klang es wie eine Drohung?« fragt Nesbitt.

»Nein«, sagt Dru. »In erster Linie klang Enttäuschung durch, unter dem unbeteiligten Ton. Oder vielleicht hab ich mir das auch nur eingebildet, ich weiß nicht.« Er schlägt ein paarmal mit der Faust auf den Sessel ein, versetzt ihm einen Fußtritt.

Nesbitt schaut auf die Uhr, sieht hinüber zu dem Boy, der auf der anderen Seite der Hotelhalle auf sie wartet. »Ich fürchte, wir riskieren, zu spät zu kommen ...«

»Vergiß das Flugzeug«, meint Dru. »Helft mir lieber, diese beknackten Botschaften wieder zusammenzusetzen.«

Ich laufe los, besorge uns in dem Kaufhaus im Hotelgebäude durchsichtiges Klebeband, stoße oben wieder zu den beiden. Sie haben die Botschaften, Dutzende kleiner Papierschnipsel, bereits auf dem Tisch ausgebreitet, stehen nachdenklich davor.

Es ist keine ganz einfache Sache, mit dieser unregelmäßigen Handschrift, die in schwer vorhersehbaren Sätzen in Wellen auf und ab verläuft. Wir versuchen, von den Ecken auszugehen, vom Hotelbriefkopf; probieren verschiedene Wortkombinationen aus, verschiedene Möglichkeiten, die Schnipsel aneinanderzuschieben. Als erste setzen wir die in Druckschrift aufgeschriebene Botschaft wieder zusammen, dann die kurzen, ein- oder zweizeiligen, die lange von heute heben wir uns bis zum Schluß auf. Eine merkwürdige Sache, wie Amateurarchäologen in diesen Fragmenten mysteriöser Mitteilungen und vernichtender Urteile über Drus Berufs- und Privatleben herumzuwühlen. Es sieht aber nicht so aus, als ob Dru da irgendwelche Bedenken hat; er will vor allem die Botschaften wieder zusammenbekommen.

Wir versuchen, uns am Sinn der Sätze zu orientieren, so wie wir ihn in Erinnerung haben, arbeiten uns Wort für Wort voran. Nesbitt liest laut mit, während er die Schnipsel behutsam aneinanderschiebt, sagt: »... Du bist geteilt zwischen V., J ...«; »... und L.«, sagt Dru; schiebt den zerknitterten Fetzen Papier an den vorhergehenden. Sagt: »Es gibt vielleicht drei Menschen auf der ganzen Welt, die von mir und Jane wissen. Und von Leena weiß niemand. *Niemand.* Nicht einmal meine engsten Freunde.«

Wir brauchen eine gute halbe Stunde, um auch die letzte Botschaft wieder zusammenzusetzen. Dann streicht Dru das Blatt Papier mit der Handfläche glatt, faltet es sorgfältig und steckt es zusammen mit den anderen in einen Umschlag, legt den ins Schubfach seines Nachttischchens. Er wirkt erleichtert; macht ein paar Lockerungsübungen mit den Armen.

Nesbitt geht zum Fenster, schiebt den Vorhang zur Seite. Sagt: »Wie konnten die bloß wissen, daß du sie zerrissen hast.« Er läßt die Glastür aufgleiten, tritt hinaus auf den Balkon, um sich die Fenster der anderen Zimmer anzusehen, die auf den Hof mit dem Swimmingpool hinausgehen. Ich folge ihm, doch da gibt es nichts zu sehen, keine Spione mit Feldstechern, die sich hastig zurückziehen, keine hochempfindlichen Richtmikrophone.

Dru hat die Hände in die Hüften gestützt und neigt den

Kopf nach hinten, dreht ihn langsam im Kreis. Sagt: »Wir sind einfach zu sehr daran gewöhnt, alles rational zu erklären, hinter allem, was uns passiert, eine triviale mechanische Ursache zu vermuten ...«

»Was willst du damit sagen?« fragt Nesbitt. Schließt die Balkontür wieder. »Mit was für Ursachen könnten wir es hier zu tun haben? Mit transzendentalen? Paranormalen?« In seiner Stimme klingt nun, hinter dem Versuch, sarkastisch zu wirken, Besorgnis mit.

»Das darfst du mich nicht fragen«, meint Dru. Er steht jetzt nur auf einem Bein, hält das andere mit einer Hand fest.

Nesbitt geht zum Telefon und untersucht es, schraubt die zwei Muscheln vom Hörer ab. Sagt: »Dru, jede Bande, die auch nur über die allernötigsten technischen Hilfsmittel verfügt, ist in der Lage, Informationen über dein Privatleben zu sammeln, um damit Druck auf dich auszuüben ...«

Dru beugt sich auf einem Bein nach vorn, bis er mit den Fingerspitzen der freien Hand den Boden berührt. Sagt: »Aber das sind keine Informationen, die man sammeln kann.«

Nesbitt betrachtet das Innenleben des Telefonhörers, schraubt ihn wieder zusammen; sagt: »Du weißt besser als ich, daß nichts im Privatleben eines Stars wirklich geheim ist, es gibt immer irgend jemanden, der irgend etwas weiß.«

»Mein Privatleben ist mir im Moment scheißegal«, meint Dru. Er verliert beinahe das Gleichgewicht, stellt den anderen Fuß wieder auf den Boden. Sagt: »Bedauerlicherweise stimmt auch das, was sie über meine Arbeit sagen. Es ist *wahr*. Und das sind keine Sachen, die sich einer mal eben in irgendeiner Filmkritik anlesen kann, denn in denen steht ja nur, daß meine Filme immer außergewöhnlicher und tiefschürfender und unvergeßlicher werden. Und ich kann nicht einen einzigen Grund sehen, warum eine Bande von

Erpressern mir derartige Dinge sagen sollte, noch dazu auf eine so komplizierte Art.«

Nesbitt sieht ihn an, wirkt nicht überzeugt, scheint aber auch keine Gegenargumente zu finden. Er öffnet den Schrank, zieht Camados Zauberstock heraus; schaut ihn sich genau an, versucht festzustellen, ob er irgendeine besondere Vorrichtung enthält.

Dru sagt: »Die Stimme hat auch gesagt, das Geheimnis liege im Grün. Sie hat nicht erklärt, wie das gemeint ist. Und daß wir heute nur Gemüse essen und uns nah am Wasser aufhalten sollen.«

»Im *Grün*?« fragt Nesbitt. Legt den Stock beiseite, setzt sich aufs Bett. Sagt: »Jedenfalls, wenn das heißt, daß du noch ein paar Tage bleibst ...«

Dru meint: »Ja, aber bitte nicht in diesem Zimmer.« Er geht zur Tür.

Wir fahren hinunter zum Ausgang und sind kaum durch die Glastür ins Freie getreten, als uns ein ganz in Grün gekleideter Typ entgegenkommt, grinsend vor uns stehen bleibt.

Nesbitt scheint das nicht sehr angenehm zu sein, er stellt ihn Dru mit einer verkrampften Geste vor, sagt: »Nick Hart, ein Regisseur, mit dem wir ein Projekt planen.«

Hart drückt Dru eine halbe Minute lang die Hand, sagt ihm: »Es ist einfach toll, Sie kennenzulernen.« Er hat flinke Augen, schräg nach oben frisierte Haare; spricht kurzatmig, mit angstvoller Unruhe. Sagt: »Ich hab jeden ihrer Filme mindestens zehnmal gesehen.«

»Ja?« meint Dru; er starrt ihm ununterbrochen auf das grüne Feincordjackett, das grüne Hemd, die grüne Hose.

Nesbitt versucht, ihn loszuwerden, sagt: »Ruf mich an einem der nächsten Tage mal an, Nick, wir wollen gerade weggehen.«

Hart will sich schon zurückziehen, deutet mit einer Handbewegung einen Abschiedsgruß an, da fragt Dru: »Warum kommen Sie nicht mit, zu einer kleinen Spazierfahrt, wir wollten ein bißchen am Meer entlangfahren.«

Und so klettern wir alle vier in den Mercedes, Nesbitt fährt gemächlich los. Hart und Dru sitzen im Fond, warten gespannt darauf, daß der andere den ersten Zug macht. Schließlich sagt Hart: »Es ist wirklich phantastisch, daß wir uns begegnet sind, der Film, den Jack für mich produzieren soll, ist praktisch ein Remake von *Two of Two*, und das ist meiner Meinung nach einer der wichtigsten Filme der letzten zehn Jahre; meine Vorstellung ist, den Film genauso anzulegen, aber in einem realistischen Science-fiction-Szenarium, und sämtliche Rollen mit *sehr* jungen Schauspielern zu besetzen, nicht älter als zwölf Jahre; das ist meiner Meinung nach, was die Ausdrucksmittel angeht, eine wahre *Herausforderung*, und außerdem auch ein Erfordernis des Marktes, ich meine, eine so komplexe und so augenscheinlich europäische Story zu nehmen und sie zu vereinfachen, ihr universelle Gültigkeit zu verleihen, so daß sich auch ein junger Mensch in ihr wiedererkennen kann ...«

Ich drehe mich zu ihm herum, sehe, wie er an Dru klebt, der sich wahrscheinlich fragt, wie das gemeint war, daß das Geheimnis im Grün liegt, und spüre einen Stich am linken Bein; ich rufe »Autsch!«, und Nesbitt macht sofort eine Vollbremsung, bringt das Auto zum Schaukeln, die Reifen zum Quietschen.

Auf dem Sitz liegt eine mindestens zwanzig Zentimeter lange Nadel mit einem dicken dunklen Kopf. Nesbitt nimmt sie vorsichtig in die Hand, sagt: »Was zum Teufel ...« Ich massiere mir das Bein; der Stich ist zum Glück nur oberflächlich. Aber es ist eine heimtückische Nadel: spitz und rostig, der Kopf aus Knochen oder Bakelit, eher schmutzigbraun als schwarz. Dru läßt sie sich zeigen, schaut sie wortlos an. Die Autos hinter uns hupen, versuchen, an uns vorbeizukommen. Nesbitt fährt weiter, fast im Schrittempo, bis Santa Monica, dann biegt er ab, fährt direkt am Ozean entlang.

Auf dem Rücksitz schaut Dru Hart fragend an; reicht ihm die Nadel, sagt: »Was hat das zu bedeuten?«

Hart hält die Nadel mit den Fingerspitzen, als habe er Angst, sich zu verbrennen; meint: »Keine besonders freundschaftliche Geste.« Er sieht Dru an und Nesbitt und mich, versucht zu erkennen, ob wir ihn zum Narren halten oder auf die Probe stellen wollen oder was sonst. Weiß nicht, wohin er die Nadel legen soll; gibt sie Nesbitt zurück, der sie ins Handschuhfach schiebt. Lächelt aus reiner Verlegenheit, schaut zum Fenster hinaus, als würde er sich brennend für die Landschaft interessieren.

Wir fahren eine Zeitlang ziellos nach Norden, dann sagt Dru: »Wir müssen doch nicht unbedingt bis nach San Francisco kommen.« Nesbitt wendet an der ersten Tankstelle, fährt zurück.

In Santa Monica sagt Dru: »Halten wir doch mal irgendwo hier am Meer an.« Nesbitt fährt an einer Terrasse vorbei, auf der einige ältere Leute ein Sonnenbad nehmen; hält vor einem etwas abseits vom Verkehr gelegenen Gebäude.

Es ist ein Self-service-Restaurant mit Raffinesse, mit einer großen Auswahl an Speisen in Glastheken und mit Gästen, die wortlos bezahlen und ins Freie gehen, sich unter den Sonnenschirmen einen Platz suchen. Hart bedient sich als erster, füllt sein Tablett mit Truthahnschnitzel, Quiche lorraine, Kartoffeln, italienischem Salat, Käse, Brot, Joghurt, mit allem, was es gibt. Dru nimmt nur ein Schälchen mit blassem Salat; Nesbitt und ich machen es genauso. An der Kasse sieht Hart unsere Tabletts und erstarrt vor Verlegenheit.

Wir setzen uns nach draußen, auf eine Terrasse, von der aus man, hinter den Palmen längs der Straße, den Ozean sieht. Wir essen unsere Salatblätter blank, ohne sie zu würzen. Hart versucht, seine Sachen auf dem Tablett ein wenig zusammenzuschieben, damit es nach etwas weniger aussieht; hustet. Fragt schließlich vor lauter Verlegenheit Dru: »Wahrscheinlich ist Ihnen diese Frage schon tausendmal gestellt worden, aber trotzdem, woher bekommen Sie eigentlich Ihre Inspirationen?«

Dru lacht schnaubend, dreht sich um und schaut auf die Fenster des Restaurants. Hart schiebt seine Quiche verschämt hinter einen Joghurtbecher.

Dru fragt: »In diesem konkreten Fall oder generell?«

Hart bemüht sich sichtlich zu verstehen, doch es gelingt ihm nicht; er sagt: »Generell.«

»Ich glaube, eine Inspiration ist eine Ansammlung schwebender Partikel«, meint Dru. »Man braucht nur einen Strom einzuschalten und schon ballen sie sich zusammen.«

»Dann ist es also ein steuerbarer Prozeß, man muß nur den Mechanismus kennen«, sagt Hart mit ernstem Gesicht. »Er ist wiederholbar.« Er bemüht sich, den Joghurtbecher zu öffnen, ohne daß es auffällt.

Dru sagt, ohne ihn anzuschauen: »Nein, nein. Es ist keineswegs so, daß es da Schalter gibt, die nur darauf warten, umgelegt zu werden. Es handelt sich eher um eine Art versteckten Kontakt.«

Hart nickt zustimmend, kratzt mit den Fingern am Aluminiumdeckel des Joghurtbechers.

»Es kann auch ganz leicht passieren, daß man einen negativen Strom hervorruft, der die falschen Partikel sich zusammenballen läßt«, meint Dru. »Oder daß ein ringförmiger Leiter entsteht, in dem sich derselbe Strom dauernd im Kreis dreht. Oder daß man zehnmal hintereinander denselben Kontakt herstellt, ohne zu merken, daß es immer derselbe ist. Und das wahrscheinlichste ist, daß man wie ein Schwachsinniger im Dunkeln herumtastet und darauf wartet, einen Stromschlag zu bekommen.«

Hart drückt den Daumen auf den Deckel; durchbohrt ihn, bespritzt sich bis zum Ellbogen mit Joghurt.

Als wir ins Hotel zurückkommen, sitzt Elaine in einem Sessel in der Nähe des Eingangs, steht auf, sobald sie uns sieht. Ich brauche einen Augenblick, bis ich sie erkenne, ganz in Weiß gekleidet, die Haare zusammengebunden und nicht so stark geschminkt wie gestern nacht. Sie wirkt auch lange nicht mehr so nervös; sie küßt uns alle drei auf die Wange, sagt: »Ich wollte euch nur guten Tag sagen, muß gleich wieder weg.«

»Nein, bleib doch bei uns«, meint Dru. Die Geschichte mit der Voodoo-Nadel hat ihn nicht gerade beruhigt oder aufgeheitert. Er sagt: »Wenn ihr einen Moment mit zu mir hochkommt, telefoniere ich eben mal, und dann sehen wir uns irgendeinen Film an oder so.«

Wir gehen alle hinauf auf sein Zimmer, und kaum sind wir eingetreten, da bückt sich Elaine und hebt einen Briefumschlag vom Boden auf. Dru, Nesbitt und ich erstarren; sie scheint, ihrer Miene nach, nicht zu verstehen, warum wir so betroffen sind. Dru läßt sich den Brief sofort geben, öffnet ihn, setzt sich aufs Bett und liest die Botschaft. Seufzt schwer; reicht Nesbitt den Brief, der ihn zusammen mit Elaine und mir liest.

Da steht: *Die Drohungen sind nichts als schwarze Magie und deshalb irrelevant. Eure Farben sind in der Reihenfolge eures Alters grün, gelb und blau. Morgen werdet ihr in Can-*

cún sein und von da an folgt ihr den Zeichen. Nehmt das Spiritual Girl mit. Euch kann nichts passieren.

Nesbitt kratzt sich im Nacken, sagt: »Mit den Drohungen ist wohl die Nadel gemeint, denke ich.«

»Mag sein«, meint Dru. Schaltet den Fernseher ein und wieder aus.

Elaine sieht uns an, so, als habe sie verstanden, wenn auch nicht alles; sie stellt keine Fragen.

Dru deutet ihr an, daß es noch andere Botschaften gegeben hat; holt sie aus der Nachttischschublade und zeigt sie ihr. Sagt: »Wenn du das Spiritual Girl bist, brauchen wir vor dir wohl keine Geheimnisse zu haben.«

Sie liest, nickt, ist nicht sonderlich beeindruckt. Schließlich sagt sie: »Ja, wir müssen den Zeichen folgen.« Sie wirkt vollkommen ruhig, scheint sich bestens unter Kontrolle zu haben, doch einen Augenblick später schnieft sie plötzlich ganz gerührt und sagt: »Danke«; ich habe den Eindruck, nicht zu uns.

Dru sieht sie aus ein paar Schritten Entfernung an; geht auf sie zu, drückt ihr einen Kuß auf die Schläfe, sagt: »Ich bin froh, daß du auch da bist.« Seine Betroffenheit von vorhin verwandelt sich in Euphorie; er klopft Nesbitt ein paarmal auf die Schulter, sagt: »Mann, *Gelb*, das bist du, Jack!« Er versetzt auch mir einen Stoß; sagt: »Ist euch klar, was uns hier widerfährt?«

Nesbitt meint: »Ich glaub nicht«, schaut Elaine besorgt an. Sagt: »Und wo ist dieses Cancún?«

»In Mexiko; ich glaube, ganz unten in Yucatan«, sagt Elaine. Hinter ihrer spirituellen Miene drückt ihr Gesicht jetzt Bereitschaft aus: wie bei einer Kunstspringerin, die nur darauf wartet, sich in die Tiefe zu stürzen.

Nesbitt fährt durch den dichten Vormittagsverkehr

Nesbitt fährt durch den dichten Vormittagsverkehr zum Flughafen; alle paar Sekunden dreht er sich zu Elaine herum, die rechts von ihm sitzt. Sie ist ganz in Weiß gekleidet, in eine Art Safarianzug, mit einer Hose, die an den Waden enger wird, und einem Kasack mit vielen Taschen; ihre Miene wirkt jetzt weniger spirituell als gestern abend. Sie drückt sich mit der Hand die Haare zurecht, sagt: »Miles schmeißt mich raus, wenn er erfährt, daß ich einfach mit euch mitgegangen bin.«

»Ich ruf ihn an«, sagt Dru, den Blick nach draußen gerichtet. »Ich sage ihm, daß ich dich unbedingt brauche.«

»Wirklich?« fragt Elaine, noch weniger spirituell als vor zwei Sekunden. Dru zeigt nach oben. Wir verdrehen alle den Kopf und sehen einen Falken, der über dem Freeway schwebt, in unserer Richtung dahinfliegt.

Am Flughafen fährt Nesbitt in ein Parkhaus, ziemlich weit nach oben; zieht zögernd den Zündschlüssel ab. Er hilft mir dabei, die vier völlig gleichen Reisetaschen, die wir im Hotel gekauft haben, aus dem Auto zu nehmen, sagt: »Wir können es uns immer noch anders überlegen.«

»Hör doch damit auf«, meint Elaine. Sie packt ihn am Arm und zieht ihn hinter sich her, durch einen verglasten Gang zu den Aufzügen, mit denen man hinunter in die Abflughalle fährt. Dort angekommen sagt sie sofort zu ihm: »Dru und ich gehen telefonieren, du und Dave, ihr erledigt den Check-in.«

Als er dann am Check-in-Schalter lehnt, dreht Nesbitt sich herum, schaut zu den beiden hinüber, die dicht beieinander unter der blauen Plexiglashaube stehen, scheint sich klar zu werden, wie gut sie eigentlich zusammenpassen.

Der Warteraum ist eine Kiste auf Stelzen, die durch zwei ziehharmonikaartige Tunnel mit dem Flughafengebäude und den Flugzeugen verbunden ist. Wir setzen uns auf ein paar Plastikstühle, jeder mit seiner Reisetasche vor sich. Dru klopft mit den Fingern auf der Rückenlehne herum; Elaine schaut auf die Spitzen ihrer weißen Schuhe. Wir sind angespannt, von der Atmosphäre angeschlagen, erdrückt. Nesbitt sagt: »Für alle Fälle weiß ja meine Sekretärin, wohin wir fliegen, und hat die Adresse von unserem Hotel in Cancún, und wenn ich sie heute abend nicht anrufe und ihr sage, daß wir gut angekommen sind, alarmiert sie die Polizei.«

Dru sagt: »Alle Achtung, Jack«, wirkt aber keineswegs erheitert, beißt sich auf die Lippen.

Ich versuche, ein wenig Distanz zu all diesen konzentrierten Befürchtungen und Erwartungen zu wahren; mich halbwegs rauszuhalten. Mir gegenüber sitzt, auf einen Stock gestützt, eine Art mexikanischer Uralt-Cowboy, umsorgt von einer Frau, die seine Tochter oder seine viel jüngere Ehefrau sein könnte, die ihm in regelmäßigen Abständen immer wieder eine Dose mit Pfefferminzbonbons hinhält. Er nimmt einen Bonbon und schiebt ihn sich unvorstellbar langsam in den Mund, dreht dabei den Kopf hin und her, um alles, was um ihn herum vorgeht, beobachten zu können. Er wirkt, so wie er gekleidet ist, beinahe wie eine Karikatur, mit seinem riesigen Hut, den spitzen Stiefeln, dem mit Nieten verzierten Gürtel, der aus Lederriemen geflochtenen Krawatte, all den Silberfäden und Glasperlen; man fragt sich, ob er damit auf jemanden in Mexiko

Eindruck machen will oder ob das sein normaler Stil ist. Ich konzentriere meine Aufmerksamkeit eine Zeitlang auf ihn, doch dann erscheint er mir auf eine so unnatürliche Weise fern von der Ebene, auf der sich alle anderen bewegen, daß ich seinen Anblick nicht länger ertrage und den Kopf in eine andere Richtung drehen muß.

Eine Lautsprecherstimme verkündet, daß wir uns an Bord begeben können; die Stewardessen entfernen das Absperrseil und geben den Verbindungsgang zum Flugzeug frei; die Passagiere greifen nach ihren Taschen.

Im Flugzeug registriert Dru mit besorgtem Blick jede Kleinigkeit, die ihn an dessen sorgfältiger Wartung zweifeln läßt: Kratzer in Metalloberflächen, abblätternde Aufschriften und ausgebesserte Verkleidungen. Er setzt sich nahe an einen Notausgang, ich mich ans gegenüberliegende Fenster; Elaine und Nesbitt gehen weiter nach hinten. Die anderen Passagiere sind einfache Mexikaner auf dem Weg nach Hause und amerikanische Paare oder Familien auf Urlaubsreise. Dru umklammert die Armlehnen, schaut nach draußen: das Grau der Startbahn beginnt an uns vorbeizugleiten.

Dann befinden wir uns hoch über dem Meer, die alte DC 10 knarrt und quietscht bei der geringsten Turbulenz. Ganz vorne sitzt der alte mexikanische Cowboy, seine Tochter oder Frau reicht ihm noch immer einen Pfefferminzbonbon nach dem anderen; ein blondes Kind sitzt schreiend auf dem Arm seiner Mutter und strampelt mit Händen und Füßen. Eine Stewardess schiebt einen Servierwagen voller Getränke vorbei. Dru schreibt etwas in ein Heft; hält inne und vergewissert sich durch einen Blick aus dem Fenster, daß alles in Ordnung ist; schreibt weiter. Ich werfe einen Blick in eine Reisezeitschrift mit Fotos von Hotels, Stränden, Swimmingpools und Mädchen in Bikinis; ich stehe auf, um mir auf dem Mittelgang kurz die Beine zu vertreten.

Nesbitt und Elaine sitzen da, halten jeder ein Glas Gin Tonic in der Hand, scheinen nicht viel miteinander zu reden. Ich sage zu ihnen: »Wir haben noch gut zwei Stunden bis zur Zwischenlandung.«

»Soso«, meint Nesbitt. Elaine dreht sich nach einer Gruppe lärmender Jugendlicher in den letzten Reihen um, etwa ein Dutzend Typen mit Punkerfrisuren, Ohrringen, Tattoos und schwarzen T-Shirts mit dem Aufdruck *Can't Cost*. Sie wechseln andauernd die Plätze, legen die Beine auf die Armlehnen, feixen, versetzen sich gegenseitig scherzhaft Karatehiebe und trinken Bier. Ein paar von den normalen Passagieren drehen sich nach ihnen um, aber keiner hat den Mut, sich zu beschweren oder ein verärgertes Gesicht zu machen.

Elaine steht auf, meint: »Bin gleich wieder da.«

Nesbitt schaut ihr nach, wie sie an den Jungs mit den T-Shirts vorbeigeht, auf ein paar Bemerkungen von ihnen etwas erwidert, in der Toilette verschwindet.

Ich setze mich auf einen freien Platz hinter ihm; wir unterhalten uns ein wenig, ganz allgemein, über unsere Reise. Er zeigt auf Dru, der noch immer dasitzt und schreibt, meint: »Womöglich bringt ihn diese ganze Sache auf die Idee zu noch einem neuen Film.«

»Sieht so aus«, sage ich, da er offensichtlich auf Bestätigung aus ist.

Er schaut nach hinten: Elaine ist wieder aus der Toilette gekommen, beugt sich zu einem der Jungs in T-Shirts hinunter, um zu verstehen, was er zu ihr sagt, und schüttelt den Kopf, nickt dann, nimmt eine Bierdose, trinkt ein paar Schluck. Nesbitt sagt: »Das eine oder andere brauchbare Element wär schon da. Ein Regisseur wie er könnte einen

Krimi daraus machen, einen Thriller oder ein Lustspiel. Oder auch etwas Mystisches. Bei seinem Genie.« Er wendet sich wieder nach hinten: Elaine sitzt auf einer Armlehne, lacht mit zur Seite geneigtem Kopf. Dann sagt er: »Erst mal sehen, ob er überhaupt *Lust* hat, schon wieder an einen neuen Film zu denken.«

»Sicher«, meine ich. Es ist ziemlich unbequem, sich zu unterhalten, wenn man hintereinander sitzt.

Elaine kommt zurück, setzt sich auf ihren Platz. Sagt: »Ich hab ein bißchen mit den Typen da hinten gequatscht.«

»Müssen ja mächtig interessant sein«, meint Nesbitt wütend.

Sie sagt: »Es sind die Lonely Crowd, Platz vier in den Top Ten diese Woche.«

»Kann mich nicht erinnern, sie schon mal gehört zu haben«, sagt Nesbitt, ohne sie anzusehen.

»Sicher hast du die schon gehört«, sagt Elaine. Sie trällert vor sich hin: *»Can't cost, no no it can't cost ...«*, wirkt unsicher, was die Melodie angeht. Sie drückt sich die Frisur zurecht, sagt: »Die haben mir eine Rolle in dem Video-Clip angeboten, den sie gerade drehen wollen, aber man kann nicht zwei Sachen auf einmal machen.« Sie sagt es so, als täte es ihr leid; Nesbitt merkt das ganz genau.

Ein paar Minuten lang sitzen sie bewegungslos vor mir, schauen sich nicht mal an. Dann steht sie wieder auf, geht nach vorn zu Dru. Dru zeigt ihr das Heft, in das er schreibt, erklärt ihr irgend etwas; sie beugt sich zu ihm hinüber und liest voller Interesse.

In Monterrey machen wir eine Zwischenlandung auf einem wie ausgestorben daliegenden Flugplatz. Der Uralt-Cowboy geht mit allen anderen Mexikanern davon; wir bleiben da, warten in der klebrigen Hitze eines gerade erst fertiggestellten Transitraums. Elaine unterhält sich wieder mit den Musikern, stellt sie Dru vor. Ihm gegenüber verhalten sie sich gehemmt, wirken viel schüchterner, als man es bei ihnen je vermutet hätte. Fragen ihn scherzhaft, ob er nicht bei ihrem Video-Clip Regie führen wolle; er meint: »Warum nicht?« Einer von ihnen hat einen Spazierstock, der dem von Camado ähnelt, aber mit einer Reihe von Löchern, man kann ihn auch als Flöte benutzen. Dru bittet ihn, etwas darauf zu spielen; er packt den Stock mit beiden Händen, legt die Finger darauf, als wolle er spielen, doch dann schüttelt er den Kopf, sagt: »Ein andermal.« Die anderen lachen. Nesbitt sitzt unbeteiligt daneben, schaut woanders hin. Der Himmel draußen ist tiefrot.

Dann sind wir schon wieder so lange in der Luft, daß es uns vorkommt, als würden wir bewegungslos im Dunkel vibrieren, als bliebe unsere Entfernung zu drei winzigen Lichtpunkten immer die gleiche. Doch wir sinken hinab; rollen über die Landebahn von Cancún.

Die Luft ist hier noch heißer und feuchter als in Monterrey: richtige Tropenluft, so dick, daß wir uns durch sie durchkämpfen müssen, als wir zu Fuß hinübergehen zu den flachen Flughafengebäuden. Dru zeigt auf Elaine, die an Nesbitts Seite vor uns hergeht, sagt: »Eine unglaublich sensible Frau, wenn sie will.«

Die Ankunftshalle ist voller kleiner Jungs, die uns in irgendwelche Hotels abschleppen wollen, voller Taxifahrer, die uns bedrängen. Nesbitt geht hinüber zum Hertz-Schalter, diskutiert mit den Angestellten, die von einer Reservierung nichts wissen. Die Rock-Musiker verabschieden sich äußerst herzlich von Dru, machen Elaine noch ein paar Komplimente; die schaut ihnen lächelnd nach, bis sie verschwunden sind. Erst Sekunden danach verschwindet das Lächeln wieder von ihrem Gesicht.

Schließlich bahnt uns ein Junge von Hertz einen Weg nach draußen, führt uns zu einem weißen Ford, gibt uns die Schlüssel. Nesbitt fragt ihn nach dem Weg zu unserem Hotel; der Junge gestikuliert mit seinen mageren Armen, gibt uns in gebrochenem Englisch Auskunft.

Wir fahren auf einer Straße, die sich in einer weiten Kurve von den Lichtern des Flughafens entfernt, bewegen uns dann in völliger Dunkelheit. Wir müssen von dichter Vegetation umgeben sein, hin und wieder wird im Licht der Scheinwerfer etwas davon sichtbar. Nesbitt sagt: »Hier ist überhaupt nichts gewesen, bis ihnen eingefallen ist, es zu einem Touristenzentrum auszubauen.«

Er fährt konzentriert, probiert die verschiedenen Tasten und Hebel aus, um sicher zu sein, daß an dem Wagen alles funktioniert. Dann schaut er in den Rückspiegel, sagt: »Wir werden verfolgt.«

Dru, Elaine und ich drehen uns um, und tatsächlich sind da zwei Scheinwerfer hinter uns, in ungefähr fünfzig Meter Abstand.

»Die haben direkt am Flughafen auf uns gewartet«, meint Nesbitt. »Ich hab gesehen, wie sie losgefahren sind, hinter uns her. Es ist ein Pontiac.«

Dru sagt: »Gib ein bißchen Gas.« Nesbitt fährt schneller, doch der Abstand vergrößert sich nicht.

Ringsum ist alles dunkel, nichts, was darauf hinweist, daß die Gegend bewohnt ist. Außerdem sind wir fix und fertig von der Reise in dem heftig vibrierenden Flugzeug, von der plötzlichen Hitze und der hohen Luftfeuchtigkeit. Nesbitt meint: »Mit diesem Auto hängen wir die nie ab.«

Dru sagt: »Wie gut, daß deine Sekretärin weiß, was sie zu tun hat, falls wir spurlos verschwinden.«

Nesbitt sieht ihn an, schaut jetzt noch nervöser in den Rückspiegel. Doch da sind Lichter; Straßenlaternen, in immer kürzeren Abständen; Häuser und Mauern eines Städtchens, das irgendwie künstlich wirkt, ein vor einer Bar geparktes Auto ist das einzige Zeichen von Leben weit und breit. Nesbitt bremst ab, sagt: »Ich geh mal fragen, wo die Polizei ist.«

»Fahren wir weiter«, meint Dru. »Wenn die was von uns gewollt hätten, hätten sie's längst haben können. Fahren wir zum Hotel.«

Nesbitt hält trotzdem vor einem häßlichen grauen Gebäude, das noch nicht fertiggebaut ist. Wir warten im Licht der Straßenlaternen ein paar Minuten, aber der andere Wagen taucht nicht mehr auf. Elaine sagt: »Fahren wir weiter, Jack.« Nesbitt fährt los.

Die Straße führt aus dem künstlich wirkenden Städtchen hinaus, durchquert ein dichtes, von Vegetation erfülltes Dunkel, verläßt es wieder, verläuft geradewegs am Meer entlang. Wir fahren eine Zeitlang im schwachen Mondlicht dahin, dann tauchen plötzlich rechts von uns Lichter auf, ein großer weißer Kasten, ein amerikanisches Hotel. Nesbitt schaut immer noch in den Rückspiegel; die Scheinwerfer sind verschwunden.

Dann stehen auch links von uns Hotels, wir sind auf einer Landzunge, mit Strand und Meer auf beiden Seiten. Wir fahren an vom Licht ganzer Batterien von Scheinwerfern überfluteten gigantischen Würfeln, Pyramiden und Kugeln vorbei, lesen alle Neonschriften, bis Nesbitt die unseres Hotels sieht, abbremst und in eine Auffahrt einbiegt, die so breit ist wie eine Autobahn; unter einem überdimensionalen Vordach hält er an.

Wir schauen zurück, versuchen festzustellen, ob das andere Auto uns bis hierher gefolgt ist, aber außerhalb des Lichtkranzes um das Hotel ist nichts zu erkennen. Wir steigen die Freitreppe hinauf, die in die Hotelhalle führt.

Drinnen sagt Dru: »Meine Güte.« Wir kommen uns vor, als befänden wir uns auf dem Grund eines gigantischen Brunnenschachts, der sich in Form konzentrischer Balkonringe, von denen unzählige Türen von Hotelzimmern abgehen, mindestens fünfundzwanzig Stockwerke hoch über uns auftürmt. Abgeschlossen wird er von einem gerippten Glasdeckel. Wir sind noch nicht einmal ganz unten; der Boden des Schachts liegt noch zwei Meter tiefer, eine Art Garten mit Blumen, Bäumen und einem kleinen künstlichen Wasserfall, mit Gartenstühlen und einem Konzertflügel. Zwei der Bäume sind abgestorben, vertrocknet und schimmern weißlich wie pflanzliche Gespenster.

Die Hotelangestellten an der Rezeption beäugen uns mißtrauisch; sie bitten uns um unsere Ausweise, lassen uns Formulare ausfüllen. Sie blättern lange in Gästebüchern, kramen nach dem Telex mit unserem Reservierungswunsch, klimpern scheinbar wahllos auf dem Keyboard eines Computers herum, stellen uns weitere Fragen, wollen wissen, wie lange wir zu bleiben beabsichtigen. Nesbitt sagt, das wüßten wir noch nicht; sie werden noch argwöhnischer. Dru meint zu Elaine: »Als ob man zwei Polizisten ans Steuer eines Raumschiffs setzen würde.«

Ein üppig ausgestattetes Raumschiff auf jeden Fall, aus importiertem Baumaterial errichtet, voller Marmor und goldener Verzierungen, mit perfektem Air-conditioning, bis in den letzten Winkel blankpoliert. Zwei Pärchen, Amerikaner in kurzen Hosen und geblümten Hemden, gehen, mit braungebrannten, müden Gesichtern, an uns vorbei zum Aufzug.

Es gelingt Nesbitt, die bürokratischen Schwierigkeiten zu überwinden, er bekommt die Zimmerschlüssel. Bemüht, Elaine möglichst nahe zu sein, stolpert er umher, schaut nervös zu der gläsernen Eingangstür. Ein Hoteldiener begleitet uns hinauf zu dem Balkonring mit unseren Zimmern, führt uns am Geländer entlang. Dru schaut von Grauen erfüllt hinunter, sagt: »So etwas müßte doch wirklich bestraft werden.« Elaine verschwindet im ersten Zimmer; Nesbitt gibt dem Hoteldiener, nur um ihr sofort folgen zu können, ein übertrieben großes Trinkgeld, das der verdutzt anstarrt. Dru geht ins zweite Zimmer, ich ins letzte der drei.

Die Zimmer sind riesig, haben eine Diele und ein Bad mit Vorraum, Marmorkonsolen, ein Bett für zwei Personen, eine Kühlbar, die mit Whisky, Gin und alkoholfreien Getränken gefüllt ist, einen Farbfernseher mit riesigem Bildschirm, Druckknopftafeln für die Air-condition, den Drahtfunk und die Vorhänge. Auf dem Tisch steht ein Korb voller in Cellophan verpackter exotischer Früchte; daneben liegt ein Zettel, auf dem steht, daß sie desinfiziert sind und unbedenklich verzehrt werden können. Ich setze mich aufs Bett und esse eine halbe Papaya, denke mir, daß es ein Verbrechen ist, an so einem Ort allein zu sein. Ich stelle mich mindestens eine Viertelstunde unter die Dusche, unter einen fein zerstäubten Wasserstrahl; trockne mich mit zwei oder drei strahlendweißen Handtüchern ab, lasse sie einfach auf den Boden fallen; ziehe mich an und gehe hinunter.

Nesbitt sitzt unten, am Grund des großen Brunnenschachts, nahe bei dem Konzertflügel. Ich setze mich neben ihn; wir schauen nach oben. Kein Mensch ist mehr zu sehen, anscheinend sind alle schon zu Bett gegangen, obwohl es erst elf ist. Wir lauschen dem Geräusch des kleinen Wasserfalls, dem Summen der Millionen von Watt starken Scheinwerfer. Nesbitt sagt: »Es wäre nicht schlecht, wenn wir wenigstens wüßten, wie lange wir hierbleiben sollen.«

Dru und Elaine treten nebeneinander aus einem der Aufzüge, kommen auf uns zu. Dru meint: »Mal sehen, ob wir was zu essen finden.«

Doch das einzige noch offene Lokal ist eine Bar auf dem ersten Balkonring, und eine Kellnerin meint, sie würden auch gleich schließen. Dru bittet mich, ihr auf spanisch zu erklären, daß wir vor Durst umkommen; sie sagt auf englisch, alles, was sie uns noch geben könne, seien Fruchtsäfte. Wir setzen uns an einen Kristallglastisch, trinken mit langen Trinkhalmen das süßliche und künstlich schmeckende Zeug. Dann folgen wir ein paar Pfeilen mit der Aufschrift *Swimmingpool*, gelangen durch eine automatische Glastür ins Freie.

Draußen ist die Luft wieder warm und feucht, aber um diese Tageszeit ist das angenehm. Wir gehen einen mit Kieselsteinen gepflasterten Weg entlang bis an einen Swimmingpool in Form eines Sees mit einer Cocktail-Bude in der Mitte. Und drüben auf der anderen Seite spielt eine Band amerikanische Standards für ein paar Gäste, die direkt am Wasser tanzen. Die Damen fast alle in weißen Kleidern, die Herren im Smoking; sie tanzen mit schon beinahe demonstrativer Ausgelassenheit. Das müssen reiche Mexikaner sein, die eine Hochzeit oder irgendein anderes privates Fest feiern, von hier aus sind die Gesichter nicht deutlich zu erkennen. Es ist eine merkwürdige Szene, die ihr instabiles Gleichgewicht aus der absoluten Teilnahmslosigkeit dieses Ortes bezieht. Dru wirkt beeindruckt, steht reglos da und schaut.

Wir gehen ein paar Stufen hinauf, gelangen auf einen englischen Rasen mit Sonnenschirmen aus Kokosfasern und Liegestühlen, der von im Gras versteckten kleinen Scheinwerfern beleuchtet wird. Vier oder fünf Meter tiefer liegt das Meer, man hört, wie sich in regelmäßigen Abständen die Brandung bricht. Wir bewegen uns, als hätten wir Gegenwind, auch wenn es völlig windstill ist.

Wir gehen ganz langsam, und Nesbitt berührt mich am Ellbogen, zeigt nach hinten auf Dru, der zwei Schritte Abstand zu Elaine hält. Auch auf diese Entfernung und im Halbdunkel sieht man, daß er sehr erregt ist, daß ihn dieser Ort oder diese Reise, die Gründe für diese Reise innerlich aufwühlen. Man sieht es an der Art, wie er sich herumdreht; wie Elaine an seine Seite tritt und sich gegen ihn drückt.

Nesbitt und ich halten uns abseits, wie zwei Eindringlinge, schauen, die Hände in den Taschen, verstohlen zu ihnen hin. Nesbitt setzt sich auf einen Liegestuhl, senkt die Rückenlehne ab, streckt sich nach hinten aus; verschränkt die Arme hinter dem Kopf. Der Himmel ist jetzt voller Sterne, die größer und heller sind als normalerweise. Dru und Elaine gehen gemächlich über den Rasen, bleiben alle paar Schritte stehen. Elaine gestikuliert, Dru schüttelt den Kopf. Man hört nicht, was sie zueinander sagen; alles, was man hört, ist das Meer und das kleine Orchester, das *New York, New York* spielt.

Bisweilen

Bisweilen passierte es mir, als ich sechs oder sieben Jahre alt war, daß ich mitten in der Nacht aufwachte, völlig orientierungslos, so als ob die Orientierungspunkte, die ich am Abend noch gehabt hatte, in Millionen winzige, unabhängig voneinander existierende Teilchen zerfallen wären, mich im Stich gelassen hätten, ohne die geringste Vorstellung davon, wer ich war, oder was oder wo oder wann. Mir schien, daß es mir niemals gelingen würde, die Dinge wieder in meiner ursprünglichen Sichtweise zu sehen, sondern daß ich mir eine neue würde aussuchen müssen unter den vielen, die mich als eine phosphoreszierende Staubwolke umwaberten, die mir alle gleich fern, gleich fremd waren. Ich verblieb eine Weile in diesem Zwischenzustand, schwebte in dieser Leere, um dann, entnervt von den winzigen Echos nie gekannter Wahrnehmungen, nach und nach doch wieder der Bedeutung der Form der Gegenstände auf die Spur zu kommen, den Beziehungen zwischen den Gegenständen im Zimmer, der Bedeutung des Zimmers angesichts meines Hierseins. Und während ich mich darum bemühte, war mir klar, wie sinnlos all mein Bemühen war, ebenso sinnlos wie die Beschäftigung eines Schiffbrüchigen an einer unbekannten Küste, der, um sich zu beruhigen, den Elementen der Landschaft vertraute Namen gibt, sie auf der Grundlage einer Übereinkunft mit sich selbst benennt, einer Übereinkunft, deren Berechtigung jeden Augenblick durch einen Eingeborenen ins Wanken gebracht werden kann.

Ich war der Meinung, ich hätte mir mittlerweile genügend Fixpunkte geschaffen, so daß mir etwas Derartiges nicht mehr passieren konnte, hätte genügend Leitfeuer zur Verfügung und die Möglichkeit, ein Netz von trigonometrischen Punkten herzustellen, könnte mich also sicher fühlen. Es ist nicht zu fassen, wie man es immer wieder schafft, sich selbst von der Stabilität dessen, was man sich nach und nach aus Illusionen aufgebaut hat, zu überzeugen, bis sich diese Illusionen dann auf einen Schlag auflösen, einen schutzlos einer dichten, bohrenden Angst ausliefern. Vielleicht ist es zunächst nur ein Überlebensinstinkt, nur ein Mechanismus, der darauf angelegt ist, von diesem Fehlen erkennbarer Konturen, Rhythmen und Übergänge ausgelöst zu werden, doch es braucht nicht viel, und er dehnt sich auf jede instabile, unkontrollierbare Situation aus. Es braucht nicht viel, und schon wird er eine Art Wasserscheu, unter deren Einfluß man seinen eigenen, höchst zufälligen, höchst willkürlichen Standpunkt verallgemeinert, ausschließt, daß auch andere möglich sind, Kriterien festlegt und Prioritäten setzt, Vorhandensein und Nichtvorhandensein konstatiert, Maßeinheiten und Meßinstrumente für all das erfindet, was man sehen oder irgendwie wahrnehmen kann, und weiter und immer weiter alles mit Namen belegt, bis nicht mehr der geringste unklare Raum bleibt, es sei denn, er kann als einer baldigen Klärung harrend klassifiziert und archiviert werden. Und auch auf einer niedrigeren Ebene neigt man dazu, sich Grenzen zu setzen, seine Gedanken, Mardern oder wilden Kaninchen gleich, immer im gleichen Raum kreisen zu lassen, dessen Begrenzungen Jahr um Jahr immer mehr zu verstärken, bis es Mauern werden, die man schließlich als natürliche Grenzen betrachtet. Jeder von uns macht das. Jeder von uns atmet und bewegt sich sein ganzes Leben lang innerhalb eines begrenzten Raumes, und wenn die

Mauern, die ihn umgeben, ihm dann, wenn es ihn am meisten interessiert, nicht gestatten, einen Blick auf das, was hinter ihnen liegt, zu werfen, dann wendet er den Blick nach oben, träumt von anderen, größeren Räumen über sich, die nicht so einfach zu durchmessen sind. Aber jeder bleibt, auch wenn er es nicht zugeben will, neugierig, jeder hofft, einen Spalt in der Mauer zu finden, einen überraschenden Ausblick zu erhaschen. Jeder wird von der Vorstellung angezogen, es könnten auch noch andere Sichtweisen möglich sein. Jeder hat davor Angst.

Um Viertel nach sieben ruft Elaine an

Um Viertel nach sieben ruft Elaine an, sagt: »Komm sofort runter, Dave. Die Stimme hat gesagt, wir sollen um Punkt acht alle zusammen im Meer baden.« Sie hat einen so bestimmten Ton, daß ich ihr keine Fragen stelle; ich springe aus dem Bett, schlüpfe in die Badehose.

Sie sitzen alle drei, Badetücher über die Schulter geworfen, am Grund des Brunnenschachts; als sie mich sehen, stehen sie auf. Von den Gästen ist noch niemand unterwegs, nur ein paar Hotelangestellte laufen an den Brüstungen der unteren Balkonringe entlang. Wir gehen hinüber zu dem Ausgang, der zum Swimmingpool führt. Dru sieht so aus, als habe er nicht viel geschlafen, Elaine klebt an ihm, als wäre sie seine Dolmetscherin; Nesbitt folgt verschlafen, schleppt sich müde dahin.

Draußen erwartet uns eine noch blasse Sonne, der Himmel beginnt eben, Farbe anzunehmen. Am Swimmingpool bauen gerade zwei Bandmitglieder den Rest des Schlagzeugs ab. Wir steigen hinauf zu dem Rasen mit den Kokosfasersonnenschirmen; wir überqueren ihn, gehen eine kleine Holztreppe hinab, an den Strand.

Wir ziehen auf dem feinen Sand unsere Schuhe aus, lassen den Blick über den fast weißen Küstenbogen wandern, auf dem sich weitere geometrische Monster, weitere Hotels breitmachen.

Nesbitt fragt: »Hast du verstanden, warum wir nun eigentlich ein Bad nehmen sollen?«

»Nein«, meint Dru.

»Das ist eine Reinigungshandlung«, sagt Elaine im Ton einer Vestalin.

Dru schleudert mit der Fußspitze Sand zur Seite, wirkt, als seien ihm diese Belehrungen peinlich.

»Hast du sie gefragt, was sie eigentlich von uns wollen?« fragt Nesbitt.

»Wenn ich richtig verstanden habe, meinen die, wir würden etwas von ihnen wollen«, sagt Dru, ohne ihn anzusehen.

Nesbitt macht ein verdutztes Gesicht; bückt sich und hebt ein Holzstöckchen auf.

Dru sagt: »Wir müssen dieses Bad im Meer nehmen und dann nach Tis Talan fahren, das ist das negative Zentrum.«

»Wovon?« fragt Nesbitt.

»Weiß nicht, vielleicht der Welt«, meint Dru. »Oder dieser speziellen Situation. Die Stimme hat gesagt, es werde nicht leicht sein, ich weiß nicht, wie sie das gemeint hat. Wir sollen dort die Botschaften, die ich bekommen habe, verbrennen, auf einem besonderen Stein, den Elaine auswählen wird, und werden die ganze Negativität, die wir in uns haben, dort lassen.«

Elaine schaut mit inspiriertem Gesichtsausdruck hinaus aufs Meer; zieht ihre Bluse aus. Darunter trägt sie einen einteiligen weißen Badeanzug.

»Und dann?« fragt Nesbitt.

»Dann sollen wir zurückfahren nach Cancún«, sagt Dru. Man sieht, daß er sich anstrengen muß, um sich an die Anweisungen zu erinnern. Er sagt: »Wir sollen unser Auto hierlassen und ein anderes nehmen, ein offenes.«

»Ein Cabriolet?« fragt Nesbitt.

»Ja, oder einen Jeep, ich weiß auch nicht genau. Ein offenes Auto jedenfalls«, sagt Dru. »Wir sollen also so ein

Auto nehmen, in einem ganz einfachen Hotel übernachten und am nächsten Morgen nach Atsantil fahren, das ist das positive Zentrum. Dort sollen wir so viel wie möglich in uns aufnehmen.«

Elaine schlüpft auch noch aus ihrer Hose, legt sie neben die Bluse. Sagt: »Noch acht Minuten.« Sie wirkt ausgesprochen sexy im Badeanzug, noch mehr, als wenn sie angezogen ist: mit ihrem anmutig geschwungenen Rücken und der schlanken Taille, dem wohlgeformten Po, den Beinen einer Tänzerin.

Auch Dru, Nesbitt und ich ziehen uns aus. Dru hat sich wie ich eine Badehose im Hilton geliehen, Nesbitt hat geblümte Bermudashorts an. Er fragt: »Und er hat dir nicht gesagt, wer er ist, oder wer sie sind?«

»Ich hab ihn danach gefragt, und er hat nur gesagt, ich solle ›Tu‹ zu ihm sagen.«

Nesbitt schüttelt kaum merklich den Kopf. Es ist interessant, sie so nebeneinanderstehen zu sehen, in der Badehose: Dru mit seinem eher leichten Körperbau, dem er durch mühsames Training Robustheit verleiht, Nesbitt, der sich kaum um seinen von Natur aus robusten Körper kümmert und schon ein bißchen Speck angesetzt hat.

Elaine sagt: »Noch eine Minute.«

Wir gehen alle bis dicht ans Wasser, schauen auf die kleine Welle, die sich bricht und wieder zurückzieht, dunkelgraue Schaumringe zurückläßt, die sich sofort dampfend ins Weiße verfärben. Die Sonne steht bereits hoch, ihr Licht wird mit jeder Sekunde intensiver. Elaine sieht auf die Uhr, sagt: »Jetzt.« Nebeneinander gehen wir ins Meer, betreten es alle im gleichen Augenblick.

Doch es ist unklar, ob wir nun eine Art rituelles Eintauchen vollziehen sollen oder ob wir einfach herumschwimmen können, wie es uns Spaß macht. Elaine läuft ins Wasser, bis es ihr an den Busen reicht, dann beugt sie sich nach vorn und macht sich die Haare naß. Dru schwimmt ein paar Züge, dann läßt er sich einfach treiben, macht keine weiteren Schwimmbewegungen. Ich schwimme ein kleines Stück hinaus, dann wende ich, versuche mich von den kleinen Wellen tragen zu lassen. Das Wasser ist völlig klar, perfekt, man könnte den ganzen Tag drinbleiben. Der einzige, der es richtig genießt, ist Nesbitt, er schwimmt ganz unbekümmert auf dem Rücken, spritzt und schäumt wie ein Amphibienfahrzeug.

Dru und Elaine bleiben an einer Stelle, wo sie noch stehen können, schauen hinaus aufs offene Meer, tauchen den Kopf zwei- oder dreimal ins Wasser. Er läßt sie nicht aus den Augen, wirkt, als würde er sich in diesem Moment ganz seiner Intuition überlassen. Dann gehen sie alle beide an Land, sagen etwas zueinander, er reicht ihr das Badetuch. Wie sie so dastehen passen sie noch besser zusammen als gestern am Flughafen, er dunkel und sie hell zwischen dem blauen Meer und dem weißen Strand. Ein Bild wie aus einem Reklamespot für Zigaretten, oder vielleicht für Whisky.

Ich bleibe noch ein paar Minuten im Wasser, schaue hinab auf den Grund. Es ist ein Witz, an einem Ort zu sein, wo man im November so was machen kann, und dann nach fünf Minuten wieder raus zu müssen. Ich gehe trotzdem wieder aus dem Wasser, wenn auch keiner etwas zu mir sagt, will die Wirkung des Ganzen nicht gefährden.

Dru schaut, eine Hand vor der Stirn, hinüber zu dem gigantischen Hotelzylinder. Elaine reibt sich die Haare trocken, steht da, die Beine leicht gespreizt, den Oberkörper etwas nach vorne gebeugt, ihr Badeanzug liegt an wie eine zweite Haut. Sie bemerkt, daß wir sie anschauen; lächelt rasch, wickelt sich in das Badetuch ein.

Nesbitt plantscht noch herum und nähert sich dann dem Ufer, bleibt im flachen Wasser, bis Elaine sagt: »Ich glaube, wir müssen gehen.«

Wir kehren ins Hotel zurück, die Sonne brennt jetzt bereits auf uns herab. Dru sagt nichts; Elaine wiegt sich unter dem Badetuch in den Hüften. Wir gehen nach oben, um uns umzuziehen und unsere Sachen zu holen.

Als wir uns unten wieder treffen, eilen bereits überall Hotelgäste geschäftig hin und her. Pärchen in verschiedenen Bräunungsstadien laufen in kurzen Hosen, Sandalen und Sonnenbrillen, mit Badetaschen und Badetüchern ausgerüstet, über die Balkonringe. Dru meint: »Nichts wie weg hier.«

Wir gehen an die Rezeption, um die Schlüssel abzugeben. Eine der Personen hinter dem Tresen, ein Mann um die dreißig, wendet sich uns zu, reicht Dru die Hand, sagt, er sei der Direktor des Hotels, bittet ihn, sich in das VIP-Gästebuch einzutragen. Er hat ein aufdringliches Lächeln, spricht mit einem gut nachgemachten amerikanischen Akzent. Sagt: »Mr. Resnik, Sie würden uns eine große Ehre erweisen, wenn Sie sich unsere Präsidentensuite ansehen würden.« Er deutet hinauf zu dem gerippten Glasdeckel, der den Brunnenschacht abschließt.

Dru versucht anscheinend, sich darüber klar zu werden, ob auch dies ein Ereignis aus dieser ganzen Reihe von Ereignissen ist, die etwas zu bedeuten haben; sagt dann: »Okay.«

Wir fahren hinauf in die oberste Etage. Der Direktor erzählt, er habe an der Universität von San Diego studiert; er sei ein begeisterter Fan des europäischen Kinos. Er hält uns eine richtige Parlamentsrede, erklärt uns, er wolle, daß sein Hotel für die, die es benutzen, wie ein zweites Heim sei; daß er und sein Team sich bemühten, eine wirklich freundschaftliche, persönliche Beziehung zu den Kunden herzustellen, ohne jede Unterwürfigkeit. Als er uns um den obersten Balkonring herumführt, sagt er: »Wir haben Gäste, die das halbe Jahr über bei uns wohnen.« Es klingt, als spreche er von einer Studentenwohngemeinschaft und nicht von einem Hotel, in dem man für eine Übernachtung vierhundert Dollar zahlt. Ein Hotelboy huscht an uns vorbei, öffnet die Tür der Präsidentensuite für uns.

Der Direktor macht eine kurze Handbewegung zu den Vorhängen hin, der Boy eilt wie ein Schatten zu einem Paneel mit Druckknöpfen und läßt die Vorhänge aufgleiten, eröffnet uns einen wahrhaft beeindruckenden Blick aufs Meer. Sagt: »Auch Präsident Reagan, unser Präsident, hat hier gewohnt, aber natürlich vergeben wir die Suite auch an Privatleute.« Wir schauen nach unten: auf den langen weißen Strand, das Meer, in dem wir vor wenigen Minuten gebadet haben. Der Direktor fragt: »Sehen Sie die Barrakudas?«

»Das sind Barrakudas?« meint Dru, als er die kleinen dunklen Schatten in dem durchsichtigen Blau sieht.

»Ja«, sagt der Direktor mit zufriedener Miene. »Wir mußten eine Menge Warntafeln aufstellen, damit niemand auf die Idee kommt, im Meer zu baden. 1985, als das Hotel noch im Bau war, haben sie zwei Arbeiter und einen Ingenieur aus Cleveland gefressen.«

Dru fährt sich mit der Hand durchs Haar; Nesbitt sagt: »Hoppla.«

Wir fahren aus Cancún hinaus, in Richtung Westen. Die Straße ist erst vor kurzem verbreitert worden. Wir sehen links und rechts eingeebnete Flächen mit rötlicher Erde, große Betonfundamente, Baustellen neuer Hotelgiganten, Einkaufs-Center oder Tankstellen. Die Vegetation ist weit zurückgedrängt worden, Dutzende von Baumaschinen stehen da, bereit, sich wieder an die Arbeit zu machen. Dru meint: »Die Schweinehunde haben ganz schön gewütet.« Nesbitt konzentriert sich aufs Fahren. Die Air-condition arbeitet auf Hochtouren, bläst einen Strom kalter Luft ins Wageninnere.

Dann wird die Straße enger, die Vegetation verdichtet sich und rückt wieder näher heran, wird nur ab und zu von einer gerodeten Fläche, einem Steinhaufen oder einem Stapel Baumstämme unterbrochen. Elaine zieht ihre Sandalen aus, legt die Füße aufs Armaturenbrett. Dru schaut hinaus auf die vorbeihuschenden Bäume. Nesbitt fährt ungewohnt schnell, treibt den Wagen auf der kerzengeraden, leeren Straße voran.

Da ist plötzlich vor uns ein roter Wimpel; ein Mann steht mitten auf der Straße und schwenkt ihn heftig hin und her, versucht uns deutlich zu machen, daß wir anhalten sollen. Nesbitt reißt das Lenkrad herum, um ihn nicht über den Haufen zu fahren, gibt, als er an ihm vorbei ist, sofort wieder Gas. Dru, Elaine und ich schreien alle zugleich »Halt an!«, werfen uns nach vorn, um ihm ins Steuer zu greifen, versuchen den Zündschlüssel abzuziehen. Nach drei Sekunden vielleicht bremst er, das Auto kommt zum Stehen, und ein unglaubliches BBBBRANG! zerreißt die Luft; Steine und Erdklumpen fliegen umher, eine Staubwolke erhebt sich; ein Regen von Splittern prasselt auf die Motorhaube, das Dach, die Windschutz scheibe.

Der Staub setzt sich langsam ab; der Mann mit dem roten Wimpel kommt brüllend und wild gestikulierend zu uns hergelaufen.

Elaine starrt Nesbitt mit vor Angst geweiteten Pupillen an; Dru schaut hinaus auf den schmutzigroten Einschnitt im Wald. Elaine sagt: »Um ein Haar hättest du uns alle umgebracht! Wieso hast du den denn nicht gesehen, er hat doch mitten auf der Straße gestanden!«

»Aber, ich *hab* ihn doch gesehen«, meint Nesbitt. Er ist jetzt ganz blaß, die Hände zittern ihm, er schaut immer noch geradeaus nach vorn.

Der Mann mit dem roten Wimpel klopft an die Scheibe, brüllt wie am Spieß. Er zeigt auf die Auswirkungen der Explosion, auf die Straße, schreit mindestens zehnmal hintereinander dasselbe.

Dru öffnet das Fenster, sagt: »Es tut uns leid. Unser Freund hat nicht verstanden.«

Der Mann brüllt und gestikuliert weiter, aber seine Energie läßt sichtlich nach. Weitere staubbedeckte Männer verlassen ihre Deckung, kommen zu unserem Auto. Äußern ihre Meinung zu dem Vorfall, deuten auf irgend etwas, einige lachen.

»Sag mal, wo in Gottes Namen warst du denn eben mit den Gedanken?« fragt Elaine Nesbitt. Wendet ihm ihr entrüstetes Profil zu; sie weiß genau, daß die Männer draußen sie beobachten.

»Ich weiß nicht«, meint Nesbitt. »Ich hab auf die Straße geschaut. Ich hab an gar nichts Bestimmtes gedacht.«

Dru scheint bestürzt, sagt: »Vielleicht ist es besser, wenn Dave fährt.«

Nesbitt steigt aus, geht um den Wagen herum, sagt zu den Arbeitern: *»Disculpa.«* Die werfen ihm nicht besonders wohlwollende Blicke zu, gehen zurück an den Rand der Fahrbahn und machen sich dort zu schaffen. Ich setze mich ans Steuer, fahre langsam los, schalte ziemlich früh in den nächsthöheren Gang. Nesbitt, der jetzt hinten sitzt, sagt: »Ich weiß nicht, was los war. Ich hab den Typen mit dem Fähnchen gesehen, aber ich hab ihn nicht *registriert.* So etwas ist mir in meinem ganzen Leben noch nicht passiert.

Absurd.« Elaine, die rechts von mir sitzt, nagt an ihrem Daumen herum; legt die Füße wieder aufs Armaturenbrett.

Jetzt umgibt uns ein wahrer Dschungel, nichts als Bäume und Büsche und hohe Gräser, die zwei kompakte grüne Wände bilden. Kilometerweit fahren wir dahin, ohne ein menschliches Wesen zu Gesicht zu bekommen, dann kommen wir ab und zu durch ein Dorf, das aus lauter Zementquadern besteht. Am Straßenrand spielen Kinder, schlaffe alte Frauen und Männer dösen auf den Stufen vor den Haustüren vor sich hin, kleine Hunde und dunkle, gestreifte Ferkel liegen im Staub. Aus ihrer Reglosigkeit lassen sich Rückschlüsse auf die Hitze draußen ziehen.

Wir entfernen uns immer weiter von Cancún, und die Dörfer folgen in immer größerem Abstand aufeinander, bestehen nicht mehr aus rechteckigen, gemauerten Häusern, sondern nur noch aus runden Holzhütten mit Laubdächern, die immer unregelmäßiger längs der Straße verteilt sind, mit kleinen Gärten und schmalen Pfaden, die in das grüne Dickicht hineinführen. Dru sagt: »Wir werden's schon noch so weit bringen, daß das hier auch alles kaputt geht.«

Elaine schaltet das Radio ein, sucht einen Sender, findet einen, der ein gräßliches mexikanisches Lied überträgt, zerkratzt und mißhandelt von allen möglichen Störungen. Dru sagt: »Mach das doch aus, bitte.« Sie schaltet das Radio ab; schaut in der Art eines kleinen Mädchens, die mit ihren langweiligen Eltern in Urlaub fahren muß, zum Fenster hinaus. Es ist unglaublich, wie wenig sie sich darum bemüht, ihrer Persönlichkeit eine gewisse Kontinuität zu verleihen; und wenn es nur in bezug auf gestern abend oder heute morgen wäre.

Das Auto ist matt und erschöpft, der Motor zieht nicht mehr besonders. Die Air-condition bläst mir kalte Luft direkt ins Gesicht, ruft neuralgische Schmerzen an meinen Schläfen hervor. An der Landschaft draußen verändert sich nichts, ebensowenig an unserer Route.

Ich schaue gedankenverloren auf die Straße vor mir, und plötzlich schubsen mich Elaine, Dru und Nesbitt von allen Seiten, schreien wie verrückt: »Dave!« Da ist kein Hindernis, nichts Unerwartetes mitten auf der Straße, und doch reagiere ich wie vom Blitz getroffen; trete voll auf die Bremse, bemühe mich, die Spur zu halten. Elaine reißt, sobald wir stehen, die Tür auf, stürzt nach draußen; Dru und Nesbitt springen gleichfalls hinaus. Auch ich steige aus, und alle drei schauen mich an, als wäre ich ein Monster. Ich verstehe gar nichts; frage: »Sagt mal, seid ihr verrückt?«

»Du bist *hundertvierzig* gefahren«, meint Nesbitt.

»Und hast nicht mehr geantwortet«, sagt Dru; er beobachtet meinen Gesichtsausdruck.

Ich sage: »Aber ich hab doch sofort gebremst, als ihr was gesagt habt. Ich bin tadellos gefahren, und da rückt ihr mir so auf die Pelle.«

»Dein Blick war ganz *starr*«, meint Elaine. »Wie hypnotisiert oder so.«

Es ist unmöglich festzustellen, ob das wahr ist oder ob die ganze Situation sie derart mitnimmt, daß sie allmählich auszuflippen beginnen; man bräuchte eine Videoaufzeichnung der Fahrt, um das festzustellen. Wir stehen neben dem weißen Auto und werfen einander schräge Blicke zu, schauen immer wieder die verlassene Straße entlang. Die Hitze ist fürchterlich; aus dem Dickicht ringsum dringt ununterbrochen das Summen von Insekten an unsere Ohren. Mir läuft der Schweiß über die Stirn, mein Hemd klebt am Rücken.

Elaine meint, eine Hand in die Hüfte gestützt: »Vielleicht ist es ein Zeichen, daß wir uns nicht an den negativen Ort begeben sollen.«

Dru rupft ein Blatt von einem Zweig, zerknautscht es. Sagt: »Sie haben uns darauf hingewiesen, daß es schwierig werden würde.«

»Aber vielleicht ist ihnen jetzt klar geworden, daß es zu gefährlich ist«, meint Elaine. »Vielleicht versuchen sie, uns davon abzuhalten.«

Nesbitt blickt nach oben, deutet mit dem Finger hinauf. Am Himmel fliegt ein Falke nach Norden, ungefähr so wie der, den wir in Los Angeles gesehen haben, ehe wir losgefahren sind. Wir schauen ihm nach, bis er ziemlich weit weg ist. Elaine sagt: »Ich hab Durst.«

Dru setzt sich ans Steuer, und wir fahren weiter, ganz langsam jetzt; die kalte Luft aus der Air-condition läßt uns den Schweiß auf der Haut gefrieren.

Mindestens eine halbe Stunde fahren wir schweigend dahin, ehe wir wieder in ein Dorf kommen. Dru fährt bei einem Coca-Cola-Schild rechts ran, wir steigen aus.

Auf der anderen Straßenseite sitzt auf einem Korbstuhl ein alter Indio; aus einer Seitengasse tauchen fünf oder sechs Kinder auf; in der Tür des kleinen Ladens sitzt eine dicke Frau. Wir bewegen uns ganz langsam, schließen träge die Wagentüren. Wir wirken ziemlich geschafft, als wären wir schon wochenlang unterwegs.

Der Fußboden im Laden besteht aus festgestampfter Erde; ein stickiger, feuchter Duft hängt im Raum. An einem Balken sind verrostete Haken angebracht, an denen Schnüre hängen; auf dunklen Holzregalen stehen alte Büchsen und Pappschachteln; Gläser voller Nägel und Flaschenkorken auf einer Konsole; neben einer Waage ein mit Bonbons gefülltes kugeliges Glasgefäß; im Schatten Säcke voll Zucker. Die dicke Frau begibt sich hinter den Ladentisch, blickt erwartungsvoll auf uns. Die Kinder kommen herein, bleiben an der Tür stehen und starren uns an, ein paar von ihnen stehen auf einem Bein und versuchen die Balance zu halten. Wir sind wie gelähmt, schnuppern, ohne auch nur die geringste Bewegung zu machen, die Luft.

Schließlich wendet sich Elaine der dicken Frau zu; macht sie mit einer Handbewegung auf sich aufmerksam, sagt: »Coca Cola, bitte.« Sie spricht die Worte so deutlich aus, als würde sie in einem Film über Schwarzafrika in den dreißiger Jahren spielen, mit ihrem weißen Safarianzug.

Die Frau geht an einen alten Kühlschrank, macht die Tür auf, holt vier Flaschen heraus. Auf den Rosten liegt noch ein Stück Butter, eine kleine Melone, eine offene Packung Milch.

Wir trinken schweigend in großen Schlucken, Tränen treten uns in die Augen. Wir lassen den Blick über die wenigen ausgestellten Waren gleiten; die Kinder starren uns immer noch an. Dru stellt seine leere Flasche auf den Ladentisch, zeigt auf die Glaskugel mit den Bonbons, deutet der Frau an, daß er welche haben möchte. Sie holt eine kleine Handvoll heraus, legt sie auf ein Stück braunes Papier. Dru sagt: »Mehr«, macht eine entsprechende Handbewegung. Sie holt, widerwillig, eine weitere Handvoll aus dem Glas. Faltet das Papier zu einem kleinen Päckchen, wiegt es auf der alten gußeisernen Waage ab.

Dru geht auf die Kinder zu, hält ihnen die Bonbons hin. Die rühren sich nicht. Es ist nichts Kindliches an ihnen, abgesehen von der durch ihre geringe Körpergröße bedingten Leichtigkeit der Bewegungen. Dru dreht sich zu der dicken Frau herum, zeigt auf die Kinder, auf die Bonbons. Sagt: »Die sind für sie.« Die Frau übersetzt schnell; die Kinder kommen näher, nehmen die Bonbons entgegen. Sie wirken, als wären sie weit weg; sie bedanken sich nicht, scheinen sich auch nicht sonderlich zu freuen. Sie gehen hinaus, auf den Gehsteig. Nesbitt zahlt, wir treten wieder hinaus ins grelle Sonnenlicht. Elaine geht über die Straße, wäscht sich an einem kleinen Brunnen das Gesicht. Sie macht sich auch die Beine und die Unterarme naß, bespritzt sich das Haar. Der alte Indio auf dem Stuhl deutet ihr an, sie solle den Wasserhahn wieder zudrehen; wiederholt zwei- oder dreimal die gleiche Handbewegung. Dru zieht sein Hemd aus, zieht es wieder an. Vielleicht ist alles nur Einbildung, oder wir stehen jetzt gänzlich unter dem Einfluß der negativen Strahlung.

Wir fahren weiter, von Tis Talan ist nirgendwo eine Spur zu sehen. Nesbitt meint: »Höchst merkwürdig.« Mittlerweile neigen wir dazu, an allem etwas Seltsames zu entdekken, hinter allem irgendeine Bedeutung zu sehen. Die Straße macht eine Kurve, verläuft dann wieder geradeaus durch das grüne Dickicht.

Dru schaltet die Air-condition ab, kurbelt die Scheibe herunter, läßt einen Schwall heißer Luft herein. Wir fahren jetzt mit vierzig dahin, sitzen schweißüberströmt, mit steifen Beinen da, haben genug von dieser Reise. Ab und zu schauen wir nach oben, sehen aber nur Raben. Dann steht auf der linken Straßenseite ein Wegweiser mit der Aufschrift *Tis Talan.* Dru biegt ab, auf eine unbefestigte Straße.

Wir fahren um eine Gruppe dicht beieinanderstehender Bäume herum, und plötzlich sind wir auf einem Platz voller Reisebusse und PKWs, sehen Leute, die in einer Kaffeebar verschwinden oder aus ihr auftauchen, Souvenirverkäufer, Familien mit Kindern und Fotoapparaten, Thermosflaschen in der Hand. Es ist nicht zu fassen, nach dieser stundenlangen Fahrt, auf der uns kein einziges Auto begegnet ist. Nesbitt meint: »Man sieht, daß sie alle aus dem Norden kommen.«

Wir steigen aus, hinaus ins pralle Licht der Sonne, die im Zenit steht. Durchqueren die Abgase der Busse, deren Motoren laufen, damit die Aircondition weiter arbeitet. Gehen durch ein Tor in einer Umzäunung, laufen einen gestampften Fußweg entlang. Dru bleibt stehen; Elaine sagt: »O Gott.« Vor uns liegt eine große Lichtung, eine Fläche wie die von zehn Baseballfeldern zusammengenommen, und mitten auf ihr ein paar gigantische graue Pyramiden. Sicher, das Bewußtsein, hier am negativen Zentrum der Welt zu sein, spielt eine große Rolle, also sie sind wirklich etwas Gewaltiges, stehen in krassem Gegensatz zu der flachen, sanften Struktur des Geländes jenseits der Lichtung.

Wir gehen einzeln umher, gebremst von der Wucht der Sonne und der Ausstrahlung der Pyramiden. Hier und da klettert eine Gestalt ein paar Stufen hinauf, lehnt sich gegen die Steinblöcke. Bei dieser Hitze muß sich das Gros der Touristen an schattige Stellen, in die Kaffeebarbaracke am Eingang oder in die klimatisierten Busse geflüchtet haben.

Wir gehen am Fuß der höchsten Pyramide entlang. Eine steile Treppe führt hinauf zu einem rechteckigen Bauwerk auf dem Gipfel, einer Art Tempel. Nesbitt schaut nach oben, sagt: »Ich hab gelesen, daß die da mal fünfzehntausend Menschen auf einen Schlag geopfert haben. Haben einem nach dem anderen die Kehle durchgeschnitten.«

Dru sagt: »Und die haben nicht mal den Versuch gemacht, sich zu wehren. Waren überzeugt, sie würden direkt ins Paradies kommen.«

»Stell dir mal vor, wieviel *Blut* da geflossen ist«, meint Nesbitt. Ich denke, er will Elaine damit beeindrucken, daß er in so einer bedrückenden Situation ganz cool bleibt. Er sagt: »Ein richtiger *Strom* von Blut muß von da oben runtergeflossen sein.«

Elaine meint: »Hör auf damit, Jack.« Wendet den Blick ab. Doch merkwürdig, die Story von den Menschenopfern klingt banal, gemessen daran, wie diese geometrischen Figuren den Raum ringsum beherrschen, wie sie jeden bedrohen, der ihn durchquert, mit der rohen Gewalt ihres Gewichts, ihrer Höhe und ihres Volumens.

Wir gehen hinüber zum Mittelpunkt der Lichtung. Von einem bestimmten Punkt an begegnet uns kein Mensch mehr, die Touristen wagen sich nicht so weit aus der Dekkung. Wir sind von der Hitze wie gelähmt, vom Licht geblendet und völlig entnervt, lassen alle vier die Füße am Boden schleifen. Als wir ganz hinten vor den letzten Pyramiden stehen, drehen wir uns um, und der Anblick, der sich uns von diesem Standpunkt aus bietet, ist schier unerträglich. Dru zieht den Umschlag mit den wieder zusammengesetzten Botschaften aus der Tasche, fragt Elaine: »Hast du 'ne Ahnung, wo wir die verbrennen sollen?«

Elaine versucht, einen inspirierten Gesichtsausdruck zustande zu bringen, doch das Sonnenlicht ist zu grell. Sie meint: »Ich muß mal darüber nachdenken.«

Wir biegen um die hintere Ecke der letzten Pyramide. Noch ein schmaler Streifen mit kurzgeschnittenem Gras, dann fängt der Dschungel wieder an. Durch die Blätter hindurch sieht man noch mehr graue Steinblöcke, Bruchstücke von Bauwerken, die, wie früher einmal der ganze Ort hier, von Erde und Vegetation bedeckt sind. Elaine blickt um sich, seufzt dabei.

Nesbitt setzt sich in den Schatten eines Baums, wischt sich mit dem Ärmel den Schweiß von der Stirn. Dru schaut auf die graue Wand, die sich schräg und ehrfurchtgebietend vor uns erhebt. Elaine meint: »Ich laufe ein bißchen herum, vielleicht finde ich den Stein.« Die Hände in der Tasche geht sie langsam davon; verschwindet hinter der Pyramide.

Ich gehe ein paar Schritte am Rand des Dschungels entlang. Da sind Stufen, Teile von Umzäunungen oder von zerstörten Gebäuden, auch ein kleiner Tunnel, der einmal wer weiß von wo nach wo geführt haben mag. Wahrscheinlich sind die zur Verfügung stehenden Geldmittel dafür draufgegangen, die Pyramiden wieder freizulegen, und für diesen weniger monumentalen Teil ist nichts mehr übriggeblieben.

Auch ich gehe in den Schatten, doch es ist ein feuchter, drückender Schatten, alles andere als erfrischend. Dru schiebt mit der Fußspitze Steine hin und her. Nesbitt hat den Kopf in die Hände gestützt, atmet ganz langsam. Wir warten.

Schließlich meint Dru: »Verflixt, wo ist sie denn hin?«

Nesbitt erhebt sich, geht bis ans Ende der Pyramide, die uns den Blick auf die Lichtung versperrt. Sagt: »Ich geh sie suchen.« Verschwindet ebenfalls um die Ecke.

Dru stirbt vor Hitze, aber er denkt nicht daran, in den Schatten zu gehen. Sagt: »Vielleicht ist sie dort und überprüft alle Steine, einen nach dem anderen, wie eine Art Wünschelrutengänger.«

Hinter uns ertönt ein Schnalzen. Wir drehen uns um, aber da ist niemand. Vielleicht irgendein Tier, ein Waldvogel möglicherweise, oder ein Ast, der einfach so zerbrochen ist. Dru zögert; kommt dann zu mir und setzt sich ebenfalls unter das schützende Blätterdach.

Wir warten noch eine Viertelstunde, dann wird der Gedanke, daß wir untätig hier rumsitzen, so unerträglich, daß ich aufstehe und sage: »Ich geh mal nachsehen, wo sie geblieben sind.«

Dru meint: »Verschwinde bitte du nicht auch noch.«

Ich gehe zwischen der Westseite der Pyramide und dem niedrigsten Teil der Mauer durch, trete hinaus auf die Lichtung. Jetzt wirkt sie tatsächlich wie ein großes Baseballfeld, auf dem bedrohliche Raumschiffe gelandet sind, von dem die Tribünen verschwunden und alle Zuschauer geflüchtet sind außer ein paar Versprengten, die sich, vom Schock um den Verstand gebracht, hier herumtreiben, ohne zu wissen, was eigentlich passiert ist.

Ich laufe ziellos umher, der Kopf brennt mir und die Beine sind schwer, ich habe nicht mehr die geringste Energie für eine sinnvolle Suche. In der Ferne, Richtung Eingang, sehe ich eine weiße Gestalt, die mühsam die Stufen einer Pyramide herabklettert; ich winke ihr zu, aber aus zweihundert Metern Entfernung erweist sie sich als viel schwergewichtiger und plumper als Elaine; nicht weit von ihr steht ihr Ehemann und fotografiert sie.

Ich höre, wie jemand »Elaaaaaaaaine!« ruft. Der Schrei breitet sich gut über der ganzen Fläche aus; im von Touristen bevölkerten Teil der Lichtung drehen sich drei oder vier menschliche Ameisen um. Ich gehe in die Richtung, aus der der Ruf kam, sehe Nesbitt ganz oben auf einer Pyramide, die Hände vor dem Mund zum Trichter geformt. Ich rufe hinauf: »He!« Er schaut herunter, scheint enttäuscht zu sein, als er sieht, daß ich es bin. Er ruft noch ein paarmal in verschiedene Richtungen, kommt dann wieder herunter. Er ist von Angst erfüllt, in Schweiß gebadet. Sagt: »Sie ist nicht da. Ich hab überall geguckt.«

Ich sage zu ihm: »Vielleicht ist sie schon bei Dru.« Wir gehen zusammen zurück ans hintere Ende der Lichtung. Nesbitt bleibt immer wieder stehen und schaut zurück; dreht sich im Kreis, geht rückwärts. Es ist jetzt, als würden wir inmitten einer Flottille von Kriegsschiffen schwimmen.

Dru sitzt immer noch hinter der letzten Pyramide, mehr oder weniger an der gleichen Stelle, an der wir ihn zurückgelassen haben; kauert vor einem kleinen Feuer auf einem Stein.

»Sie ist nicht zurückgekommen?« fragt Nesbitt.

»Nein«, sagt Dru, ohne den Kopf zu heben. Er hat eine dünne Blutspur auf der Stirn; sie rinnt aus einer kleinen Schnittwunde. Er stochert mit einem dürren Zweig in den Papierschnipseln, dreht sie hin und her, damit sie schneller Feuer fangen.

Nesbitt schaut auf die Schnittwunde, fragt: »Was ist passiert?«

Dru deutet auf einen Ast über seinem Kopf, sagt: »Ich bin dagegengestoßen, als ich versucht hab herauszufinden, wo die richtige Stelle ist, also ist es vielleicht die hier.« Er konzentriert sich weiter auf das Feuer, bis die Botschaften nur noch ein Häufchen mattschimmernder schwarzer Ascheblättchen sind, die zerfallen, sobald er darauf bläst.

Dann starren wir alle drei die Asche an, und ein Mann kommt aus dem kleinen Tunnel links von uns. Wie er dort herauskommt, sehe ich allerdings nicht; als ich ihn bemerke, steht er schon vor dem Tunneleingang. Er ist klein, hat glänzendes Haar und eine Adlernase, seine Augen sind tiefschwarz. Er betrachtet uns mit leicht ironischem Blick, schaut auf die Reste des Feuers. Fragt: »Alles klar?«

Es ist ein bißchen wie im Hotel in Los Angeles, als wir die beiden im Korridor gesehen haben: Wieder gerät die Zeit ins Rutschen, und bis uns klar ist, daß der Typ weder ein Wächter noch ein Fremdenführer noch ein Souvenirverkäufer ist, ist er schon wieder im Tunnel verschwunden.

Wir rennen hinterher; Dru läuft als erster hinein, Nesbitt und ich folgen ihm. Der Tunnel ist nicht so niedrig, wie es schien, wir können aufrecht gehen, ohne mit dem Kopf anzustoßen. Wir durchqueren ihn in dem Licht, das von der Öffnung auf der anderen Seite, aus zehn, zwölf Metern Entfernung zu uns dringt. Das alte Gemäuer ist mit Schimmelpilzen bedeckt, das Gestein schwitzt; der Boden unter unseren Füßen tönt kompakt. Wir treten am anderen Ende ins Freie, sehen nur hohes Gras und dicht beieinanderstehende Bäume.

Nesbitt bückt sich, mustert den Boden, sagt: »Er muß doch wenigstens Fußabdrücke hinterlassen haben.« Aber es gibt nicht das geringste Anzeichen dafür, daß hier jemand entlanggegangen ist. Nesbitt macht einen Schritt vorwärts, um festzustellen, ob sich das Gras, auf das er tritt, sofort wieder aufrichtet: Es bleibt flach am Boden liegen. Er sagt: »Verdammter Mist...« Wir spitzen die Ohren; aus dem Gestrüpp kommen nur die Geräusche der Insekten und ein paar Vogelrufe. Dru lehnt sich mit dem Rücken gegen die Tunnelwand.

Wir gehen zurück, sind wieder auf der anderen Seite des Tunnels, hinter der Pyramide. Wir schauen auf den Stein, auf dem Dru die Botschaften verbrannt hat, und sehen keine Spur von Asche mehr, keine vom Feuer geschwärzte Stelle. Dru sieht Nesbitt und mich an, aus seinen Augen leuchtet eine Art kindliches Vergnügen. Er wirkt jetzt viel fröhlicher als vorher, bei unserer Ankunft; auch jünger. Er fragt Nesbitt: »Findest du, daß ich mich verändert habe?«

Nesbitt tritt einen halben Schritt zurück, um ihn sich genau anzusehen; legt den Kopf schief; sagt: »Ein bißchen kleiner bist du vielleicht.«

Dru fragt mich: »Und was meinst du?«

»Ich weiß nicht«, sage ich; auch wenn es tatsächlich so aussieht, als wäre er geschrumpft, einen Zentimeter vielleicht.

Dru lacht; sagt: »Ich weiß nicht, was los ist. Ich *fühle* mich kleiner. Nicht viel, nur ein bißchen.«

Nesbitt stellt sich neben ihn, Schulter an Schulter. Aber der Boden ist hier zu uneben, um etwas Genaues festzustellen, und außerdem erinnert sich auch keiner, was für ein Größenunterschied vorher zwischen ihnen bestand. Schließlich lassen wir's sein. Das ist ein Moment, in dem man alles glauben könnte, ohne jede Einschränkung.

Wir marschieren quer über die große Lichtung. Die Sonne brennt noch kräftig vom Himmel, aber das Laufen fällt uns jetzt leichter. Die Gegenwart der Pyramiden scheint uns nicht mehr so sehr zu betreffen; ihre Strahlung ist in den Hintergrund getreten. Nur Nesbitt ist noch angespannt, macht sich auf dem ganzen Rückweg Sorgen um Elaine, schaut in alle Richtungen. Ab und zu löst er sich von uns, läuft im Dauerlauf ein kurzes Stück voraus, schaut um die Ecke einer Pyramide. Kommt außer Atem zurück, sagt: »Nichts.« Sieht Dru an, als erwarte er von ihm etwas Tröstliches, etwas Beruhigendes zu hören. Dru meint: »Vielleicht wartet sie im Auto auf uns.«

In der Nähe des Eingangs treffen wir jetzt auf mehr Leute als vorhin, als wir gekommen sind: Paare und Familien und ganze Gruppen laufen herum und fotografieren. Wir gehen zurück zu dem Parkplatz mit dem gestampften Boden, zu den wartenden Bussen und PKWs, aber von Elaine ist nichts zu sehen. Nesbitt geht weiter, fast bis zur asphaltierten Straße; kommt zurück, schüttelt den Kopf.

Wir betreten die Kaffeebarbaracke am Eingang. Sehen dort Touristen, die sich mit Coca Cola abfüllen, vor der Toilettentür Schlange stehen, sich mit Taschentüchern den Schweiß von der Stirn wischen, zwischen Webarbeiten und angeblichen kunsthandwerklichen Erzeugnissen hin und her gehen. Nesbitt schaut auch hier in jede Ecke; tritt an jedes der kleinen Fenster. Dru fragt nach Mineralwasser, doch es gibt keines; er sagt: »Wir können doch nicht dauernd nur irgendwelche Dreckbrühe trinken.« Läßt sich von dem Typen hinter dem Tresen eine Staude ganz kleiner Bananen geben. Nesbitt zahlt; obwohl ihm die Angst im Nacken sitzt, schafft er es auszurechnen, daß wir nur zehn Dollar bräuchten, um das Auto damit zu füllen. Wir verlassen den Raum durch eine Tür an der Rückseite, setzen uns auf drei Korbhocker im Schatten eines alten Feigenbaums. Da steht auch ein Tisch, vermutlich nimmt hier der Typ, der den Laden betreibt, seine Mahlzeiten zu sich. Der Zaun, der die Lichtung auf dieser Seite begrenzt, ist nur wenige Meter entfernt, aber von Bäumen und Büschen verdeckt.

Wir essen die kleinen Bananen eine nach der anderen, sie sind aromatisch und süß, wenig durststillend. Nesbitt steht auf, setzt sich wieder hin; steht wieder auf. Sagt: »Ich geh weiter nach ihr suchen.« Geht, das Hemd völlig durchnäßt von Schweiß, rasch davon.

Dru und ich bleiben im Schatten sitzen. Dru streckt die Beine aus, kippt mit dem Hocker nach hinten, schaut auf die Blätter über uns. Die Vegetation schirmt uns gegen die Pyramiden ab, die Baracke hinter uns gegen den Parkplatz; wir sind in einer Art neutralen Zone.

Dru sagt: »Gestern nacht hab ich die Stimme gefragt, warum sie gerade mit mir Kontakt aufgenommen haben. Die Stimme hat nur gemeint, wegen dem, was du bist, nicht wegen dem, was du machst. Was vielleicht recht faszinierend klingt, aber nicht eben *klar* ist.«

Die Tür hinter uns geht auf; der Typ von drinnen schaut mit habgierigen Augen auf unsere Hocker, aber Dru dreht sich so genervt herum, daß er sich sofort wieder nach drinnen zurückzieht, die Tür wieder schließt.

Dru meint: »Was erwarten die denn, soll ich einen Propagandafilm für sie machen? Eine Art gigantischen Werbespot, um die Leute davon zu überzeugen, daß es jenseits von uns noch etwas gibt und daß wir aufhören müssen, unser eigenes Leben und die Welt kaputtzumachen?«

Ich weiß nicht, was ich dazu sagen soll; stopfe mir die letzte Banane in den Mund.

Er sagt: »Sicher, sie haben uns gezeigt, daß sie in der Lage sind, sich recht genau darüber zu informieren, was wir tun und was wir denken, und sie haben diese ganze Kette von bedeutungsschwangeren Orten und Situationen aneinandergereiht. Aber man fragt sich doch, wenn sie die Dinge aus einer so unglaublich globalen Perspektive sehen und weder Zeit noch Raum noch die physikalischen Gesetze zu berücksichtigen brauchen, die jedem von uns wie ein Klotz am Bein hängen, wenn er versucht, etwas von seinen Vorstellungen zu realisieren, warum sie uns dann ihre Botschaften als anonyme Mitteilungen zukommen lassen müssen, noch dazu in einer so plumpen Handschrift abgefaßt. Warum müssen sie ein Telefon benutzen, um mit uns zu sprechen? Sollten sie das nicht überall können, in jedem beliebigen Augenblick?«

Wir sitzen reglos in der drückenden Schwüle, da ertönt ein Schnalzen, eine rauhe Stimme fragt: »Seid ihr da?«

Wir fahren herum; Nesbitt kommt um die Baracke gerannt, wirkt jetzt noch verstörter als vorhin, ist noch heftiger am Schwitzen. Er sagt: »Sie ist nirgends zu sehen. Ich versteh nicht, was mit ihr passiert sein könnte.«

Wir folgen ihm hinaus auf den staubigen, lärmerfüllten Platz. Gehen zwischen den geparkten und den hin und her rangierenden Autos entlang und sehen Elaine aus einem weißen Kleinbus steigen. Sie springt vom Trittbrett und dreht sich sofort herum, so daß es aussieht, als komme sie von der Lichtung mit den Pyramiden, daß es, als sie bei uns anlangt, in diesem Durcheinander von Bewegungen und Gemütszuständen bereits ziemlich unklar erscheint, ob sie etwas mit diesem Kleinbus zu tun gehabt hat oder nicht. Sie lächelt, sagt: »Entschuldigung. Ich hab mir jede Menge Steine angeschaut, aber der richtige war, glaub ich, nicht dabei.«

»Dafür haben wir ihn gefunden«, meint Dru.

Nesbitt steht zwei Schritte von ihr entfernt, und seine Angst verwandelt sich in Sekundenschnelle in Wut. Er deutet auf den weißen Bus, der langsam über den Platz davonfährt, fragt: »Wie zum Teufel bist du da reingekommen?«

»Wo rein?« meint Elaine.

Nesbitt spurtet los, rennt hinter dem Bus her. Er holt ihn ein, klopft ein paarmal gegen das Blech der Karosserie; dann gegen die Heckscheibe. Der Kleinbus beschleunigt; Nesbitt versucht, mit ihm Schritt zu halten, rennt wie ein Verrückter, schafft es aber nicht; er gibt auf, bleibt stehen und schaut ihm nach, muß vor lauter Staub husten. Er kommt zurück zu uns, geht sofort auf Elaine los, brüllt sie an: »Kannst du mir vielleicht sagen, was du mit diesen verdammten Dreckskerlen getrieben hast, während wir Vollidioten uns Sorgen um dich gemacht haben?« Er packt sie am Arm, schüttelt sie.

Sie versucht freizukommen, fragt: »Bist du denn wahnsinnig geworden? Wovon redest du überhaupt?«

»Das weißt du ganz genau«, brüllt Nesbitt, ohne den Griff zu lockern. »Dreckige Nutte!«

Dru hält ihn zurück, sagt: »Beruhige dich, Jack.«

Doch Nesbitt hört ihn überhaupt nicht, brüllt: »Das ist doch keine Art, mit uns umzugehen! Sich in so einer Situation einfach absetzen, das ist doch zum Kotzen!« Dru muß sich anstrengen, um ihn davon abzuhalten, sich auf Elaine zu stürzen.

Elaine sucht hinter meinem Rücken Schutz, meint: »Ich hab sie nur gefragt, ob sie mich ein Stück mitnehmen können, weil ich nicht den ganzen Weg zu Fuß ...«

»Welchen Weg, von wo?« brüllt Nesbitt mit sich überschlagender Stimme. »Und du hättest das Spiritual Girl sein sollen, du mit deinem inspirierten Getue!«

Eine Touristenfamilie, alle dick und blaß, lehnt an einem Auto und beobachtet die Szene; zwei Jungs, die Souvenirs verkaufen, zeigen feixend mit dem Finger auf uns. Ein großer Reisebus manövriert neben uns hin und her, wirbelt Staubwolken auf, übertönt mit dem Lärm seines Motors Nesbitts Stimme.

Dru schiebt uns alle in Richtung Auto, sagt: »Wir haben ja gewußt, daß das der negative Ort ist. Also nichts wie weg.«

Das Auto ist eine Art Backofen; die Aircondition braucht gut fünf Minuten, bis die Temperatur etwas erträglicher wird. Ich fahre, schaue alle paar Sekunden auf den Tacho, will mir nicht wieder von den anderen sagen lassen, daß ich zu schnell bin.

Ab und zu laufen zwei oder drei Indiokinder im Gänsemarsch am Straßenrand entlang, haben kleine Reisigbündel oder einzelne Baumstämmchen auf dem Rücken. Sie gehen gebückt, die kleinen dunklen Gesichter blicken ernst, sie wirken, als könnten sie tagelang ohne Pause so weitergehen. Wir fahren schnell an ihnen vorbei, kommen erst nach gut dreißig Kilometern wieder in ein kleines Dorf.

Es ist schon mindestens eine Stunde dunkel

Es ist schon mindestens eine Stunde dunkel, als wir in Cancún ankommen und das Auto auf dem Hotel-Parkplatz abstellen. In einer aus Fertigteilen zusammengesetzten Mausefalle von Büro führt Nesbitt Verhandlungen, um einen Jeep zu bekommen; Dru, Elaine und ich warten im Licht der Neonlampen. Es sieht überhaupt nicht so aus, als hätten wir unsere negativen Spannungen in Tis Talan zurückgelassen; wir sind nervös und müde, ärgern uns einer über den anderen. Elaine geht hin und her, trällert immer wieder den Refrain eines Schlagers, bietet Dru einen Kaugummi an. Der sagt: »Nein.«

Ein Angestellter bringt uns einen alten roten Jeep; Nesbitt setzt sich sofort ans Steuer, ehe Dru etwas anderes verfügen kann. Elaine setzt sich nach hinten, neben mich, um nur ja Nesbitt nicht zu nahe zu sein. Wir fahren los, nach Süden, lassen die Lichter hinter uns.

Es ist sicher etwas anderes, die Nacht auf diese Weise zu durchqueren, ohne Filter, ungeschützt, die Luft, die angefüllt ist mit den süßlichen Düften des Waldes, mit Vogelschreien, raschem Trillern und Schnalzen, mit dem Rascheln des Laubs, direkt auf dem Körper zu spüren. Die schwachen Scheinwerfer lassen nur ein kurzes Stück der Straße vor uns sichtbar werden, der Motor dreht langsam und unruhig. Die Eindrücke, die uns jetzt von allen Seiten bestürmen, sind so stark, daß es uns schwerfällt, uns weiter auf unsere Anfälle von Gereiztheit zu konzentrieren; je länger wir dahinfahren, desto mehr lassen wir uns in eine gelöste Stimmung versetzen. Dru sagt: »Jetzt könnte einfach *alles* passieren. Wir sind völlig dem Zufall ausgeliefert.«

»Stimmt!« ruft Elaine gegen den Wind. »Wir sind Reisende im Raum!« Sie versucht, mit einer Hand ihre Haare festzuhalten, doch die flattern trotzdem wild umher, fliegen mir ins Gesicht, wenn ich mich nicht weit genug zur Seite neige. Sie sind weich, duften. Nur Nesbitt scheint an der Atmosphäre nicht richtig teilzuhaben, hält das Lenkrad fest umklammert, starrt verkrampft auf die Straße.

Wir durchschneiden das Dunkel, schnüffeln die Luft und Lauschen den Geräuschen, erheitert von der Vorstellung, uns so aufs Geratewohl von den einzigen Bezugspunkten, die wir hier hatten, zu entfernen. Die Touristen sind alle im Norden, eingeschlossen in die Würfel, Brunnenschächte oder Pyramiden ihrer Hotels, die Autos und Busse rühren sich nicht von den Parkplätzen; wir sind die einzigen Reisenden, die in dieser Nacht unterwegs sind.

Plötzlich sehen wir im Scheinwerferlicht am Rand der Fahrbahn zwei Indios. Sie stehen zu weit auseinander, um miteinander reden zu können, starren nur hinüber zur anderen Straßenseite, stumm und abwartend, wirken auf unglaubliche Weise verloren im Nichts. Dru dreht sich, als wir an ihnen vorbeifahren, herum, will zu ihnen zurückschauen, doch da ist nichts mehr zu sehen, wir könnten sie uns durchaus auch nur eingebildet haben.

Nesbitt fährt eine Stunde lang weiter, vielleicht auch länger, fährt und fährt. Wir sind jetzt schon zwei Tage auf Achse, ohne etwas Nennenswertes zu uns genommen zu haben, und doch habe ich nicht das Gefühl, besonders müde oder hungrig zu sein. Elaine wühlt in ihrer Reisetasche herum, kramt einen Pullover hervor; hält sich mit einer Hand an der Rückenlehne fest, verliert das Gleichgewicht und kippt gegen mich, richtet sich praktisch sofort wieder auf. Ich bemühe mich nicht sonderlich um Distanz; sitze so dicht neben ihr, als wäre die Rückbank um mindestens zehn Zentimeter schmaler.

Nesbitt fragt Dru: »Die Stimme hat dir nicht erklärt, wo genau wir übernachten sollen?«

»Nur, daß es was ganz Einfaches sein soll«, sagt Dru.

»Hier scheint's überhaupt nichts zu geben«, meint Nesbitt. »Weder was Einfaches noch sonst was.«

Doch fast im gleichen Augenblick taucht auf der linken Seite eine weiße Reklametafel auf: *Yuko Lindo Bungalows Beach Restaurant.* Nesbitt bremst, biegt in eine unasphaltierte Straße ein.

Wir fahren mindestens zehn Minuten auf ihr entlang; Nesbitt fährt, als habe er Angst, jeden Moment in eine Falle zu geraten. Ringsum zirpen Grillen; ein kalter, feuchter Wind umstreicht uns, vielleicht aus einem Schilfröhricht. Dann sind wir am Ende der Straße angelangt, stehen vor zwei durch einen Bogen verbundenen weißen Gebäuden. Wir springen aus dem Wagen, ganz benommen und steif vom Fahrtwind. Nur ein einziges, offenstehendes Fenster ist beleuchtet. Irgendwo hinter dem Bogen sind in dem schwachen Mondlicht, das ab und zu das Dunkel durchbricht, Palmen zu sehen.

Wir gehen durch eine Tür mit der Aufschrift *Reception* hinein, kommen in eine weiße Halle mit einer Holzbalkendecke. Wahrscheinlich war das Gebäude ursprünglich eine Missionsstation. Nesbitt geht an die Rezeption, betätigt zwei- oder dreimal eine Klingel; niemand erscheint. Elaine macht ein verdutztes Gesicht, bläst die Wangen auf. Dru schaut auf eine Stoffbahn an der Wand, mit schmalen horizontalen Streifen in intensiven Farben. Ich hab nicht die geringste Lust, wieder zum Auto zu gehen und auf der dunklen Straße weiterzufahren.

Nesbitt klingelt noch einmal; ein junger Mann tritt aus einer Tür. Sagt: »Entschuldigen Sie vielmals.« Knöpft noch die letzten Knöpfe seines Hemds zu. Nesbitt fragt ihn, ob noch drei Bungalows frei sind; er meint: »Soviele Sie wollen.« Er lächelt; läßt uns im voraus bezahlen. Sagt: »Falls Sie etwas essen wollen, wir haben unten am Strand ein Restaurant, das die ganze Nacht geöffnet ist.«

Als wir wieder draußen sind, besteht Elaine darauf, daß sie bis zu den Bungalows fährt. Gibt sich dabei betont spirituell, als vollziehe sie eine Art symbolischer Handlung. Sie fährt ohne Licht, verfehlt ein paar Palmen nur um Haaresbreite. Wir sind hier in einem richtigen Palmenhain, die dunklen Stämme stehen so dicht beieinander, daß durch das Blätterdach der Himmel nicht mehr zu sehen ist. Elaine fährt ruckartig, läßt den Motor im ersten Gang stottern. Nesbitt und ich klammern uns am Sitz fest, Dru hingegen scheint erneut von Bewunderung erfüllt, sagt zu ihr: »Du hättest die ganze Zeit über fahren sollen.«

Elaine bleibt schließlich, die Motorhaube in einem Gebüsch, stehen. Die Bungalows sind in Dreiergruppen U-förmig angeordnete Blockhütten. Es ist reiner Zufall, daß wir direkt vor unseren stehen; Elaine fragt: »Habt ihr gesehen?« Aus den anderen im Palmenhain verstreuten Hütten dringt kein Lichtstrahl, kein Geräusch; es gibt keine Außenbeleuchtung. Dru meint: »Ich glaube nicht, daß wir so schnell etwas Einfacheres als das hier finden würden.«

Auch drinnen ist der Unterschied zu dem Hotel von vergangener Nacht nicht zu übersehen. Da gibt es zwei kleine Betten, zwei Korbstühle, eine nackte Glühbirne, an der

Decke einen alten Propellerventilator, an den Fenstern Jalousien mit unbehandelten Holzlamellen. Das Bad ist winzig, aus dem Wasserhahn am Waschbecken rinnt ein dünner Strom schmutziggelbes Wasser; auf einem Zettel steht von Hand geschrieben: *Nicht trinken.* Ein gefüllter Krug auf einer Konsole verbreitet den Geruch von Desinfektionsmittel.

Ich gehe wieder ins Freie, warte zusammen mit Dru und Nesbitt, bis auch Elaine herauskommt. Sie hat eine frische Bluse angezogen und eine saubere weiße Hose, hat die Schminke um die Augen erneuert und sich die Haare gekämmt. Sie geht tatendurstig hin und her, sagt: »Gehen wir gleich was essen!«

Wir suchen zwischen all den Palmen, Büschen und leeren Bungalows nach dem Restaurant, brauchen zehn Minuten, bis wir es gefunden haben. Nesbitt meint: »Daß die das nicht zumachen, wenn hier immer so wenig los ist.«

Das Restaurant ist ebenfalls eine Blockhütte, nur etwas länger und breiter als die anderen, mit einem Dach aus Kokosfasern und Zierbalken über dem Eingang. Drinnen stehen ein Kellner und ein Koch plaudernd neben einer verstummten Juke-Box, begrüßen uns mit einer Handbewegung. Niemand sitzt im trüben Licht der kleinen gelben Deckenlampen an den Tischen.

Wir setzen uns ganz nach hinten. Durch die Fenster sieht man noch ein paar Palmen, dann den Strand, ein paar Reflexe des Mondlichts auf der Wasseroberfläche. In einer Ecke hängt ein großer Käfig mit einem schlafenden Tukan. Der Kellner kommt an unseren Tisch, sagt, um diese Zeit könne er uns nicht mehr viel anbieten. Geht zurück zum Eingang und stellt die Juke-Box an: Eine bebende Stimme schreit, begleitet von einer Gitarre, ein Lied. Dru meint: »Um Himmels willen, nein.« Gibt dem Kellner zu verstehen, er möge die Musik etwas leiser machen; der Kellner schaltet sie ganz ab. Nesbitt und Elaine haben sich so hingesetzt, daß keinerlei Risiko besteht, daß sie einander in die Augen sehen müssen.

Der Kellner kommt mit eiskaltem Bier, Tacos und Schälchen mit Saucen. Er lächelt, scheint sich über die Kundschaft zu freuen, auch wenn es reichlich spät ist. Dru löffelt Pepperoni-Sauce auf seinen Taco, beißt eine Ecke davon ab; sagt »Igitt«. Er ist mal wieder in einer destruktiven Stimmung, sucht überall nach Vorwänden, sich zu beklagen.

Ich sage: »Die schmecken doch toll.« Das ist eine Sache, die mich bei dieser Arbeit nervt: Wenn ich nicht mit Dreharbeiten beschäftigt bin und ganz klare Aufgaben zu erfüllen habe, hab ich nicht die geringste Lust, ständig nach jemandes Pfeife zu tanzen und ihm nie zu widersprechen. Ich versuche immer, mich aus den Gesprächen und den Gedankenströmen möglichst rauszuhalten, mir vor Augen zu halten, daß ich das alles nur mache, um etwas dabei zu lernen, aber ab und zu stinkt mir diese Rolle, dann hab ich das ganze einfach satt.

Dru schaut mich an, als ob ich gesagt hätte, daß mich seine Filme ankotzen.

Elaine sagt: »Dave hat recht, sie sind phantastisch.« Sie schaut mich dabei sogar an, anstatt wie sonst über mich hinwegzusehen.

Der Kellner bringt noch eine Runde Bier und vier Langusten; sagt, das sei alles, was noch da sei. Wir waren auch bereits am Verhungern, schlingen alles, tief über die Teller gebeugt, in wenigen Minuten wortlos hinunter, und als wir fertig sind, hat sich die Spannung ein wenig vermindert, sitzen wir lockerer da. Nesbitt erzählt Dru von einem egozentrischen Nachwuchsregisseur, wegen dem er im vergangenen Jahr eine Menge Geld verloren hat; Dru lacht.

Ich trinke auch das zweite Bier, das kalt ist und angenehm in der Kehle und mir nicht allzusehr zu Kopf zu steigen scheint. Der Kellner räumt die leeren Flaschen ab, kommt noch einmal mit vollen an. Jetzt trinken nur noch Elaine und ich Alkohol; Dru und Nesbitt bestellen Mineralwasser, sprechen über das Filmemachen. Ich erzähle Elaine von den Filmen, an denen ich als Regieassistent mitgearbeitet habe, von der billigen, kleinen Fernsehserie, die ich machen möchte, und nach einer Weile unterhalten wir uns, als wären wir zu zweit zum Essen ausgegangen, einer dem anderen zugewandt. Das ist keine Situation, die allmählich entsteht; sie wird mir von einem Moment auf den anderen bewußt. Dru und Nesbitt sitzen am rechten Rand meines Blickfelds, Nesbitt ergeht sich in der Beschreibung eines Drehbuchs, Dru folgt ihm mit geteilter Aufmerksamkeit. Ich bemühe mich, Elaine etwas Reizvolles von Europa zu erzählen; sie hört mir zu, trinkt und schaut mich an.

Der Kellner kommt wieder an unseren Tisch, hinter ihm ein kleiner Junge. Im Tonfall eines Zirkusdirektors, der einen Akrobaten ankündigt, sagt er: »Er wird Ihnen ein Bananen-Flambé zubereiten.«

Der Junge klappt einen hölzernen Dreifuß auseinander, zündet ein Rechaud an und stellt eine große schwarze Pfanne darauf. Hinter ihm erscheint eine Frau mittleren Alters, unterstützt ihn, vor allem mit Blicken.

Ich verfolge die Szene mit Unterbrechungen; jedesmal, wenn ich wieder auf den Jungen schaue, hat er ein anderes Stadium der Zubereitung erreicht, die ganze Prozedur scheint ruckartig zu verlaufen, ähnelt einer Filmsequenz, aus der wahllos einzelne Bilder herausgeschnitten wurden. Im übrigen rede ich weiter mit Elaine, neige mich weiter zu ihr hinüber. Auch sie neigt sich, auf einen Ellbogen gestützt, das Bierglas in der Hand, mir zu. Dru und Nesbitt konzentrieren sich voll auf das Flambé, als wären sie tatsächlich im Zirkus. Erst nach einer Weile dreht sich Nesbitt zu uns herum; doch es ist ihm peinlich, es auf so offensichtliche Weise getan zu haben, und er dreht sich mit einem Ruck in die vorherige Stellung zurück, zeigt mit dem Finger auf den Jungen, fragt ihn in gebrochenem Spanisch: »Wie alt bist du?«

Der Junge hält mit der linken Hand die Pfanne über das Feuer, verrührt mit der rechten in einer Schüssel Brandy und Zucker; er blickt auf und gerät einen Moment aus dem Konzept, wie ein Drahtseilakrobat, den ein Zuruf eines verantwortungslosen Zuschauers in Gefahr bringt. Die Frau in seinem Rücken verzieht das Gesicht, sagt »Fünfzehn«, ohne den Blick von seinen Händen abzuwenden.

Ich glaube, bei mir beginnt sich das viele Bier allmählich auszuwirken, denn in meinem Kopf schwirren nur noch bruchstückhafte Eindrücke herum, er enthält keinerlei zusammenhängende Gedanken mehr. So habe ich zum Beispiel den Eindruck, Nesbitt überschütte Elaine und mich von der Seite mit einer Woge von Eifersucht, und einen Augenblick später, ich wäre von einer Art Vorhang, der diagonal über den Tisch verläuft, gegen ihn abgeschirmt; wieder einen Augenblick später habe ich das Gefühl, mich in einer unerträglichen Lage zu befinden.

Der Junge ist jetzt aufs äußerste konzentriert. Er macht eine Handbewegung; die Frau hinter ihm gibt das Zeichen an den Kellner vorne am Eingang weiter; der Kellner löscht das Licht; der Junge schüttet mit einer schnellen Handbewegung den Alkohol-Sirup in die Pfanne und zündet ihn an, flambiert die Bananen. Das gelb-blaue Licht der Flamme, die fast bis ans Dach emporzüngelt, ist jetzt die einzige Beleuchtung. Wir applaudieren alle; das Licht geht wieder an, der Junge verbeugt sich. Er schaut in die

Flamme, bis sie erloschen ist, legt uns dann die Bananen auf die Teller.

Sie schmecken gut, wenn auch natürlich nicht so gut, wie die Zubereitungsart zu versprechen schien; ich weiß nicht, wie sie schmecken müßten, um wirklich gut zu sein. Ich trinke noch ein Bier, gieße auch Elaine, die mit mir mithält, noch etwas davon ins Glas. Dann sind wir einander noch mehr zugeneigt, vertieft in einen verlangsamten Austausch unserer Meinungen darüber, wie wir nach außen wirken, eine Folge von Behauptungen, Einwänden und geheuchelten, aber wiederholt vorgebrachten Komplimenten. Nesbitt schaut uns jetzt, mit einer fast schon automatischen Kopfbewegung, alle paar Sekunden an. Ich lege in diesem Augenblick nicht den geringsten Wert darauf, diskret oder diplomatisch vorzugehen, ich wüßte auch gar nicht, was ich zur Entkrampfung der Situation tun könnte. Wir sind jeder auf seine Weise in gespannter Erwartung gefangen, sind uneinsichtig und nicht in der Lage, uns vom eigenen Standpunkt zu lösen.

Dru steht auf, sagt zu Nesbitt: »Ich hätte was mit dir zu bereden.« Er deutet hinüber zu der Tür auf der anderen Seite der Hütte. Nesbitt zögert, schaut noch einmal auf Elaine und mich; erhebt sich widerwillig. Dru sagt: »Entschuldigt uns einen Moment, wir gehen mal kurz nach draußen.« Ich weiß nicht, warum er das macht, aber es scheint mir völlig selbstverstandlich, da es genau das ist, was ich erhofft hatte.

Nun sitze ich allein mit Elaine in dem schwachen gelben Licht, auf dem Tisch stehen zwei volle Flaschen Bier; im Dunkel hinter uns die Palmen und das Meer. Mir ist überhaupt nicht mehr richtig klar, was ich daherrede, aber das ist jetzt auch unwichtig, weil wir nun vor allem unsere Blicke wahrnehmen, unsere Gesten und Andeutungen von Gesten, unsere gedachten Gesten. Ab und zu denke ich daran, daß Dru und Nesbitt jeden Augenblick wieder hereinkommen können; bemühe mich, nicht zur Tür zu schauen. Ich würde gern aufstehen, aber ich kriege die Energie nicht zusammen.

Schließlich sage ich zu Elaine: »Gehen wir nach draußen.« Genauso hätte Dru das sagen können; eine Sekunde später sind wir am Strand, ziehen die Schuhe aus, kämpfen dabei auf einem Bein stehend darum, das Gleichgewicht nicht zu verlieren.

Die Luft ist lau, das einzige Geräusch ist das Schwappen des Meeres. Ich lege Elaine den Arm um die Taille, unter dem glatten Stoff ihrer Bluse. Seite an Seite spazieren wir am Meer entlang, die Situation ist keineswegs so verworren, wie zu befürchten war, da ist nur diese leichte Berührung unserer Körper.

Ich zeige auf das dunkle, gekräuselte Wasser, frage: »Springen wir mal rein?«

Elaine schaut mich nur an und sagt nichts. Ich gebe ihr einen Schubs, sie geht ein wenig zur Seite; ich ziehe mich aus und renne ins Wasser, springe flach hinein. Das Wasser ist warm und nicht tief; als ich wieder aufstehe, reicht es mir kaum bis zu den Knien. Ich rufe Elaine zu: »Komm rein!« Sie kommt etwas näher, steigt unsicher aus der Hose.

Ich rufe nochmal: »Komm doch!«; hocke mich ins Wasser, weil jetzt etwas Wind aufkommt. Sie kommt auf mich zu, hat aber keine Lust, ganz ins Wasser zu gehen, zieht ihre Bluse nicht aus. Sie lächelt mir zu, kommt aber nicht so nah, daß ich sie naßspritzen kann. Ich schaue auf ihre hellen Beine, das bißchen, das man von ihrem weißen Slip sieht; ich nähere mich ihr wie ein Raubfisch, versuche, sie am Sprunggelenk zu packen. Sie stößt einen Quietscher aus, ruft lachend: »Nein!«

Ich schwimme ein paar Meter hinaus, dann fallen mir die Barrakudas wieder ein, und struppige Algen streifen mich; ich mache sofort kehrt. Versuche noch einmal, Elaine ins Wasser zu ziehen, erwische sie an der Wade; sie schlägt aus, spritzt mit Wasser um sich. Dann fängt es an zu regnen. Es regnet in großen, weichen Tropfen. Im Handumdrehen wird der Regen dichter und heftiger, peitscht die Wasseroberfläche zu Blasen auf.

Wir gehen wieder raus, stolpern lachend den sandigen Hang hoch, schlüpfen in unsere nassen Hosen. Wir laufen im Zickzack zwischen den Palmen hindurch, die Dusche von oben nimmt kein Ende, die Temperatur ist herrlich, unsere Bewegungen kosten uns nicht die geringste Mühe, wir denken nicht daran, uns irgendwo unterzustellen. Wieder lege ich eine Hand auf Elaines Hüfte, und plötzlich denke ich, daß ich noch nie im Leben in einer Situation war, die so sehr an einen Film erinnert. Das alles ist der Wirklichkeit irgendwie ähnlich, ist einfach und gehaltlos und auch vorhersehbar. Elaine und ich bleiben stehen, schauen uns aus wenigen Zentimetern Entfernung an, und einen Augenblick später küssen wir uns bereits.

Es ist ein etwas wässriger Kuß. Das Wasser läuft überall an uns herunter, Regenwasser ohne Salz, verwischt den Geschmack von Elaines Lippen, von Elaines Zunge, läßt sie mich weniger deutlich wahrnehmen. Wir stehen eine ganze Weile engumschlungen da, in einer Hand die Schuhe, die andere, freie, auf den Rücken des anderen gepreßt. Ein paarmal sehe ich Nesbitt vor meinem inneren Auge, auf der Suche nach uns, doch das dauert stets nur Bruchteile von Sekunden. Unsere Lippen lösen sich voneinander, wir gehen eng umschlungen zu unseren Bungalows, als wäre es das Selbstverständlichste von der Welt.

Wir brauchen nicht lange, haben keine Zeit, uns Gedanken zu machen. Bei Dru und Nesbitt dringt kein Lichtschimmer durch die Jalousien, rührt sich nichts. Wir stehen in dem kleinen Innenhof, den die drei Blockhütten bilden, und schauen uns an; Elaine lächelt. Ich packe sie am Arm, habe jetzt drei oder vier Möglichkeiten, wie die Story weitergehen könnte, im Kopf, die ich irgendwo schon mal gesehen habe. Sie schiebt mich zur Tür meines Bungalows, sagt: »Gehen wir zu dir.«

Ich suche lange in meiner nassen Hose nach dem Schlüssel, schließe auf. Ich bringe es nicht fertig, einfach gerade stehen zu bleiben, drehe mich ununterbrochen nach Elaine um. Sie bückt sich, stellt ihre patschnassen Schuhe auf die Eingangsstufe. Ich denke noch, daß es vielleicht besser wäre, sie nicht so zur Schau zu stellen, doch auch dieser Gedanke verschwindet sofort wieder; ich stelle meine Schuhe daneben, und wir gehen hinein.

Ich schließe die Tür und schiebe den Riegel vor; jetzt sind wir geschützt, unter dem stillstehenden Ventilator. Ich umfasse Elaines Taille, wir küssen uns noch einmal: beinahe wie Fische, mit fließenden, geräuschlosen Zungen. Ich lege die Hände auf ihre Hüften, schiebe sie unter die Bluse, die ihr auf der Haut klebt. Sie hat kleine Brüste, wirkt auch hier wieder wie eine Tänzerin, die Brustwarzen zeichnen sich deutlich ab. Sie beißt mich spielerisch ins Ohr, haucht mir in den Nacken. Ich drücke sie fest an mich und gehe rückwärts zu einem der Betten, küsse sie auf die Stirn, auf die Nasenspitze. Lasse mich nach hinten fallen, ziehe sie auf mich. Sie sagt: »He!« Der Sprungrahmen quietscht und gibt nach. Das Bett wirkt reichlich improvisiert, ist alt und weich. Wir küssen uns leidenschaftlicher, drücken uns fester aneinander, erzeugen Reibungswärme. Ich streichele ihr kräftig den Po; sie atmet heftiger. Ich drehe sie herum, wandere hinauf zu den

Knöpfen. Es klopft an der Tür. Elaine rollt zur Seite, ist sofort auf den Beinen, schaut mich aus ein paar Metern Entfernung erschreckt an.

Wieder klopft es gegen das dünne Holz: *Bam, bam, bam.* Die Stimme von Nesbitt ruft: »Dave! Dave!«

Ich springe ebenfalls auf. Elaine sagt leise zu mir: »Ich geh in die Dusche.« Sie verschwindet im Bad, schließt hinter sich ab.

Nesbitt tobt, brüllt: »Mach auf, Dave!«

Ich gehe geräuschlos zur Tür; als er mal einen Augenblick lang nicht dagegen hämmert, nähere ich ein Auge dem Spion: Nesbitt schaut bald zu mir, bald zur Seite, dann wieder zu mir. Er läuft hin und her wie ein Tier im Käfig, dreht den Kopf mit wildem Blick nach allen Seiten. Er klopft wieder, brüllt: »Ich weiß, daß ihr da drin seid!« Die Tür erbebt unter den Schlägen; wenn er anfinge, dagegenzutreten oder sich mit dem ganzen Körper dagegenzuwerfen, würde sie sicher nachgeben.

Sobald er aufhört, schaue ich wieder hinaus, sehe, wie er sich herumdreht und wütend um die Hütte stapft. Ich schleiche geduckt an der Wand entlang, mache die Jalousien gerade noch dicht, ehe er da ist und hereinschauen kann. Er sieht aber noch, wie sich die Lamellen schließen; geht zurück an die Tür und hämmert dagegen, brüllt: »Macht auf!« Seine Stimme ist völlig entstellt.

Jetzt weiß ich wirklich nicht mehr, was ich tun soll, denn es kommt mir nicht besonders ehrenhaft vor, sich hier einzusperren, aber andererseits haben Elaine und ich noch gar keine Zeit gehabt, miteinander zu reden, haben noch gar keine Basis für ein vernünftiges Gespräch gefunden. Ich gehe zur Badezimmertür und klopfe. Elaine sagt: »Komm rein«, schiebt den Riegel zurück.

Sie duscht tatsächlich: Ihre verschwommene, rosige Gestalt bewegt sich hinter dem Plastikvorhang. Ich frage sie: »Was machen wir jetzt?«

Sie dreht das Wasser ab, greift mit einer Hand nach einem Badetuch, wickelt sich darin ein. Sagt: »Ich werde ihm alles erklären. Werde ihm sagen, daß wir nichts Schlimmes gemacht haben.« Sie schlüpft an mir vorbei zurück ins Zimmer, ohne mich auch nur anzulächeln.

Ich gehe zurück an den Spion und schaue hinaus: Es ist niemand mehr zu sehen. Ich versuche festzustellen, ob Nesbitt nur etwas weiter seitlich steht, so daß er durch den Spion nicht mehr zu sehen ist, aber anscheinend ist das nicht der Fall. Elaine ist bereits wieder in ihre nassen Sachen geschlüpft, reibt sich die Haare mit einem kleinen Handtuch trocken. Sie sieht mich ausdruckslos an, denkt vielleicht darüber nach, was sie Nesbitt gleich erzählen soll. Ich öffne die Tür: Es hat aufgehört zu regnen. Elaine sagt: »Ich gehe.«

Ich trete zur Seite, lasse sie an mir vorbei, frage: »Bist du dir sicher?« In meinem Kopf wirbelt alles durcheinander, überlagern sich verschiedene Vorstellungen von möglichen Verhaltensweisen. Ich stelle mir vor, wie ich sie cool von dannen ziehen lasse; wie ich sie zurück in die Hütte ziehe; wie ich hinausgehe und mich Nesbitt stelle: Keine dieser Möglichkeiten läuft als komplette Sequenz vor meinem inneren Auge ab.

Sie schaut auf Nesbitts erleuchtetes Fenster, sagt: »Mach dir keine Sorgen. Ich werde ihm die Wahrheit sagen, daß ich nur bei dir geduscht habe.« Sie stellt sich auf die Zehenspitzen, gibt mir einen abschließenden, flüchtigen Kuß. Bückt sich nach ihren Schuhen, geht rasch davon.

Ich mache die Tür zu und fühle mich auf einen Schlag so allein und verlassen wie nie zuvor in meinem ganzen Leben. Vor einem Augenblick war ich noch überzeugt gewesen, ich hätte Grund zur Zufriedenheit, sie so davongehen zu sehen, doch jetzt entdecke ich überall im Zimmer ihre Spuren: die Abdrücke ihrer nassen Füße auf dem Fußboden, die zerknitterte Tagesdecke auf dem Bett, das kleine Handtuch, mit dem sie sich die Haare abgetrocknet hat. Ich kann mir nicht mehr vorstellen, daß ich sie einfach zu Nesbitt habe zurückgehen lassen; es kommt mir vor, als hätte ich mich in einen Strudel vorhersehbarer Ereignisse hineinziehen lassen, ohne mich dagegen zu sträuben. Ich schalte den Ventilator an der Decke ein; schaue zu, wie er sich dreht; schalte ihn wieder aus.

Ich schlüpfe in meine Hose, gehe hinaus und schaue hinüber zu Nesbitts Bungalow. Das ganze Wasser, das heruntergekommen ist, ist jetzt dabei zu verdampfen, sättigt die Luft mit winzigen Tröpfchen. Ich höre Elaines hohe Stimme, dann das Gebrumm von Nesbitt; schließlich Lärm wie wenn Stühle oder Betten hin und her gerückt werden. Ich kehre zurück in die Hütte, gehe drinnen mit wehem Herzen im Kreis umher. Es klopft an der Tür.

Draußen steht Elaine, eine Reisetasche in der Hand, Wut im Gesicht. Sie kommt herein, sagt: »Er hat mir eine *Ohrfeige* gegeben!« Sie schleudert die Tasche in eine Ecke, geht im Zimmer auf und ab. Sagt: »Mir hat noch *niemand* eine Ohrfeige gegeben, in meinem ganzen Leben noch nicht! Nicht einmal mein Vater, als ich noch ein Kind war!« Sie faßt sich an die leicht gerötete Wange, sagt: »Was glaubt er eigentlich, wer er ist, nur weil er reich ist und der Produzent von Dru Resnik werden will, das Arschloch!«

Ich lege ihr eine Hand auf die Schulter, sage: »Na komm.« Aber ich bin viel zu erleichtert, um wirkliches Mitgefühl zu zeigen; es gelingt mir nicht. Sie lehnt sich an mich, schluchzt verhalten. Eine Sekunde später nimmt sie wieder

Abstand, wischt sich die Augenwinkel trocken; schaut sich im Spiegel im Badezimmer ihr Gesicht an.

Ich setze mich aufs Bett, versuche nachzudenken. Ich hoffe nur, daß Nesbitt nicht zu einem Versöhnungsversuch hier herüberkommt. Elaine fragt aus dem Bad: »Stört es dich, wenn ich hier schlafe?«

Ich sage so beiläufig wie möglich: »Ach was.« Ich habe aber nicht die geringste Lust, jetzt den Ratgeber oder den Trostspender zu spielen; mir tun die Augen weh, es ist drei Uhr vorbei. Ich trinke einen Schluck Wasser aus dem Krug: eklig. Ich mache das Licht aus, lege mich flach aufs Bett.

Elaine nimmt ihre Tasche, kramt darin herum, zieht sich aus und schlüpft in ein Nachthemd; knipst das Licht im Bad aus, legt sich in das andere Bett.

Wir liegen ein paar Minuten schweigend und reglos da, parallel nebeneinander, mit eineinhalb Meter Abstand. Von draußen dringt eine Art leises Rascheln herein, das Geräusch des verdampfenden Wassers. Elaine sagt: »Ist doch viel besser so.« Aber es ist völlig klar, daß es ihr leid tut, wie die Sache ausgegangen ist, trotz ihrer Wut und ihrer gespielten Gleichgültigkeit.

Ich drehe mich zu ihr herum, frage sie: »Warum kommst du nicht ein bißchen näher?«

Sie denkt einen Augenblick darüber nach; gleitet aus dem Bett, schiebt es an meines heran, schlüpft wieder unter die Bettücher. Ich strecke den Arm aus, berühre die weiche Haut ihrer Schulter. Sie dreht sich herum; sagt: »Er will immer alles, womit er zu tun hat, gleich *besitzen,* sonst fühlt er sich nicht sicher.«

»Mein Gott«, sage ich. Ich kann mir das auch erlauben, jetzt, wo sie hier praktisch in meinem Bett liegt.

Sie sagt: »Und es ist ihm überhaupt nicht klar, daß das,

was wir hier erleben, hundertmal wichtiger ist als seine Eifersucht.«

Einen Augenblick lang glaube ich, sie würde von uns beiden sprechen, frage ziemlich überrascht: »Ja?«

»Es ist keine menschliche Stimme«, sagt sie. »Sie kommt von oben. Sie hat uns ausgewählt, weil wir zusammen mit Dru einen Film machen, der die Art, in der die Menschen die Welt und das Leben und all das sehen, verändern wird. Wir haben ein so unglaubliches Glück, aber Jack sieht das nicht, weil er im Grunde schwach ist und Angst hat.«

In ihrer Stimme schwingt nicht die geringste Spur von Humor mit, ich bin froh, daß es um uns dunkel ist; und es ist so mitleiderregend, daß sie zu glauben scheint, sie könne jemals einen Film *zusammen* mit Dru machen. Ich frage sie: »Was meinst du mit oben?«

»Von oben«, meint sie. Legt die Beine ordentlich nebeneinander und sagt: »Nenn es meinetwegen Gott.«

Ich sage zu ihr: »Na komm«; versuche, ihr Haar zu berühren.

»Auch Dru hat es verstanden«, sagt sie. »Er hat begriffen, daß Tu ihm die größte Inspiration seines Lebens geben wird.«

»Ich frage: »*Ich*?«

»›Tu‹, der Geist«, meint Elaine ungeduldig. »Tu wird ihm die Inspiration für einen unglaublichen Film geben, im Vergleich zu dem alle anderen wie kleine Amateur-Videos wirken werden, und wenn die Leute ihn sehen, werden sie die Botschaft verstehen und ihr Leben und alles grundlegend ändern.«

Ich frage: »Wirklich?« Wir sind uns jetzt schon sehr nahe, mein Bein berührt beinahe ihres.

Sie sagt: »Das sind Kontakte, zu denen es vielleicht einmal in hundert Jahren kommt, oder in zweihundert.«

Ich berühre mit der Fingerspitze ihre Hüfte, spüre ihr kaum wahrnehmbares Vibrieren. Ich schiebe die Bettücher beiseite und rücke noch näher zu ihr hin, gleite mit der Hand bis hinab an ihre Ferse und wieder nach oben. Ich streichele ihr zärtlich über die Kniekehle, lasse die Finger über die weiche Innenseite ihrer Oberschenkel weiter hinaufgleiten; sie hält meine Hand zurück, sagt: »Es geht nicht.«

»Wieso nicht?« frage ich. Recke den Hals und küsse sie aufs Ohr.

Sie setzt sich auf, sagt: »Weil ich nun mal das Spiritual Girl bin. Wir sind in einer wichtigen Mission hier.« Ihre Stimme paßt nicht sehr gut zu ihren Worten, es ist schwer zu verstehen. Sie läßt sich zurücksinken, dreht sich zwei- oder dreimal hin und her, läßt die Sprungfedern quietschen.

Ich strecke ganz langsam wieder einen Arm aus, es dauert ein paar Minuten, bis ich ihr Haar, ihren Hals berühre. Sie rückt näher, saugt an meiner Schulter, beißt zärtlich hinein. Fährt mit den Fingernägeln über meine Rippen herab, beugt sich ganz langsam über mich, bis ich ihren Atem auf der Bauchdecke spüre; sie hält inne, sagt: »Es ist verkehrt, Dave. Morgen sollen wir am positiven Ort die Erleuchtung erhalten, da können wir das nicht machen.« Sie rückt von mir ab und dreht sich zur anderen Seite; rollt gleich darauf wieder nah an mich heran.

Wir machen so weiter, ich weiß nicht, wie lange. Es ist eine Art lachhafte und wirre Folter, die uns wohl kaum besonders gut tut. Wir schwitzen, unsere Bewegungen sind ruckartig, die in die Bettücher der beiden kleinen, nachgiebigen Betten verwickelten Beine sind unglaublich nervös, und es ist klar, daß wir, wer auch immer diese Stimme sein mag, und was auch immer sie von uns will, Gefangene eines

Spiels sind, dessen Regeln andere bestimmen, daß es für uns keine Möglichkeit gibt, da aus eigener Kraft herauszukommen. Und doch interessiert mich das alles nicht mehr, lasse ich mich tief hinab in den Schlaf fallen.

Mittlerweile

Mittlerweile haben wir uns schon so weit in diese Geschichte hineinziehen lassen, daß es schwierig ist, sich noch ein klares Bild von dem zu machen, was vorgeht, und davon, welche Gründe und Folgen es haben könnte, zu unterscheiden, was davon einem Plan entspricht und was vielmehr durch persönliche Mängel bewirkt wird, durch Einmischungen, Reibungen, Fehler, Mißverständnisse. Es fällt mir schwer zu beurteilen, ob ich einfach immer noch hinter dem Ganzen viel mehr vermute, als dahintersteckt, oder ob im Gegenteil viel mehr dahintersteckt, als ich mir jemals vorstellen kann, ob ich zum Beispiel jetzt nur deshalb mit Elaine zusammen sein möchte, weil sie mit Dave gegangen ist, oder ob es nicht vielleicht so ist, daß sie mit Dave gegangen ist, weil ich sie gerne hier gehabt hätte. Ob die Gefahr für das innere Gleichgewicht dieses Quartetts nur etwas ist, was sich so nebenbei ergeben hat, oder ob sie im Gegenteil ein Anreiz sein soll, eine Demonstration oder eine Drohung, ob wir den Gang der Ereignisse einfach hinnehmen sollten, wie ich es bislang versucht habe, oder ob wir uns bemühen sollten, uns ihm entgegenzustellen, wozu Jack wohl eher neigt; ob in beiden Fällen unsere Reaktion Teil eines Programmes wäre, in dem jede, auch die winzigste Variable, die wir einbringen könnten, bereits vorgesehen ist. Und es ist völlig unklar, welchem Zweck das Ganze dienen soll, wenn es überhaupt einen hat, es ist völlig unklar, ob wir hier an einer Schnitzeljagd teilnehmen oder an einer spiritistischen Exkursion, oder ob es vielmehr eine Geschäftsreise ist, die mich dazu bewegen soll, bei meiner Arbeit andere Ingredienzien zu verwenden, als ich es bisher gewohnt war. Ich habe mich niemals dazu berufen gefühlt, Botschaften von anderen zu übersetzen und zu verbreiten, kann mir nicht vorstellen, daß ich der ideale Regisseur bin, um einen missionarischen Film zu machen, mag dessen Botschaft auch noch so eindrucksvoll und edel, mag auch schon alles dafür vorbereitet sein. Aber ich denke, dieser Tu hat das von Anfang an gewußt, wo er doch so toll ist und unsere Gedanken lesen, unsere Reaktionen, unser Verhalten, unsere nächsten Züge vorhersehen kann; ich nehme an, auch das gehört zu dem System von Widersprüchen, das er mit peinlicher Genauigkeit, mit völliger Unbekümmertheit errichtet hat.

Ich weiß es nicht. Ich weiß nicht, was ich vom positiven Ort morgen erwarte; ob ich damit rechne, wenn ich ihn wieder verlasse, den Kopf voller Intuitionen zu haben, die ich nach Belieben in begnadete Meisterwerke umsetzen kann, oder dort einen so kristallklaren, überlegenen Blick zu bekommen, daß ich jedes Interesse an meiner Arbeit verliere, daß ich sie nur noch als ein Mittel, mich an etwas anzunähern, betrachte, ein Mittel, das bedeutungslos geworden ist, wie ein Boot, das seinen Sinn verloren hat, sobald das Ufer erreicht ist. Vielleicht erwarte ich auch nur Enttäuschung und Verlegenheit darüber, daß ich an diese Möglichkeit geglaubt habe, wenn auch nur hin und wieder und unter großen Vorbehalten, mit Rückzügen und winzigen Schritten nach vorn.

Das ist eine Nacht, wie man sie selten erlebt, voller winziger Reflexe ferner Lockungen, keine Nacht, in der man so einfach schlafen kann.

Es klopft an der Tür

Es klopft an der Tür; Drus Stimme sagt: »Auf, auf, es ist schon spät!« Die Hütte ist bereits voller Lichtstreifen, die durch die vielen Ritzen im Holz und zwischen den Lamellen der Jalousien hereindringen. Elaine gleitet wortlos aus dem Bett, packt ihre Kleider und die Tasche, verschwindet im Bad.

Dru steht draußen, die Hände in der Tasche, seine Reisetasche vor sich am Boden, kann es nicht mehr erwarten wegzukommen. Er schaut auf die Uhr, dann auf die nur halb geöffnete Tür meines Bungalows. Elaine kommt heraus, trägt jetzt eine andere, aber gleichfalls weiße Kombination, gibt ihm zwei Küsse auf die Wangen. Dru schaut wieder auf die Uhr, sagt: »Ich hoffe, daß Jack inzwischen vom Baden zurück ist.«

Wir gehen zum Jeep, packen die Taschen hinein. Elaine hält sich etwas abseits, tut, als ob überhaupt nichts gewesen wäre. Sie gähnt, schaut herum, als ob es ihr leid tut, daß wir schon fahren müssen. Dru hakt sich bei ihr ein, stellt ihr irgendeine Frage im Zusammenhang mit dem positiven Ort, die ich aber nicht verstehe. Sie überlegt einen Augenblick, sagt dann: »Schon möglich.« Bückt sich, hebt eine noch ungeöffnete Kokosnuß auf, fragt: »Wie kriegt man die auf?«

»Weiß ich nicht«, sagt Dru, anscheinend überrascht, wie oberflächlich sie sein kann.

Um irgend etwas halbwegs Vernünftiges von sich zu

geben, sagt sie: »Die sollten wir als Glücksbringer behalten.« Legt die Kokosnuß in den Jeep.

Dru und ich gehen an den Strand, um Nesbitt zu holen. Er schwimmt, fünfzehn Meter vom Ufer, im flachen Wasser, reckt den Kopf heraus, um Barrakudas oder andere Gefahren rechtzeitig erkennen zu können. Als er uns sieht, schwimmt er sofort in unsere Richtung. Er steht auf, geht das letzte Stück bis zum Strand mit langsamen, großen Schritten. Ich bin unsicher, ob ich mich irgendwie für gestern. nacht entschuldigen oder rechtfertigen soll; bemühe mich, hinter Dru in Deckung zu bleiben.

Dru betrachtet die Palmen, den Strand, das kristallklare Wasser. Sagt: »Wenn sie uns auf einen schneebedeckten Berg geschickt hätten, wäre vielleicht alles einfacher gewesen.«

Die sonnenbeschienene Straße nach Atsantil scheint dort, wo sie am Horizont verschwindet, zu zittern. Elaine drückt Sonnenschutzcreme aus einer Tube, die sie in Cancún im Hotel gekauft hat, cremt sich ein, reicht die Tube herum. Wir begegnen niemandem, fahren immer geradeaus, zwischen den grünen Wänden hindurch. Elaine deutet nach oben, sagt: »Der Falke.« Doch es ist ein Rabe, und dann noch drei, die über uns hinwegsegeln. Dru beobachtet die Vögel mit zusammengekniffenen Augen.

Schließlich gelangen wir an zwei Hinweisschilder, und Nesbitt bremst ab, biegt auf einen unasphaltierten Platz ein. Hier ist es noch schlimmer als in Tis Talan: noch mehr Busse und PKWs, Gruppen, ja Scharen von wild gestikulierenden Touristen, noch mehr laufende Motoren, Lärm, Gestank. Eine ganze Reihe von Souvenirläden, Baracken, die von Teppichen, Keramik, Ponchos, Stoffeselchen, Ansichtskarten, Kodak-Filmen, Halbedelsteinen, Gürteln und ähnlichem Kram überquellen. Wir bleiben mindestens eine Minute im Jeep sitzen, ehe wir aussteigen. Ich glaube, wir alle hatten uns dieses Gegenstück ganz anders vorgestellt, als unbefleckten und versteckten Ort, nur für uns allein.

Dru sagt: »Na gut«, springt heraus. Jetzt, wo der Fahrtwind fehlt, ist die Hitze schier unerträglich. Wir gehen ein paar Schritte über den staubigen Platz; kehren um, gehen an eine der Baracken, kaufen vier breitkrempige Strohhüte. Elaine meint, wir sollten auch einen Fotoapparat kaufen, um diesen Ort in Bildern festzuhalten, um ihn auch später noch ansehen zu können. Dru gibt ihr recht; er hat sich mittlerweile an ihre wechselhafte Spiritualität gewöhnt, daran, ihr manchmal einfach nicht mehr zuzuhören, um unmittelbar darauf wieder alles, was sie sagt, für bare Münze zu nehmen. Nesbitt handelt mit dem Souvenirverkäufer, ersteht, für eine unglaubliche Summe, eine Instamatic und drei Filme.

Wir hängen uns an eine lange Schlange von Touristen an, die sich auf ein Tor in einer langen Mauer, ein paar Meter über dem Platz, zuschiebt. Der Durchgang ist eng; wegen der Reibung mit einer Schlange von Besuchern, die wieder herauskommen, geht es nur langsam voran. Dru wirkt verdutzt, er drückt sich platt gegen die Mauer, um nicht mit den Besuchern in Berührung zu kommen, die lautstark herumalbernd und lachend an uns vorbei bergab gehen; dann huscht er durch das Tor nach innen. Elaine, Nesbitt und ich folgen ihm, ein paar Meter weit von der Sonne geblendet.

Es kann sein, daß es wieder nur unsere Phantasie ist oder daß uns die Enttäuschung von vor zwei Minuten empfänglicher dafür macht, jedenfalls sind wir alle vier ziemlich beeindruckt. Vor uns liegt so etwas wie eine unregelmäßig angelegte kleine Stadt, mit über die sanften Wellen einer hellgrünen Wiese verstreuten Gebäuden, hinter denen man das Meer sieht. Die Gebäude wirken jedoch, verglichen mit denen in Tis Talan, unglaublich *bescheiden.* Man sieht keine großen Säulen, keine beeindruckenden Fassaden oder Reihen von aus einem Stück gefertigten Steinplatten, nichts ist perfekt rechtwinklig, keine Mauer hundertprozentig gerade. Was wir sehen, sind kleine alte Häuser, in die man ohne weiteres gelangen kann; man kann sich vorstellen, auf welchem Weg ihre Bewohner einst von einem zum anderen gegangen sind, um sich zu sehen, miteinander zu reden, einander nachzulaufen. Alles ist scheinbar zufällig angeordnet, jeder kleine Tempel in einem anderen Winkel zur Sonne, zum Meer, zu den Bodenwellen hin ausgerichtet. Das Gleichgewicht, in dem sich die Steine befinden, scheint nur ein vorübergehendes zu sein, man hat den Eindruck, irgend jemand könne sich im Lauf der Nacht daran machen, ein paar Gebäude zu verrücken, näher zusammen oder weiter auseinander, oder sie sogar abreißen und das Material, aus dem sie bestehen, für irgend etwas anderes verwenden. Und gleichzeitig wirkt die ganze Anlage merkwürdig stark, ohne daß großer Druck oder nennenswerte Widerstände überwunden werden müßten.

Keiner von uns sagt etwas; wir folgen Dru, der sich wie in einem Minenfeld vorwärtsbewegt. Folgen den Wellen des Geländes bergauf und bergab, und unaufhörlich ändert sich dabei der Anblick, der sich uns bietet: Mal scheint einer der Tempel höher zu liegen als alle anderen, zehn Schritte weiter befinden sie sich plötzlich alle auf der gleichen Höhe, und wieder fünfzehn Schritte weiter überragt erneut einer alle anderen. Die Wiese besteht aus Gräsern mit kleinen, runden und flachen Blättern, braucht wahrscheinlich nie gemäht zu werden; man sieht kleine Palmen, Büsche, die weit auseinander stehen, keine erkennbare Ordnung aufweisen, Kletterpflanzen, die einige Mauern bedecken, sie verbergen.

Gleichfalls merkwürdig ist es, daß die Touristen, die in Schlangen und Grüppchen die Tempel umkreisen und überall herumstehen, nicht im geringsten störend wirken. Es ist nicht wie in Tis Talan, wo sie vor der beeindruckenden Wildheit der Gebäude und den gigantischen Dimensionen des leeren Platzes einfach völlig unbedeutend wirkten; hier werden die Bewegungen und die Geräusche vom Gelände verschluckt, werden ohne Wissen derjenigen, die sie produzieren, herausgefiltert. Man hat nicht einmal mehr den Eindruck, daß es sonderlich heiß ist, obwohl die Sonne im Zenit steht und heftig herunterbrennt.

Wir gehen auf den Tempel zu, der jetzt am höchsten von allen zu liegen scheint. Eine Fremdenführerin weist eine Gruppe von Touristen auf ihn hin, aber man versteht nicht, was sie dazu erklärt. Einige Besucher haben sich auf die Stufen, die zu ihm hinaufführen, gesetzt, einige auf die flachen und glatten Steine rings um so etwas wie ein Zimmer, das ihn krönt. Von da hat man einen guten Überblick über die ganze Wiese und die Gebäude auf ihr; sieht man auf der anderen Seite die Küste, die schroff zum Meer hin abfällt. Elaine fotografiert Dru, Nesbitt und mich, erst einzeln, dann alle zusammen; bittet einen Touristen, ein Foto für sie zu machen, kommt zu uns gelaufen und stellt sich in unsere Mitte. Wir grinsen alle vier, als würde uns nicht das geringste Problem plagen, als hätten wir uns alle gleichermaßen gern. Nesbitt legt einen Arm um mich, verrückt mir mit einem freundschaftlichen Klaps den Hut. Ich habe ihm gegenüber keinerlei Schuldgefühle mehr, bin überhaupt nicht mehr eifersüchtig wegen Elaine, die sich jetzt zu Dru emporreckt und ihm einen Kuß gibt. Ich habe das Gefühl, noch nicht oft in meinem Leben in einer so euphorischen

Stimmung, so gut aufgelegt gewesen zu sein. Dru lächelt, meint: »Ist es nicht unglaublich?«

Wir steigen wieder hinunter, laufen ziellos umher. Elaine macht ein Foto nach dem anderen: läuft voraus und geht in die Knie, umkreist uns, lichtet uns von schräg unten und im Profil ab. Fotografiert die Büsche, die Wiese, die kleinen Tempel. Wir gehen umher wie eine kleine, vertraute Familie, ganz nah beieinander, fast Arm in Arm, doch einen Augenblick später bereits wieder jeder für sich allein, wie verloren.

Meine Euphorie verschwindet im Bruchteil einer Sekunde, ich bleibe stehen und fühle, wie Panik in mir aufsteigt; rase los. Dränge mich mit klopfendem Herzen durch eine Gruppe Touristen, schaue wie besessen umher. Ich weiß nicht, was los ist; es fällt mir jetzt schwer, rational zu bleiben. Ich renne um ein Mäuerchen herum, stolpere, falle hin, stehe sofort wieder auf. Da, nur ein paar Schritte entfernt, steht Elaine, fotografiert einen Stein. Ich stürze auf sie zu, packe sie am Arm. Sie fragt: »Verdammt nochmal, wohin seid ihr denn plötzlich alle verschwunden?«

Ich hänge mich bei ihr ein, und ein Teil des Gefühls von gestern nacht kehrt zurück, noch verschwommener, wenn das möglich ist. Wir spazieren zwischen den Touristen umher, sagen kein Wort, suchen auch nicht nach Dru oder Nesbitt; setzen uns dann auf die Steine bei einem der Tempel. Wir atmen langsam, schauen umher wie zwei Tiere auf einer ganz primitiven Evolutionsstufe. Ich habe jetzt das Gefühl, alles von einer parallelen Dimension aus zu sehen; geschützt durch den Filter eines diffusen Wohlbefindens.

Ein Mann und eine Frau, vielleicht in den Flitterwochen, steigen immer wieder eine Treppe vor uns hinauf und hinab, als würden sie versuchen, Kontakt aufzunehmen, aber ohne Erfolg. Sie lachen, schubsen und zerren einander hin und her, aber mir scheint es, als wären sie ziemlich verzweifelt. Elaine drückt jedesmal, wenn sie herunterkommen, wenn sie sich hinsetzen, meine Hand. Wir sind Teil der Szene, und stehen zugleich außerhalb.

Dann höre ich, wie jemand »Daaaaaave!« ruft und sehe, wie vielleicht hundert Meter weiter Dru und Nesbitt wütend zu uns herüberwinken. Elaine steht sofort auf, geht ihnen entgegen. Ich folge ihr, verärgert über die Störung, darüber, daß die Atmosphäre nun unwiederbringlich ruiniert ist.

Dru meint: »Seit einer Stunde suchen wir euch jetzt.« Er wirkt gereizt, weit entfernt von der euphorischen Stimmung von vorhin, als wir alle zusammen droben bei dem Tempel waren.

Nesbitt zeigt uns ein Blatt Papier, sagt: »Das hat uns jemand an die Windschutzscheibe geklemmt.«

Ich lese: *Ihr werdet um zehn Uhr heute nacht wieder in Los Angeles sein. Ihr werdet das Physical Girl treffen, und in der Nacht darauf wird alles klar sein. Wir helfen euch.*

Elaine liest es noch einmal genau durch; Dru meint: »Du kannst es dir unterwegs noch ansehen.« Drängt sie in Richtung Ausgang. Auch am Parkplatz treibt er uns weiter zur Eile an, meint: »Unser Flugzeug geht in drei Stunden!« Wir springen in den Jeep, als wären wir eine Art Kommandotrupp; Nesbitt fährt mit durchdrehenden Reifen los, hüllt eine Gruppe Touristen in eine Staubwolke ein.

Doch zehn Minuten später fahren wir auf der kerzengeraden, leeren Straße wieder mit genau der gleichen Geschwindigkeit dahin wie auf der Herfahrt, gebremst von der Sonne und dem alten Motor, vom Mangel an Schatten und an Bezugspunkten. Auch Dru scheint vergessen zu haben, daß er es eilig hatte; er lehnt sich gemütlich zurück, streckt die Beine aus dem Fenster, als säße er in einem

Ruderboot. Nesbitt nestelt ständig an der Schnur seines Strohhutes herum, bremst ein paarmal ab, um ihn zurechtzurücken. Elaine hält das Gesicht in die Sonne, das Kinn hoch erhoben, die Augen geschlossen. Wir fahren nur noch aus reiner Trägheit weiter, in unseren Köpfen tummelt sich nicht ein einziger Gedanke.

Dann sind wir in der langen Kurve unmittelbar vor dem Flughafen; wir nehmen wieder Haltung an, werden in kürzester Zeit wieder hektisch. Nesbitt hält vor dem Eingang an, wir springen, die Reisetaschen in der Hand, heraus, rennen in das Gebäude und quer durch die Halle, und erfahren, daß die Maschine nach Los Angeles schon fast eine Stunde weg ist. Dru verteilt wütende Blicke im Raum, fragt: »Scheiße, wie gibt's denn sowas?« Wir klappern die Schalter aller Fluggesellschaften ab; die Angestellten schütteln einer wie der andere den Kopf, sagen uns, es gebe vor dem nächsten Morgen keinen Flug in die Vereinigten Staaten mehr. Dru meint: »Das ist doch lächerlich.« Läßt nicht lokker, bis die anderen allmählich genervt reagieren.

Auch Nesbitt versucht sein Glück, spricht mit einem Mann in Uniform, der ihn ziemlich gleichgültig anschaut. Er kommt zu uns zurück, sagt: »Nichts.« Die ganze Geschichte ist nicht spurlos an ihm vorübergegangen, er tritt jetzt lange nicht mehr so sicher auf wie an dem Abend, als er Dru und mich in Los Angeles abgeholt hat, wirkt zehnmal ratloser. Elaine tut nicht viel, um ihm zu helfen; sie stellt ihre Tasche auf seine, setzt sich obendrauf.

Dru wird zusehends gereizter; sagt zu mir: »Dave, schau mal, ob du irgendein klappriges Privatflugzeug findest oder so. Es *muß* doch eine Möglichkeit geben, von hier wegzukommen.« Er spricht jetzt in seinem professionellen Ton, als würde ihn irgendein dummer Zwischenfall bei den Dreharbeiten für einen Film aufhalten.

Ich gehe zur Tourist Information; die Angestellte sagt, ich solle es mal bei den Autovermietungen versuchen. Der Junge am Hertz-Schalter verweist mich mit einer unbestimmten Geste an den Avis-Schalter; von dort werde ich weiter an den Budget-Schalter geschickt. Der Junge bei Budget kratzt sich im Nacken, sagt: »Komm mal eben mit.« Ich folge ihm durch eine Tür in der Fertigteilwand, hinaus auf das trockene Gras am Rand der Landebahn; eine Treppe hinauf zu einem Betonwürfel.

In dem sitzt hinter einem Schreibtisch ein Typ mit einem Bürstenschnitt. Der Junge vom Budget-Schalter erklärt ihm schnell, ich wolle ein Flugzeug mieten; der Typ schaut auf meine Schuhe, fragt: »Wohin?« Ich sage: »Los Angeles.« Er starrt mich einen Moment lang an; lacht, bleckt die gelben Zähne, zeigt mir seine violette Zunge. Ansonsten wirkt er recht gepflegt, trägt ein Glencheckjackett und ein Hemd mit schmalen Streifen. Der Junge von Budget lacht ebenfalls, wirkt aber nicht sehr zufrieden; er öffnet die Tür wieder. Ich gehe hinter ihm her, die Treppe hinunter, zurück ins Flughafengebäude. Er stellt sich wieder hinter seinen Schalter, sagt nichts mehr.

Ich erzähle Dru, daß der Pilot angefangen hat zu lachen. Er fragt: »Aber ein Flugzeug hat er, oder?« Geht hinüber zu der Tür, durch die ich eben wieder hereingekommen bin.

Nesbitt, Elaine und ich folgen ihm nach draußen. Der Pilot ist gerade dabei, die Tür zu seinem Betonwürfel abzuschließen, dreht sich herum und schaut zu uns herunter. Dru ruft zu ihm hinauf: »Wir müssen fliegen Vereinigte Staaten.« Schwenkt den Arm in Richtung Norden.

Der Pilot fängt wieder an zu lachen, sagt: »Mein Flugzeug zu klein!« Zeigt dessen Größe mit den Händen an, schiebt sie immer weiter zusammen.

Dru beschreibt mit dem Arm einen Bogen, sagt: »Wir

müssen nur zu größerem Flugplatz.« Breitet die Arme aus, um Größe anzudeuten. Sagt: »Viel bezahlen. Viele Dollar.« Reibt Daumen und Zeigefinger aneinander, als Zeichen für die Dollars.

Der Pilot schaut von oben auf uns herunter, schüttelt den Kopf. Nesbitt meint halblaut: »Wir wissen nicht mal, ob er fliegen kann ...«

Aber auf einmal besinnt sich der Pilot eines Besseren, sagt: »Okay, okay. Bringen nach Mérida. Dann Mérida Vereinigte Staaten Pan Am, Aeromexico, Eastern, Continental, Mexicana, eh?«

»Von Mérida aus sollen wir einen Linienflug nehmen«, sagt Elaine im Ton einer Simultandolmetscherin.

»Ich hab verstanden«, sagt Dru. »Hauptsache, wir kommen hier weg.«

Wir warten, bis der Pilot irgend etwas aus dem Betonwürfel geholt hat und die Treppe herunterkommt; wir gehen hinter ihm her über den heißen Asphalt. Er zeigt auf eine kleine, rot-weiße zweimotorige Maschine am Rand der Piste, die dadurch, daß nicht weit von ihr eine DC 10 steht, noch winziger wirkt. Ich laufe zusammen mit Nesbitt los, um unser Gepäck zu holen.

Wir klettern alle hinein: Ich ganz hinten eingeklemmt, Dru und Nesbitt in der Mitte, Elaine neben dem Piloten. Der läßt den Motor an, rückt seine Jacke zurecht. Das Flugzeug scheint nicht gerade im Optimalzustand zu sein, so wie es, schon bevor wir uns auch nur vom Fleck gerührt haben, zu vibrieren anfängt. Nesbitt zieht den Sicherheitsgurt strammer, schnaubt dabei. Der Pilot macht sich an Hebeln und Drehknöpfen zu schaffen, sagt etwas ins Funkgerät; fährt zunächst in torkelnden Kurven über die Piste, dann geradeaus, wird allmählich schneller. Wir vibrieren wie verrückt, der Lärm ist unbeschreiblich. Dru klammert sich an seinen Sitz, vermeidet jeden Blick nach draußen.

Wir sind in der Luft, und der Rumpf der Maschine bebt so heftig, als wolle sie jeden Moment auseinanderfallen. Wir kämpfen uns ruckweise gen Himmel, ab und zu sackt eine Tragfläche ab oder die Maschine bäumt sich auf, der Motor kratzt ununterbrochen. Wir gewinnen ganz langsam an Höhe, wahrscheinlich ist das kleine Ding hoffnungslos überladen. Nach etwa zehn Minuten sind wir auf Flughöhe, steigen nicht mehr weiter und geraten sofort in ein Luftloch oder so etwas, sacken nach unten weg, die Gesichter von Panik verzerrt. Der Pilot fängt die Maschine sauber ab, bringt uns wieder auf Flughöhe. Er dreht sich zu uns herum, brüllt: »Sitzt mal nicht so verkrampft da! Meint ihr, ihr wärt bis hierher gekommen, um dann alle zusammen abzustürzen?« Er hat plötzlich eine einwandfreie Aussprache, keine Spur mehr von dem gebrochenen Englisch, das er am Flughafen benutzt hat. Dru schaut ihn nur an, bringt kein Wort über die Lippen.

Es ist merkwürdig: Wir fliegen zwar weiter in abrupten Sätzen dahin, vielleicht noch schlimmer als zuvor, sacken immer wieder ab und brauchen ewig, bis wir wieder auf unserer Flughöhe sind, aber keiner von uns ist auch nur noch im geringsten besorgt. Der Flug wird zu einer Art Achterbahnfahrt, bei der das Hinabtauchen, die Vibrationen und der Lärm erst das Vergnügen ausmachen, das für uns noch gesteigert wird durch die Höhe, in der wir uns befinden, durch die Sonne, die durch die Fenster hereinknallt, und durch den Blick auf die grüne Ebene unter uns. Es scheint ein völlig ungefährliches Spiel zu sein, als wären wir die Herren über Luft und Schwerkraft, über den ganzen Raum um uns. Wir lachen jedesmal, wenn das Flugzeug absackt, schauen zu den Fenstern hinaus, hinab auf den näherkommenden Wald. Der Pilot brüllt: »Na, komm schon!« Tut so, als schaffe er es nicht mehr, wieder auf Flughöhe zu kommen. Schaut ab und zu Elaine an und provoziert sie, indem er erst die eine, dann die andere Tragfläche etwas absinken läßt, so als habe er die Kontrolle über das Flugzeug verloren. Elaine lacht, kreischt: »Laß das!« Dru schüttelt Nesbitt an der Schulter, brüllt ihm zu: »He, Gelb, das ist toll, was?« Ich glaube nicht, daß er je zuvor auf einem Flug in so guter Stimmung war; Nesbitt nickt ihm zu.

Dann zeigt der Pilot nach unten, auf das Grau des Flughafens von Mérida, geht langsam tiefer. Während wir in Rucken auf die Piste zusinken, beugt sich Dru zu ihm nach vorn, brüllt ihm zu: »Hast du schon vorher gewußt, daß du uns hierherbringen würdest?«

Der Pilot fragt: »Was is' los?« Wir knallen gnadenlos auf die Landebahn, hüpfen ein paar hundert Meter dahin, ehe wir zum Stehen kommen.

Wir bleiben reglos auf unseren Plätzen sitzen; der Pilot klopft mit zwei Fingern auf seine Uhr, sagt: »Ihr schnell machen, sonst verpassen auch diesen Flug.«

Wir steigen aus, Nesbitt zahlt, Dru löst den Blick nicht von dem Piloten, bis Elaine ihn wegzieht. Wir rennen zum Flughafengebäude, kommen genau in dem Moment in die Halle, als der einzige Flug nach Los Angeles von der Anzeigetafel gelöscht wird. Wir rasen wie die Verrückten durch den Check-in und die Zollkontrolle, rennen hinaus auf die Piste, erreichen die Maschine, als sie eben die Gangway wegfahren wollen.

In Los Angeles ist es genau zehn Uhr

In Los Angeles ist es genau zehn Uhr, als wir aus dem Flughafengebäude treten, unsere mexikanischen Hüte um den Hals gehängt wie vier Touristen, die aus dem Urlaub zurückkommen. Wir blicken alle vier auf die Uhr, aber wir wundern uns inzwischen über gar nichts mehr.

Nesbitt fährt uns wortlos zurück ins Hotel. Er sieht so aus, als ob ihn etwas bedrückt: wie ein Kind, das etwas Besorgniserregendes über seine Eltern erfahren hat. Unter dem Vordach verabschiedet er sich von uns, sagt, er werde jetzt nach Hause fahren, duschen und später wiederkommen, um zu sehen, was es mit dem Physical Girl auf sich hat. Elaine bleibt bei uns; durchquert mit einer Selbstverständlichkeit, als sei ihr alles klar, die Hotelhalle.

Dru spricht mit den drei Angestellten an der Rezeption, aber keiner hat eine Nachricht für ihn, kein Brief, kein Anruf, nichts. Zwei Arbeiter im Overall rollen an einer Wand ein Kabel aus, ein dicker Kerl beaufsichtigt sie; Leute kommen herein oder gehen hinaus, andere telefonieren, alles wie immer.

Im Aufzug sieht Elaine mich kaum an, als wäre die vergangene Nacht ad acta gelegt und längst vergessen. Im Korridor versuche ich, in ihre Nähe zu kommen, um sie zu fragen, ob sie nicht zu mir herüberkommen will, um sich ein bißchen auszuruhen oder um zu duschen oder irgendsowas, doch sie geht unbeirrt weiter, schiebt sich sofort in Drus Zimmer, als der die Tür öffnet. Dru sagt: »Also dann, in zwanzig Minuten drunten in der Halle.« Macht mir die Türe direkt vor der Nase zu.

Ich bleibe ein paar Sekunden im Korridor stehen; gehe auf mein Zimmer, so wütend und eifersüchtig, daß mir die Finger auf den Armaturen in der Dusche wegrutschen, daß ich es nicht einmal schaffe, die Wassertemperatur richtig einzustellen. Es ist nicht zu fassen, wie zynisch, oberflächlich und gleichgültig Elaine sein kann; es ist einfach lächerlich, daß die Stimme sie als Spiritual Girl bezeichnet. Aber ich bin auch auf Dru wütend, ärgere mich darüber, wie er ganz selbstverständlich davon ausgeht, daß ihm alles, was er haben möchte, natürlich auch zusteht, ohne daß er auch nur einen Augenblick an die Gefühle der anderen denkt, es sei denn, die sind nützlich für die Gesamtatmosphäre. Ich kriege Lust hinüberzugehen und gegen die Tür zu treten, von Elaine zu verlangen, daß sie mir wenigstens erklärt, was sie sich bei alldem denkt.

Ich gehe hinunter und treffe sie in der Halle, wo sie mit unbeteiligten Mienen beieinandersitzen, Dru in einem leichten Freizeitanzug, Elaine in einem weißen Kostüm, das viel von ihren schlanken Beinen sehen läßt. Dru meint: »Jack hat angerufen. Er ist zu kaputt, wollte gleich schlafen gehen.«

»Und das Physical Girl?« frage ich. Wäre doch ganz nett, wenn noch eine zweite Frau bei uns wäre; ich glaube nicht, daß Dru besonderes Interesse an Elaine hat.

Er steht auf, sagt: »Keine Ahnung. Sie haben weder erklärt, wer sie ist, noch, auf welche Weise sie auftaucht.«

»Wir brauchen uns keine Sorgen zu machen«, meint Elaine mit einem zaghaften Versuch, ihrer Stimme einen spirituellen Klang zu geben. »Tu hat gesagt, es wird alles klar werden.«

Es ist bereits halb zwölf, und außer dem Hawaii-Restaurant im Basement ist nichts mehr offen. Wir haben zwar gar keinen Hunger, gehen aber trotzdem hinein, und obwohl das Lokal beinahe leer ist, genau wie beim letzten Mal, führt uns der Maître wieder an den gleichen Tisch, an dem wir mit Camado gesessen haben, an dem Abend, nach dem er verschwand. Dru macht ein merkwürdiges Gesicht, als er das bemerkt, schaut im ganzen Raum umher.

Wir bestellen so wenig wie möglich; betrachten unsere Gläser, verschieben sie um ein paar Millimeter. Ich versuche, Elaines Blick abzufangen, doch sie hat nur Augen für Dru, macht ein paar absolut hohle Bemerkungen über die mögliche Rolle des Physical Girl. Dru hört ihr gar nicht richtig zu, schenkt sich Wasser ein. Das schummrige Licht verschlechtert die Atmosphäre nur noch.

Dann schaue ich auf und sehe Rickie direkt auf uns zukommen. Sie hat ein Smoking-Jackett an, kein Hemd darunter, eine eng anliegende schwarze Hose, die Haare noch kürzer geschnitten als beim letzten Mal. Sie lächelt, umarmt und küßt uns alle drei, setzt sich zu uns. Sagt: »Ich war auf einer Party in Redondo Beach, hab *Stunden* gebraucht, um hierher zu kommen.«

»Woher hast du denn gewußt, daß wir zurück sind?« fragt Dru. Er ist wirklich überrascht, wendet den Blick nicht von ihr.

»Ich hab's halt gewußt«, sagt Rickie, zuckt mit den Schultern.

Dru lächelt bewundernd; Elaine, die links von ihm sitzt, würdigt er keines Blickes mehr. Um nicht ins Abseits zu geraten, beugt Elaine sich nach vorn; sie wirkt jetzt weniger schön als noch vor fünf Minuten: scheint dünnere Lippen, kleinere Augen zu haben.

Wir sitzen ein paar Minuten lang schweigend da, ohne

daß irgend jemand es schafft, eines der Themen aufzugreifen, die wir zur Verfügung hätten. Der Ober kommt mit dem Essen; sobald er wieder weg ist, schieben wir die Teller zur Seite.

Dru sagt zu Rickie: »Tu hat gesagt, daß wir uns heute abend sehen würden und daß morgen nacht alles klar sein wird, aber er hat uns nicht erklärt, was in der Zwischenzeit passiert.«

»Tu, der Geist?« fragt Rickie mit einem wohlmeinenden, etwas belehrenden Blick.

»Ja«, sagt Dru. Elaine läßt nicht von ihm ab, wenn sie auch ganz deutlich sieht, wie sehr er von Rickie angezogen ist, wie er an ihren Lippen hängt.

Rickie meint: »Es muß etwas Physisches zwischen mir und den Farben ablaufen, glaube ich.«

Elaine schaut sie jetzt giftig an, so wie wohl eine Frau mittleren Alters aus dem Bürgertum ein unberechenbares Mädchen anschauen würde, das versucht, ihr den Mann auszuspannen.

Dru nimmt einen tiefen Schluck aus seinem Glas. Möglicherweise liegt es vor allem an seiner Müdigkeit, aber er wirkt ganz eindeutig etwas verlegen. Fragt: »Wie meinst du das mit dem Physischen?« Er ist jetzt so auf Rickie eingestellt, daß das Ganze, wenn Elaine nur nicht so unsensibel wäre, völlig problemlos wäre, wir könnten alle vier glücklich und zufrieden sein.

Rickie lacht, meint: »Mal sehen.« Sie zeigt mit dem Finger auf mich, sagt: »Zum Beispiel könnten Dave und ich jetzt nach oben gehen.«

Dru sieht sie enttäuscht an; Elaine voller Erleichterung. Ich frage: »Weshalb denn bitte ich?« Ich habe nicht die geringste Lust, mich mit ihr abschieben zu lassen, während Dru sich Elaine ins Bett holt, und das auch noch recht widerwillig. Ich sage: »Könntest du nicht auch mit Dru gehen oder bis morgen warten, bis Nesbitt wieder fit ist?«

Rickie sagt: »Es ist eine Frage der Farbkombinationen, Dave. Blau kommt vor Grün. Gelb ist im Moment nicht da, und damit praktisch inexistent.«

»Wie, woher hast du denn das?« frage ich.

Sie lächelt, senkt den Blick. Sie ist eigentlich ganz schön sexy, in ihrem Smoking-Jackett mit nichts darunter, mit ihrer honigsüßen, kindlichen Art, sich zu bewegen. Was mir nicht paßt, ist die Tatsache, daß jemand anders über mich verfügt, wer immer das auch sein und was für ein grandioses Projekt er im Sinn haben mag. Ich schaue Elaine an, doch anstatt mir zu helfen, sagt die nur mahnend: »Daaave.«

Dru meint: »Dave, seit Tagen folgen wir ihren Anweisungen, fahren durch die Gegend und machen alles, was sie von uns verlangen, sollen wir uns das jetzt alles vermasseln?«

»Wieso denn vermasseln?« frage ich.

»Na, dann gehen wir doch«, meint Rickie heiter.

Auch Dru und Elaine nehmen an, mein Widerstand sei überwunden, und erheben sich. Der Ober deutet auf das Essen, das wir überhaupt nicht angerührt haben, fragt, ob irgend etwas nicht in Ordnung gewesen sei. Dru meint »Nein, nein«, unterschreibt die Rechnung.

Auf dem Weg hinauf zu den Zimmern reden wir kein Wort. Rickies Stretchhose könnte nicht viel enger anliegen, ihre Beine nicht besser geformt sein; Dru geht ein paar Schritte hinter ihr den Korridor entlang, um sie dahinschreiten zu sehen. Sie dreht sich ein paarmal um, lacht. Dru bleibt vor seiner Tür stehen, sagt: »Dann bis morgen.«

Elaine begleitet Rickie und mich auf mein Zimmer, wie

eine Sozialfürsorgerin. Sie wirft mir einen beruhigenden Blick zu, sagt: »Alles positiv, mach dir keine Sorgen.«

»Ich mach mir nicht die geringsten Sorgen«, sage ich.

Sie sagt »Gute Nacht, Kinder«, schließt die Tür.

Rickie zieht völlig ungezwungen ihre Schuhe aus, geht ins Bad, um zu pinkeln und sich das Gesicht zu waschen. Sie bewegt sich, als wäre das ihr Zimmer, oder als hätte sie hier ein paar Wochen verbracht. Sie setzt sich an den Tisch, zieht einen kleinen Beutel Marihuana und ihr Pfeifchen aus der Jackettasche, beginnt, die Pfeife zu stopfen. Ich gehe auf und ab, schalte das Drahtfunkprogramm ein: eine Version eines alten McCartney-Songs, angefüllt mit schluchzenden Geigen. Ich versuche, die Musik lauter zu stellen, aber da ist nicht viel zu machen. Ich gehe zur Tür, schiebe den Riegel erst zurück, dann wieder vor. Es ist eine lächerliche Situation, das einzige Mal, das wir uns zuvor gesehen haben, war sie total auf Dru fixiert, hat überhaupt nicht wahrgenommen, daß ich auch da war. Und wir sind jetzt keineswegs im Begriff, emotional abzuheben, beben nicht vor Begierde, miteinander zu reden. Sie dreht sich um, fragt: »Warum bist du so verkrampft, Dave?«

»Ich bin ganz locker«, sage ich. Drehe an den Knöpfen der Air-condition herum; sage: »Nur, wir haben eigentlich noch nicht einmal richtig miteinander *geredet*.«

Sie zündet das Pfeifchen an, macht einen tiefen Zug. Sagt: »Wir befolgen nur Anweisungen.« Bläst den Rauch stoßweise aus. Ich sage: »Okay, aber ich würde zumindest gerne den *Zweck* des Ganzen kennen, möchte wissen, von wem die Anweisungen kommen.« Ich setze mich aufs Bett, sage: »Ich habe an sich keinen besonderen Hang zur Mystik.«

Sie lächelt; zieht noch einmal an der Pfeife. Dann kommt sie herüber, zieht die Tagesdecke unter mir weg, breitet sie vor dem Bett auf dem Teppichboden aus. Sie macht die

Deckenlampe aus, läßt nur ein kleines Lämpchen an, sagt: »Zieh die Jacke aus und setz dich hierher.«

Jetzt wird mir die Sache noch unangenehmer, sie hat so einen beinahe professionellen Ton an sich. Ich sage zu ihr: »Verflixt, jetzt warte doch mal. Könnten wir nicht wenigstens einen Augenblick miteinander reden?«

Sie setzt sich im Schneidersitz auf die Tagesdecke, lächelt geduldig. Fragt: »Worüber möchtest du reden?«

Ich ziehe das Jackett aus, setze mich ihr gegenüber auf die Decke. Sage: »Was ich nicht verstehe, ist...«

Sie hört mir überhaupt nicht zu; legt mir die Hände an die Schläfen, sagt: »Schließ die Augen und atme tief durch.«

Ich schließe die Augen. Sie legt die Daumen darauf, drückt aber nicht besonders fest. Ich atme ihren Duft ein: das harzige Aroma des Marihuanas, vermischt mit dem des Parfüms, das sie vor dem Weggehen verwendet, und durchsetzt mit den Düften, die sie auf der Party eingefangen hat. Sie sagt: »Ich will jetzt, daß du wirklich intensiv an die erste Epoche der Geschichte denkst, die dir in den Sinn kommt, daß du dich bemühst, ein ganz klares Bild von dem zu bekommen, was du siehst.«

Ich versuche es, aber das einzige Bild, das vor meinem inneren Auge erscheint, ist sie, im Schneidersitz vor mir, in dem Moment, in dem ich die Augen geschlossen habe. Ich sage: »Es klappt nicht.«

Sie massiert mir mit winzigen Bewegungen ihrer Finger die Schläfen und die Augenlider. Sagt: »Versuch's nochmal.«

Ich bemühe mich; sehe irgendeine Abbildung aus dem *National Geographic* vor mir, ein paar Fragmente aus einem Kostümfilm: Leute auf einem Markt, als Ägypter verkleidete Komparsen, in Tuniken, Sandalen und so weiter.

Rickie meint: »Sag mir, was du siehst.« Atmet direkt neben mir, überträgt Wärme. Um sie nicht zu frustrieren, sage ich: »Leute auf einem Markt, in der Nähe einer hohen Stadtmauer.« Ich bin nicht einmal sicher, ob das mit der Stadtmauer stimmt; vielleicht versuche ich nur, mein Bild mit einem Hintergrund auszustatten.

Sie sagt: »Ja, gut.« Sie drückt jetzt kräftiger, ihre Fingerkuppen schwitzen ein wenig. Sie fragt: »Und was haben sie an? Versuche, ihre Kleidung zu beschreiben.«

»Sie tragen Tuniken«, sage ich. »Ägyptische Tuniken, würde ich sagen.« Das Bild, das ich vor Augen habe, verändert sich nicht, es gelingt mir nicht, meinen Blickwinkel zu verändern oder irgend etwas geschehen zu lassen. Ich glaube, es ist auch eine Szene aus einem Film; mir fällt nur nicht mehr ein, aus welchem. Ich sage: »Ich sehe nicht viel.«

Rickie meint: »Nein, schon okay. Ausgezeichnet!«

Ich öffne die Augen wieder; sie sitzt noch genauso da, wie vorher, als ich sie geschlossen habe, ist aber jetzt so erregt, hat so rosige Wangen, daß ich mich nach vorne beuge, ihr einen Kuß darauf drücke, versuche, ihre Lippen zu erreichen. Sie weicht mir rasch aus, läßt mich, mit dem Gesicht voraus, vornüberkippen, drückt mich mit den Händen zu Boden. Versucht, mir das Hemd auszuziehen, doch es gelingt ihr nicht; sagt: »Zieh es aus.«

Ich ziehe das Hemd aus; sie druckt mich auf die Tagesdecke, setzt sich rittlings auf mich. Ich versuche, mich unter ihr herauszuwinden, aber sie ist ziemlich schwer und kräftig, preßt die Knie zusammen, fängt an, mir den Nakken zu massieren. Wie mir scheint, hat sie eine richtige Technik: Sie bearbeitet die Muskeln mit energischen, kreisförmigen Bewegungen. Es ist nicht unangenehm; ich spüre, wie ein physischer Strom, der von ihr ausgeht, durch mich hindurchläuft. Sie macht weiter, steigert allmählich den Rhythmus, konzentriert sich voll.

Dann zieht sie das Smokingjackett aus, wirft es von sich. Für einen Augenblick sehe ich ihre vollen Brüste, ehe sie mich wieder zu Boden drückt, wieder anfängt, mir den Rücken zu massieren. Ihr Atem trifft mich jetzt zwischen Hals und Ohren, sie berührt sanft meine Haut mit ihrer. Ich drehe mich um und umfasse sie an den Schultern, ziehe sie zu mir, bis sich unsere Lippen berühren. Sie sträubt sich erst, gibt dann nach, läßt sich auf mich fallen; wir küssen uns, rollen zur Seite. Sie ist warm und glatt, an ihr ist viel mehr dran als an Elaine vergangene Nacht. Ich streife ihr die schwarze Strumpfhose ab, sie hat nichts darunter an. Ich gleite mit den Fingern über ihre straffe Haut, empfinde dabei eine unsägliche Wonne. Sie lacht prustend, spreizt die Beine, zieht mich an sich. Sie ist von einer gleichsam grenzenlosen Freigiebigkeit, zwischen ihren Gedanken und ihrem Körper scheint vollkommene Harmonie zu bestehen. Mir kommt der Gedanke, daß der, der das alles inszeniert hat, offensichtlich wieder mit Gegensätzen spielen wollte; aber es gelingt mir nicht, lange darüber nachzudenken, zu sehr nimmt mich ihre ganz außergewöhnliche, geschmeidige Fülle gefangen. Und wirklich, ich bin magnetisch angezogen, ja hingerissen; jeder Widerstand ist zwecklos.

Dann brauche ich vielleicht fünf Minuten, um wieder zu Atem zu kommen. Ich rutsche näher an sie heran, küsse sie ein paarmal auf die Wangen, auf die Stirn. Sie lächelt mit geschlossenen Augen, wohl mehr in sich hinein als mir zu. Ich schüttle sie, in der Hoffnung, damit eine spontanere Reaktion hervorzurufen. Sie öffnet die Augen, fragt: »Was ist?«

Ich schaue ihr aus wenigen Zentimetern Entfernung ins

Gesicht und spüre, wie plötzlich, im Verlauf einer Sekunde, eine Art Nesbittsche Verlustangst in mir aufsteigt, vom Magen zum Herzen und weiter zum Kopf. Ich sage zu ihr: »Rickie. Versuch doch bitte einen Augenblick, mir das alles zu erklären.«

Sie schaut mich an, wie man vielleicht ein bedauernswertes, überempfindliches Kind anschaut; fragt: »Was?«

»Das mit uns«, sage ich. Ich glaube, ich war noch nie in meinem ganzen Leben wegen einer Frau, die ich kaum kannte, so unruhig, so ängstlich; und auch nicht wegen einer, die ich gut gekannt habe. Aber sie wirkt so autonom, so unerreichbar, auch wenn sie hier bei mir ist, nur wenige Zentimeter entfernt. Ich sage: »Das, was eben passiert ist. Ob das nur wegen der Anweisungen von Tu und der ganzen Farben-Story und so weiter war.«

Sie fragt: »Was meinst du?« Wirft sich mein Hemd über, holt sich das Marihuanapfeifchen.

Sie sich auch nur ein paar Meter entfernen zu sehen, läßt meine Angst noch weiter anwachsen; ich sage: »Ich hab's nur gemacht, weil du mir gefällst.« Es ist mir jetzt ganz egal, daß ich damit jede Deckung aufgebe; ich stehe auf, sage zu ihr: »Weil du mir *wirklich* gefällst.«

»Du gefällst mir auch«, sagt sie, in einem ganz unverbindlichen Ton. Sie setzt sich wieder im Schneidersitz hin, zündet die Pfeife an, saugt den Rauch ein.

Ich reiße sie ihr aus der Hand, sage: »Laß mich auch mal 'nen Zug machen.« Nur, um ihre Aufmerksamkeit wieder auf mich zu ziehen. Ich mache ein paar Züge; muß husten. Die Situation wird nur noch unangenehmer, meine Verlustangst wird so stark, daß ich nicht mehr ruhig sitzenbleiben kann. Ich packe sie am Handgelenk, sage: »Und was passiert jetzt? Was ist mit dieser ganzen Story von den Farbkombinationen und dem Grün, das nach dem

Blau kommt und dem ganzen Kram? Was soll das alles bedeuten?« Ich stelle mir vor, wie Dru in seinem Zimmer wartet, wie ihn Elaine unterhält, ihm ein I Ging legt, ihn umschmeichelt, eifersüchtig und zugleich resigniert bei dem Gedanken daran, daß jeden Moment Rickie kommen kann.

Rickie beugt sich nach vorn, legt die Pfeife auf den Tisch; mein Hemd rutscht ihr über den Po hoch. Sie sagt: »In ein paar Minuten gehe ich nach drüben. Elaine kann zu dir kommen.«

»Laß mich doch mit Elaine in Ruhe!« sage ich. Ziehe meine Hose wieder an; es ist mir unangenehm, völlig nackt dazusitzen, während sie mir, mit meinem Hemd bekleidet, sagt, sie werde gleich zu Dru gehen. Ich sage: »Du wirst nirgendwohin gehen. Du bleibst hier!«

Sie schaut mich dermaßen erstaunt an, daß meine Besorgnis sich in nackte Angst verwandelt. Sagt: »Dave, wenn es nicht um Tu ginge, wären wir niemals zusammengekommen.«

»Das ist nicht wahr«, sage ich. Packe sie an der Schulter, sage: »Und außerdem hat das jetzt keine Bedeutung mehr, schließlich *sind* wir bereits zusammengewesen.«

Sie versucht nicht, sich mir zu entwinden, auch wenn ihr das nicht sonderlich schwerfallen dürfte. Sie läßt die Lider herabsinken, und es ist völlig klar, daß ich nicht die geringste Chance habe, sie zum Hierbleiben zu überreden.

Ich lasse sie los, gehe zur Tür, voller Wut auf diesen Scheiß-Tu, der im Privatleben der Leute herumexperimentiert mit seiner verflixten Gefühlschemie; bin wütend, wegen der naiven Vertrauensseligkeit, mit der Rickie das Opferlamm spielt, wegen Drus berechnender, fieser Neugier. Ich öffne die Tür, sage: »Ich geh runter, 'n paar Flaschen Mineralwasser holen.« Rickie sagt irgend etwas zu mir, aber ich bin schon draußen, stürme bereits den Korridor entlang.

Ich bewege mich mit einer außergewöhnlichen Leichtigkeit, gleite eher dahin, als daß ich laufe; ich habe Dinge noch gar nicht richtig wahrgenommen und bin schon an ihnen vorbei. Ich husche dicht an den Türen entlang bis zu den Aufzügen, aber ich habe keine Lust zu warten und stürme die Treppe hinab, von einem Treppenabsatz zum nächsten, renne durch die Halle. Das euphorische Gefühl, das diese fließende Möglichkeit der Fortbewegung erzeugt, hebt für ein paar Sekunden meine quälende Verlustangst auf; erst mitten in der Hotelhalle bemerke ich, daß ich nichts anhabe außer meiner Hose. Ich husche hinüber an die gegenüberliegende Wand, drücke mich gegen die Holztäfelung. Da sind nur wenige Gäste, alle ziemlich weit weg von mir, viel zu vertieft in ihre nächtlichen Aktivitäten, um mich wahrzunehmen. Ich gleite an der Wand entlang bis zu einem der vielen Telefone, tauche in den Schutz der blauen Plexiglashaube. Ich lasse den Blick durch die ganze Halle gleiten, mir scheint, aus einer Art Insektenperspektive. Vier oder fünf Hauben weiter telefoniert ein Iraner, schaut auf meine nackten Füße, verzieht dabei aber keine Miene. Ich drehe mich herum, mache in Gedanken ein paar Versuche, eine Drus Beschreibung entsprechende, elektronisch klingende Stimme zu imitieren; überlege mir, wie ich sagen könnte, daß das Physical Girl bei mir bleiben soll. Wähle Drus Nummer, aber es ist besetzt. Ich versuche es noch einmal. Der Iraner starrt immer noch auf meine Füße; ich verstecke einen davon hinter dem anderen. Wähle noch einmal: besetzt. Mir kommt, daß Rickie vielleicht schon hinübergegangen ist, daß Dru den Telefonstecker herausgezogen hat und bereits eine wilde Orgie feiert, ohne auch nur Elaine zu mir zu schicken, da ich ja sowieso nicht da bin. Mir kommt, daß ich, anstatt hinauszurennen wie ein Idiot, besser im Zimmer geblieben wäre und die Tür verschlossen gehalten hätte. Ich durchquere in langen Sätzen die Halle, schiebe mich neben einem älteren Pärchen in einen Aufzug.

Auch sie schauen mir auf die Füße; wenden sich dann ab, als ob nichts wäre. Ich drücke ein paarmal auf den Knopf für mein Stockwerk, klopfe noch dagegen, als wir bereits hinauffahren. Wieder erfaßt mich Angst, und offensichtlich bin ich in einen der langsamsten Aufzüge der Welt geraten, er braucht *Stunden*, um vier Stockwerke höher zu kommen. Die beiden anderen schauen, den Kopf in den Nacken gelegt, auf die Leuchtziffern, so als hätten sie den Rest ihres Lebens Zeit für diese Fahrt hinauf in ihr Zimmer.

Dann bin ich schließlich im richtigen Stockwerk, aber der Korridor ist viel länger, als ich ihn in Erinnerung habe, mit Dutzenden und Aberdutzenden von Türen, von denen eine wie die andere aussieht. Ich eile mit pochendem Herzen von Tür zu Tür, halte an, rase weiter, bis ich schließlich vor meiner stehe. Klopfe wie ein Verrückter, drücke ein ums andere Mal auf die Klinke. Rickie macht auf, sie hat noch immer mein Hemd an, fragt: »Und das Wasser?«

Ich drehe den Schlüssel fünfmal im Schloß herum, lege die Kette vor, ziehe den Telefonstecker heraus.

»Was machst du?« fragt Rickie, aber ohne großes Interesse. Sie schaltet den Fernseher ein, kniet sich davor, schaut aus wenigen Zentimetern Entfernung hinein. Ich trete hinter sie, umfasse sie von hinten, drücke ihr die Hände auf den Busen. Sie dreht den Kopf herum, um mir einen Kuß zu geben. Küßt mich, lange, feucht, gleichgültig, wie ein großes pflanzenfressendes Tier. Ich schiebe ihr langsam das Hemd hoch. Es klopft. Rickie windet sich aus meinen Armen, geht zur Tür. Ich lehne mich gegen die Konsole, auf der der Fernseher steht, lasse mich zu Boden gleiten.

Elaine kommt herein, mit wirren Haaren und roten Augen. Schaut aufs Bett, auf die zerknitterte Tagesdecke, herunter auf mich. Sagt: »Ihr beiden müßt hier beieinanderbleiben. Tu hat angerufen und gesagt, daß wir uns jetzt in einem idealen Gleichgewicht befinden und es nicht stören dürfen.«

Rickie nickt zustimmend, dreht sich zu mir herum. Ich glaube eine Spur von Enttäuschung hinter ihrer Natürlichkeit zu erkennen, aber ich bin nicht sicher.

Elaine geht auf Zehenspitzen umher, sagt: »Er hat uns alles mögliche gesagt, was wir morgen machen sollen, Dru wird es euch erzählen. Morgen nacht wird alles klar werden.« Sie kehrt zurück zur Tür, sagt »Gute Nacht« und geht hinaus. Es ist einfach unglaublich, wie ich auf einmal jegliches Interesse an ihr verloren habe.

Rickie zieht mein Hemd aus, schlüpft ins Bett. Ich setze mich neben sie, schaue ihr in die Augen; frage: »Bist du froh, daß du hier bleiben sollst, oder nicht?« Sie antwortet nicht, hebt nur die Bettdecke hoch, damit ich zu ihr hineinschlüpfen kann.

Rickie zieht den Vorhang auf

Rickie zieht den Vorhang auf, läßt das Tageslicht bis in die hinterste Ecke des Zimmers dringen. Geht hinaus und schaut hinunter in den Hof mit dem Swimmingpool; sagt: »Ich geh mal eben ein paar Bahnen schwimmen.«

Ich sage: »Warte, ich komm mit.« Steige, noch halb im Schlaf, aus dem Bett und schlüpfe in ein paar Klamotten, während sie sich mit äußerster Gewissenhaftigkeit die Zähne putzt.

Drunten im Hof gehen wir zu der Verkaufstheke mit den Badeartikeln, ich sage ihr, sie soll sich aussuchen, was sie haben möchte. Mir tun die Augen weh hier in der Sonne; die Nacht war nicht besonders erholsam, auch nicht besonders lang. Rickie bückt sich und schaut durch die Glasscheibe; zeigt auf einen Badeanzug, eine Badekappe und eine kleine Schwimmbrille, wählt von allem das Teuerste. Ich zeige der Verkäuferin meinen Zimmerschlüssel, sage ihr, sie soll es auf die Rechnung setzen. Rickie scheint zufrieden zu sein, lächelt mir zu, als sie zu den Umkleidekabinen geht.

Ich warte direkt am Becken auf sie, werde schon wieder nervös, denke mir, sie könnte wer weiß wohin verschwunden sein. Doch sie kommt, in dem schwarzen Badeanzug, der ihr das Flair einer Profi-Schwimmerin verleiht, wieder aus der Kabine heraus; die Badekappe läßt ihren Kopf kleiner wirken; sie schreitet auf mich zu wie eine olympische Gottheit. In dem künstlichen Licht droben im Zimmer war mir nicht klar geworden, wie vollkommen sie ist, auf welch beunruhigende, beinahe unnatürliche Weise. Ich werde schon eifersüchtig, wenn ich sie nur sehe; drehe mich um, werfe mißtrauische Blicke auf die drei oder vier Männer, die hinter mir in der Sonne liegen.

Sie kommt auf mich zu, nähert sich mir bis auf zwei Schritte, setzt die Schwimmbrille auf, und es ist, als würde sie mich zurückstoßen. Sie geht an das eine Ende des Swimmingpools, nimmt Anlauf und springt hinein; sie schwimmt dicht unter der Wasseroberfläche, gleitet wie eine Robbe bis ans andere Ende des Beckens. Taucht zum Luftholen auf und macht sofort kehrt, kommt ungestüm auf mich zugekrault. Als sie erneut wendet, springe auch ich hinein, schwimme neben ihr her. Fünf oder sechs Meter kann ich mithalten, dann zieht sie bereits davon, obwohl ich Arme und Beine unter Einsatz aller Kräfte bewege, meine Muskeln wie verrückt arbeiten lasse. Ich versuche, den Rhythmus meiner Bewegungen zu beschleunigen, das Luftholen zu verkürzen, verheize in krampfartigen Schwimmzügen meine gesamten Energiereserven, doch es ist nichts zu machen, sie schiebt sich unerbittlich nach vorn, erst eine Länge, dann zwei; ich schlage in ihrem Kielwasser um mich, produziere Schaum, mein Herz pocht, und mein Atem wird immer kürzer. Sie wendet und kommt zurück, begegnet mir ein gutes Stück vor dem Ende der Bahn; nach knapp zwei weiteren Bahnen überrundet sie mich. Ich schwimme noch ein paar Minuten weiter, zeige allerdings keinerlei Ehrgeiz mehr, hänge unsicher im Wasser wie ein geprügelter Fisch. Steige heraus, setze mich an den Beckenrand, lasse die Füße ins Wasser hängen und schaue zu, wie sie, immer im gleichen unmöglichen Tempo, ihre Bahnen zieht.

Schließlich hält sie an, klammert sich prustend an den Beckenrand; stemmt sich mit den Armen hoch, springt heraus. Nimmt die Schwimmbrille und die Badekappe ab, schüttelt die Haare. Kommt zu mir, gibt mir einen Schubs, meint: »Fauler Kerl«, lacht dabei.

Wir versuchen, von dem Telefon am Beckenrand aus Dru anzurufen, aber es ist besetzt. Wir ziehen uns um, gehen wieder nach oben. Im Korridor, beim Aufzug, steht ein kräftiger Mann, folgt uns mit dem Blick. Rickie tänzelt dahin, trällert eine kleine Melodie ohne Worte, singt nur: »Da-da-dats-dada.« Wir bleiben vor Drus Tür stehen: an der Türklinke hängt ein Schild: *Bitte nicht stören.* Rickie deutet darauf, hält sich die Hand vor den Mund.

Als wir wieder im Zimmer sind, schaue ich ihr zu, wie sie den Badeanzug, die Badekappe und die Schwimmbrille im Waschbecken ausspült, sie in den kleinen Beutel zurückpackt, den zusammenfaltet und in die Tasche ihres Smokingjacketts steckt. Es ist unglaublich, wie energisch und exakt sie diese so einfachen Bewegungen ausführt; ich bin erfüllt von Bewunderung für sie. Dann sagt sie: »Ich muß auf einen Sprung nach Hause, in einer Stunde bin ich wieder hier.«

Ohne viel Rücksicht auf meinen Stolz oder meine Würde frage ich: »Kann ich mitkommen?«

Sie sieht mich einen Moment lang an; nickt dann zustimmend.

In der Garage hat sie einen so gut wie neuen BMW mit Metallic-Lackierung stehen. Sie schiebt eine Kassette mit der Musik, die sie uns an dem Abend vorgespielt hat, an dem sie uns bei sich zu Hause Dias gezeigt hat, in die Stereoanlage: die destillierten Pianoklänge, zugleich vertraut und fremdartig. Wir fahren den Wilshire Boulevard entlang, die Musik paßt hervorragend zum Vorbeirauschen der Autos im grellen Tageslicht, zu den gleißenden Konturen der Landschaft. Ich schaue sie von der Seite an, während sie sich eine dunkle Sonnenbrille aufsetzt, und kann mir überhaupt nicht vorstellen, jemals bei ihr anzukommen.

Sie hält in ihrer Straße hinter einem rosa Buick aus den fünfziger Jahren, mit langen Heckflossen, kleinen runden Rücklichtern und übertrieben vielen Chromleisten. Sie streicht mit der Hand über den rosa Lack, meint: »Der gehört einem Freund von mir.« Ihr Apartment ist ungefähr so, wie ich's in Erinnerung habe, mit den Spitzengardinen an den Fenstern und den Gebirgslandschaften an den Wänden. Sie drückt auf die Tasten des Anrufbeantworters, zieht sich die Schuhe aus. Geht im Zimmer umher, während sie die Anrufe abhört, stellt ein paar Gegenstände an ihren Platz zurück. Eine Frauenstimme erklingt vom Band, sagt: »Rickie, ich bin's, Britt, ich hab dich heute morgen nicht erreicht, jetzt muß ich weg.« Eine Männerstimme sagt: »Mel. Ich hoffe, du hast nicht vergessen.« Rickie murmelt etwas vor sich hin, bewegt dabei kaum die Lippen. Auf dem Tisch liegen zwischen Zeitungsausschnitten, lackierten Holzkistchen und Schminkutensilien zwei Einsteckhüllen mit Dias. Ich halte sie gegen das Licht, das durchs Fenster hereindringt, und sehe Rickie, nackt in sexy Pose auf ein großes weißes Bett mit Messingrahmen hingestreckt. Sie sagt: »Die hat Tony Rico von mir gemacht, das ist auch ein Bekannter von Elaine.« Es scheint ihr keineswegs unangenehm zu sein; sie holt vier oder fünf Papierabzüge von der gleichen Serie, wirft sie mir zu. Sie sind wirklich außergewöhnlich, aber irgendwie wird der Eindruck, den sie hervorruft, abgeschwächt durch die Posen, die Schminke und den stereotypen Blick, den man von ihr verlangt hat. Sie ist jetzt, wo sie barfuß und achtlos in ihrer Wohnung umherläuft und irgendwelche Sachen vom Boden aufhebt, sie von einer Ecke in die andere wirft, viel attraktiver.

Ich folge ihr ins Schlafzimmer, sage zu ihr: »So siehst du viel besser aus.«

Sie zieht die enganliegende schwarze Hose aus, wirft sie mit dem Fuß von sich; sagt: »Ich weiß, aber mit irgendwas muß man eben anfangen.« Sie zieht einen kurzen weißen Rock aus einer Schublade, wirft das Smokingjackett beiseite. Ich sehe ihr zu, wie sie den Rock und ein weißes Jäckchen anzieht, sie sich an den Hüften glattstreicht. Dieses Zimmer macht einen noch ordentlicheren und kindlicheren Eindruck als der Rest der Wohnung: Es ist eine Art Kleinmädchentraumzimmer, mit Fotos ihrer Eltern neben dem ovalen Spiegel, einem Teddybären, der zwischen zwei bestickten Kissen auf dem Bett thront. Sie betrachtet sich einen Moment im Spiegel, geht dann zurück in das kleine Wohnzimmer, um zu telefonieren.

Die Küche scheint nicht häufig benutzt zu werden, im Regal steht nur ein kleines Fläschchen Weizenkeimöl, im Kühlschrank nichts außer einem fettarmen Joghurt. Auf einer Notiztafel stehen ein paar Telefonnummern; über dem Waschbecken eine Ansichtskarte aus Aspen, Colorado, mit den Worten: *Lots of love, Tom.* Aber ich bin jetzt über die Eifersucht hinweg, bin viel zu benommen.

Rickie schneidet sich beim Telefonieren die Zehennägel, hebt erst einen Fuß, dann den anderen. In einer Ecke lehnt eine E-Gitarre made in Japan; an der Wand ein Foto von ihr mit der Gitarre. Sie sagt am Telefon: »Ja, ja, bestimmt. *Ehrenwort.*« Legt schnaubend auf. Sie schaut mich einen Augenblick an, wählt eine andere Nummer, doch die ist besetzt.

Ich frage sie: »Spielst du Gitarre?« Es ist schwierig, Verbindung zu ihr aufzunehmen, ich weiß nicht, wie ich's anfangen soll.

Sie sagt: »Ja.« Holt ihr Marihuanapfeifchen, sagt: »Komm mit nach draußen.«

Wir gehen hinaus auf den kleinen Balkon, von dem aus sie uns an dem Abend mit den Dias nachgewunken hat, setzen uns auf eine kleine Korbbank. Sie raucht, auch diesmal, ohne mir die Pfeife anzubieten. Ich frage sie: »Wovon lebst du?«

Sie bläst bläulichen Rauch aus. Steht auf, geht am Geländer des Balkons entlang. Sagt: »Ich kaufe in Deutschland Mercedes und BMW und verkaufe sie hier zum fünffachen Preis weiter.« Sie wirkt sehr offen und konkret, eine Sekunde später jedoch schaut sie hinab auf die Straße, als habe das, was sie eben gesagt hat, nicht die geringste Bedeutung.

»Und die Fotos?« frage ich. Betrachte ihre sportlichen Beine, während sie sich am Knie kratzt. Komme mir viel zu vernünftig und simpel und an ein normales Leben gefesselt vor, verglichen mit ihr; erfolglos und uninteressant. Und ich möchte meine Ruhe haben vor der elektronischen Stimme, vor Dru und Nesbitt, Kino und Geld, möchte all das los sein.

Sie schließt die Augen; macht sie wieder auf, sagt: »Ich trage dir ein Gedicht von mir vor.« Sie stellt sich gerade hin, wie jemand, der eine Rede halten will, beginnt, die Verse aufzusagen. Zunächst finde ich die Sache eher peinlich, dann gefallen mir ein paar Lautkombinationen und einige ihrer Bilder ganz gut; dann kommt mir, daß das gar kein Gedicht von ihr ist, sondern ein Song der Dire Straits, schon ein paar Jahre alt. Ich sage es ihr; sie vollführt eine Drehung, sagt: »Ich hab ein paar Worte geändert.« Greift nach ihrer Pfeife und geht zurück in die Wohnung.

Ich bleibe auf dem Bänkchen sitzen, bringe nicht die Energie auf, ihr nach drinnen zu folgen; lege mich auf die Seite.

Rickie schüttelt mich am Arm, sagt: »He, wach auf!« Zeigt mir, wie spät es ist: vier Uhr. Ich schnelle hoch, bin ganz wirr im Kopf. Wir rennen aus dem Haus, springen ins Auto.

In der Hotelhalle stehen zwei oder drei Männer wie der, der uns heute morgen im Korridor beobachtet hat, verfolgen, wer hereinkommt und wer hinausgeht. Die Techniker im Overall hantieren noch immer mit Stromkabeln herum, stellen Anschlüsse her.

Sobald wir aus dem Aufzug treten, kümmert sich Rickie nicht mehr um mich, geht geradewegs zu Drus Zimmer. Die Tür ist nur angelehnt; sie klopft kurz an und geht hinein.

Aber da ist weder Dru noch Elaine: im Zimmer steht ein großer, schlaffer Typ um die siebzig in einem häßlichen braunen Anzug, mit bis an die Schläfen hochgeschorenen Haaren. Ein zweiter, jüngerer Typ wühlt in einem Koffer, hält mitten in der Bewegung inne.

Rickie deutet zur Tür, sagt: »Ich dachte, das wäre 457.«

»Das ist 457«, sagt der schlaffe Typ. Er trägt eine Brille mit durchsichtigem Gestell, hat eine Schramme an der Backe.

Rickie schaut sich um, und ihre Natürlichkeit bekommt einen Riß. Sie fragt: »Und können Sie mir sagen, wo Mr. Resnik ist?«

»Das dürfen Sie *uns* nicht fragen«, meint der jüngere Typ. Er steht leicht gebückt da, voller unterdrückter Aggressivität. Rickie kommt rückwärts auf mich zu, sagt halblaut: »Verschwinden wir besser.«

Wir schlüpfen hinaus, machen, daß wir wegkommen. Eine Stimme hinter uns ruft: »He, ihr zwei, wo rennt ihr denn hin?«

Wir drehen uns um: Dru steht in der Tür gegenüber von

dem Zimmer, in dem wir eben waren, sagt: »Es ist *halb fünf*, unzuverlässige Bande.«

Rickie läuft zu ihm hin, umarmt ihn und küßt ihn, geht ins Zimmer, um auch Elaine und Nesbitt zu küssen. Elaine sagt: »Wir sind gestern nacht hierher umgezogen, weil Tu gesagt hat, wir sollen ein Zimmer nach Norden nehmen.«

Rickie setzt sich aufs Bett, massiert sich die Wade. Fragt: »Wie lauten die neuen Anweisungen?«

Dru sagt: »Das wird euch Elaine erklären.« Geht zum Fenster und schaut hinaus. Er ist alles andere als gut gelaunt, vielleicht, weil wir erst so spät aufgetaucht sind, vielleicht, weil Rickie bei mir geblieben ist, vielleicht, weil er von Elaine bereits genug hat.

Elaine bemüht sich wieder, so inspiriert wie möglich zu wirken, sagt: »Also. Er hat uns in der Zwischenzeit gesagt, daß jetzt auch die beiden Mädchen eine Farbe haben, ich bin Weiß und du, Rickie, bist Rosa.«

»Wie schön«, sagt Rickie, in einem Ton, als wäre ihr eine andere Farbe lieber gewesen.

Elaine sagt: »Dann hat er uns gesagt, daß die allgemeine Situation positiv ist, daß Jack leiden mußte, aber das sei nötig gewesen, um seine Gefühle, die blockiert waren, wieder flexibler werden zu lassen.«

Nesbitt starrt auf seine Schuhspitze, streift mit ihr über den Teppichboden.

»Erklär nur, was wir jetzt machen müssen«, sagt Dru ungeduldig. »Sonst kommen wir hier überhaupt nicht mehr raus.«

Elaine bemüht sich um einen Kompromiß zwischen Geschwindigkeit und einem gerade noch akzeptablen Inspiriertheitsgrad ihrer Stimme; sagt: »Wir müssen uns neue Kleider kaufen, jeder in seiner Farbe. Dann müssen wir Musikinstrumente kaufen, es kommt nicht darauf an, ob wir sie spielen können oder nicht, Hauptsache, jeder versucht herauszukriegen, welches Instrument er wirklich möchte und kauft das. Dann um Mitternacht müssen wir in den neuen Kleidern und mit den Instrumenten hier in diesem Zimmer sein, und alles wird mit Hilfe der Musik geklärt werden, oder jedenfalls ist die Musik sehr wichtig für die Erklärungen, die Tu uns geben muß.«

Rickie saugt das alles auf, als säße sie in der Schule, ist voll konzentriert. Dru geht zur Tür, sagt: »Jetzt müssen wir gehen, sonst machen die Geschäfte zu. Schließlich ist heute Samstag.«

Wir eilen mit ihm nach unten; er schafft es immer, die anderen anzustecken, wenn er will. In der Halle sagt Elaine schnell: »Dann ist da noch eine andere Farbe, das Grau, das ist eine Frau, die mit Jack zusammensein wird, damit ist dann der Kern vollständig, und alle Farben befinden sich im Augenblick der Erleuchtung in perfekter Harmonie.« Nesbitt dreht sich herum und schaut auf die Arbeiter, die jetzt längs einem Weg vom Eingang zu den Türen der Kongreßsäle Absperrseile anbringen. Die Typen, die alles beobachten, halten sich ganz im Hintergrund; in der Nähe der Glasscheiben laufen Männer und Frauen mit großen Abzeichen an den Jacketts herum.

Draußen besprechen wir, ob wir zuerst die Kleider oder die Instrumente kaufen sollen. Die Mädchen bestehen darauf, daß wir mit den Kleidern anfangen; sagen, es gebe ganz in der Nähe einen tollen Laden, deuten auf ein hohes Gebäude mit vielen Bögen, das einen Parkplatz überragt. Dru meint: »Dann nichts wie los.«

Wir laufen eilig einen schmalen Bordstein entlang, der nicht für Fußgänger gedacht ist; stürmen eine Rampe hinauf, überqueren die riesige Betonfläche, auf der um diese Zeit kaum ein Auto steht. Der Laden, den die Mädchen gemeint haben, ist ein sehr anspruchsvolles, hell erleuchtetes Nobelkaufhaus, das Erdgeschoß ist voller Auslagen mit französischen Parfüms und erlesenem Schmuck, Handtaschen, Brieftaschen und Gürteln aus Krokodilleder, Modellschuhen. Elaine und Rickie werden, kaum daß wir drin sind, ganz aufgeregt, schauen sich mit leuchtenden Augen um. An der ersten Rolltreppe schütteln sie uns ab, sagen: »Wir treffen uns nachher wieder.«

Dru, Nesbitt und ich gehen reichlich verblüfft in die Herrenabteilung hinunter und sehen uns dort um. Die Verkäufer sind sorgfältig gekämmt, tragen die gleiche Kleidung, die sie auch verkaufen; sie stehen hinter den Ladentischen und beobachten uns, denken nicht daran, uns ihre Hilfe anzubieten. Wir marschieren ein paar Minuten in geschlossener Formation umher, dann sagt Dru: »Vielleicht ist es besser, wenn jeder von uns seine Farbe sucht.« Wir gehen, ohne große Begeisterung, in verschiedene Richtungen davon.

Es ist merkwürdig, im Grunde müßte es eine traumhafte Situation sein, mir aus Kleidern, die ich mir nie im Leben leisten könnte, auszusuchen, was mir gefällt, und dann Nesbitt sich ums Bezahlen kümmern zu lassen, aber nein, je länger ich an Kleiderständern und in Regalen herumsuche, desto wirrer und irrealer erscheint mir das, was ich mache. Ich probiere drei oder vier Jacketts an, prüfe bei mindestens dreißig weiteren den Stoff, aber ich habe das Gefühl, daß mir keinerlei instinktives oder rationales Kriterium zur Verfügung steht, mit dessen Hilfe ich zu einer Entscheidung gelangen könnte. Ich gehe an den hellen Holzwänden entlang, an den Reihen von Schaufensterpuppen vorbei; vergleiche die verschiedenen Blautöne, hellblau, graublau und taubenblau, himmelblau und kobaltblau, ultramarinblau und ein fast schwarzes Nachtblau. Ich schleppe mich weiter in der trockenen Luft, die durch die Unmenge von Textilfasern noch weniger atembar wird, und es gelingt mir nicht einmal mehr, mir vor Augen zu halten, wozu wir eigentlich hier hereingekommen sind. Ich beschleunige den Schritt, suche, erfüllt von Platzangst, mit den Augen nach dem Ausgang.

Ich biege um eine Regalecke und sehe Dru, ein Jackett aus grüner Schurwolle in der Hand. Auch er wirkt, als sei ihm das alles höchst unangenehm; er fragt mich: »Was hältst du davon?« Ich sage ihm, er solle das Jackett mal anprobieren. Er schlüpft hinein, aber es hat einen lächerlichen Schnitt, mit Quetschfalten an den Seiten. Er reißt es sich vom Leib, sagt: »Da kann einem ja schlecht werden!« Ich glaube nicht, daß er sich öfter etwas zum Anziehen in einem Kaufhaus kauft, nicht mal in so einem Nobelladen wie diesem hier; er läßt wohl seit Jahren alles beim Schneider nach Maß anfertigen. Er sagt: »Wenn die beiden Kühe nur nicht so schnell nach oben verduftet wären. Geh mal los und such sie, sag Elaine, sie soll runterkommen und uns beraten.«

Ich gehe hinauf in den zweiten Stock, laufe gut zehn Minuten herum, ehe ich sie finde. Natürlich haben sie noch gar nicht richtig angefangen: Sie sind gerade unterwegs zu den Ankleidekabinen, jede mit ein paar Kleidern über dem Arm. Elaine meint: »In fünf Minuten sind wir unten.« Sieht mich dabei kaum an. Rickie trägt bereits ein Paar rosa Schuhe mit hohen Absätzen, in denen sie noch auffälliger wirkt. Sie nimmt überhaupt nicht zur Kenntnis, daß ich heraufgekommen bin.

Unten reagiert Dru genervt, als er mich allein zurückkommen sieht; sagt: »Mein Gott, was für *Kinder*. Es ist ja nur symbolisch gemeint, wir sind doch nicht hier, um uns neu einzukleiden.« Ich helfe ihm, die ganze Etage nach Jacketts in einem einigermaßen annehmbaren Grünton und mit einem halbwegs brauchbaren Schnitt zu durchstöbern. Das ist jetzt die klassische Tätigkeit eines Assistenten, ich eile mit immer schwererem Schritt hin und her, hole irgendwelche Sachen und bringe sie wieder zurück, wenn sie nicht passen, während Dru bei den Umkleidekabinen stehen bleibt und fragt: »Na, und jetzt?« Schließlich stellt er sich in der besten Jacke, die ich für ihn gefunden habe, vor den Spiegel, zieht sie so hin und her, daß sie einfach unmöglich aussieht. Sagt: »Hm.« Ich hab nicht gerade den Eindruck, daß er sich auf einer Vorstufe zur Erleuchtung befindet.

Damit er nicht noch gereizter wird, nehme ich die erstbeste blaue Jacke, die mir zwischen die Finger kommt, bringe sie zusammen mit seiner zur Kasse. Auch die ist ein Verbrechen, aber mir wird schon übel, wenn ich nur daran denke, jetzt noch eine wirkliche Wahl treffen zu müssen. Nun suchen wir Nesbitt; wir sehen ihn an einer Reihe von Kleiderständern entlanggehen, als er am Ende ankommt, macht er kehrt. Er kommt auf uns zu, sagt: »Sie haben nichts in Gelb, *rein gar nichts.*«

Wir gehen zusammen noch einmal herum, fragen ein paar Verkäufer, und tatsächlich ist das einzige, was sie in Gelb haben, eine dicke Daunenjacke. Dru versucht Nesbitt zu überreden, wenigstens die zu nehmen, doch der will davon nichts wissen. Dru sagt: »Gehen wir nach oben, vielleicht sind unsere beiden schon fertig, und wir können noch woanders suchen, ehe es zu spät ist. Wir müssen schließlich auch noch die verflixten Instrumente kaufen.« Es gelingt ihm, unsere Stimmung noch weiter zu verschlechtern; wir rennen die Rolltreppen hoch, rasen durch die Damenabteilung, als hätten wir die Kasse ausgeräumt.

Rickie steht, eine Hand in die Hüfte gestützt, den Kopf zur Seite geneigt, vor einem Spiegel, probiert einen malvenfarbigen Gürtel an. Fragt uns: »Meint ihr, daß der als rosa durchgeht?«

»Ja, klar«, meint Dru wütend. Fragt: »Wo zum Teufel ist Elaine geblieben?«

Rickie meint, ohne auch nur eine Miene zu verziehen: »Die kann nicht weit sein.« Legt den Gürtel wieder ab, nimmt einen anderen von einem verchromten Ständer und probiert den.

Nesbitt und ich machen uns auf die Suche nach Elaine, laufen kreuz und quer durch die Abteilung; treffen sie schließlich dort, wo wir losgelaufen sind; sie läßt sich von Rickie noch ein paar letzte Ratschläge geben, während ein paar Schritte weiter Dru vor Wut kocht. Schließlich treffen sie eine Entscheidung, gehen mit ihren Kleidern zur Kasse. Nesbitt zahlt mit einer seiner Kreditkarten, ohne auch nur einen Blick auf die Rechnung zu werfen, obwohl die beiden ordentlich zugeschlagen haben; ich glaube nicht, daß sie noch viel teurer hätten einkaufen können.

Dru schiebt uns alle in Richtung Rolltreppe, sagt: »Los, Kinder, wir müssen uns beeilen.« Wir sind wirklich schon über eine Stunde hier drin, und es wird gleich geschlossen, aus den Lautsprechern tönt es bereits: »Wir bitten unsere verehrten Kunden, ihre Einkäufe zu beenden.« Wir gehen hinunter, um meine und Drus Sachen zu bezahlen. Die zwei Mädchen albern herum, werfen dem Verkäufer, der die Rechnung eintippt und die Kasse für diesen Tag schließt, frivole Blicke zu. Nesbitt schaut um sich, als wäre er nackt, fragt: »Und ich?«

Wir machen einen letzten Versuch, rennen in die Sportabteilung, und Elaine entdeckt ein Paar Basketballschuhe in Gelb. Nesbitt scheint Zweifel zu haben, sagt: »Haben die auch von Schuhen gesprochen?« Dru schleppt ihn zur letzten offenen Kasse, sagt: »Das geht schon in Ordnung mit den Schuhen. Ist ja nur ein Symbol.«

Wir gehen wieder über den leeren Parkplatz, kehren mit unseren dicken Plastiktüten ins Hotel zurück. Die Halle ist jetzt zur Hälfte von Männern und Frauen mit Abzeichen am Kragen, ganzen Gruppen von Fotografen und anscheinend leicht beunruhigten Neugierigen bevölkert. Die Anwesenheit dieser vielen Leute, die offensichtlich alle aus dem gleichen Grund hier sind, beherrscht den Raum, drängt alles, was sich sonst an diesem Ort tut, ganz an den Rand. Elaine fragt einen Polizisten, was los ist; der Polizist sagt: »Der Vizepräsident kommt in ein paar Stunden.«

Wir gehen zu den Aufzügen, und die Lautsprecherstimme sagt: »Anruf für Mr. Resnik. Mr. Resnik zur Rezeption, bitte.« Dru geht ans Telefon; hört mit besorgter Miene zu, nickt ein paarmal, legt auf, bleibt reglos stehen. Kommt zu uns, sagt: »Sie sagen, wir müssen für Jack noch irgend etwas Gelbes finden, ein Hemd oder eine Jacke oder irgendein anderes Kleidungsstück.«

»Wieso?« fragt Jack voller Unruhe. Er dreht sich um, schaut in der Halle umher, fragt: »Die wissen, daß ich nichts gefunden habe?«

Dru kratzt sich an der Schläfe; sagt: »Die Stimme hat mit mir geredet wie mit einem Schüler, der seine Hausaufgaben nicht gemacht hat. Hat mich gefragt, ob wir alle Kleider in unseren Farben gefunden haben, und ich hab ja gesagt, und da hat sie gemeint, das sei überhaupt nicht wahr, Gelb hätte keine.«

Elaine nimmt wieder ihren eifrigen Ton an, sagt: »Es ist ungeheuer wichtig, daß wir die Anweisungen immer genauestens befolgen, jede Einzelheit ist von großer Bedeutung.«

»Und warum hast du nicht früher daran gedacht, wenn du so genau Bescheid weißt?« fragt Dru sie.

Neben den Aufzügen steht ein Mann mit einem Walkie-talkie und mit Ohrhörer und beobachtet uns, verfolgt unsere Bewegungen. Wir machen wohl kaum einen vertrauenerweckenden Eindruck, so ängstlich, unsicher und hektisch wie wir uns verhalten. Rickie schaut auf die Uhr, sagt: »Samstags um diese Zeit sind alle Geschäfte zu.«

»Aber es muß doch irgendeine Möglichkeit geben, an eine gelbe Jacke zu kommen«, meint Nesbitt von Panik erfüllt. Ich weiß nicht, wie große Bedeutung er dieser Geschichte mit den farbigen Kleidern beimißt, aber er wirkt jetzt wie einer, der wenige Stunden vor dem Abwurf der Bombe noch keinen Platz in einem Atomschutzbunker hat.

Wir versuchen es in den Geschäften hier im Hotelgebäude, aber da ist nichts; dann probieren wir's im Kaufhaus gleich daneben, suchen zwischen Aspirinpackungen, Einmalrasierern, Ansichtskarten und Souvenirhandtüchern. Fragen die Verkäuferin; Dru sagt zu ihr: »Es ist wichtig für uns.« Die Verkäuferin schüttelt den Kopf, denkt wahrscheinlich, wir wären eine Gruppe von Schwachköpfen, die darauf brennen, sich für ein Kostümfest einzukleiden.

Nesbitt und Rickie machen trotzdem einen zweiten, aussichtslosen Rundgang zwischen den Regalen. Dru bedrängt immer noch die Verkäuferin, versucht es jetzt auf die mitleiderregend-ironische Tour, sagt zu ihr: »Sie müssen uns helfen, wir sind schon ganz verzweifelt!«

Die Verkäuferin lächelt, scheint von seinem Tonfall angetan zu sein. Sie ist hübsch, hat einen wachen Blick.

Dru sagt zu ihr: »Es ist eine ernste Angelegenheit, wenn unser Freund hier keine gelbe Jacke findet, sitzen wir ganz schön in der Tinte.«

Die Verkäuferin meint: »Tut mir wirklich leid. Ich hab schon verstanden, daß es etwas Ernstes ist.«

Dru nutzt es sofort aus, daß sie Mitgefühl zeigt, geht jetzt zu einer Art Balzton über. Fragt: »Und Sie können uns wirklich nicht helfen, wo Sie doch so nett und einfühlsam sind?« Er kann der Versuchung zu solchen Kontaktaufnahmespielen einfach nicht widerstehen, nicht einmal in einem Augenblick wie diesem; ich glaube, er hat an ihnen mehr Vergnügen, als an dem, was sich dann eventuell daraus ergibt. Er fragt: »Sie kennen ganz bestimmt niemanden, der uns eine gelbe Jacke leihen könnte?«

Die Verkäuferin lacht, schüttelt den Kopf. Sie ist wirklich *sehr* hübsch, nicht groß, hat aber eine gute Figur, dunkle Augen, gewelltes braunes Haar. Sie sagt: »Mein Freund hat eine gelbe Jacke. Aber er ist für eine Woche in Mexiko.«

»Und du könntest sie nicht für uns holen?» fragt Dru, streift dabei mit der Hand ihren Arm. Er versteht es ausgezeichnet, einem anderen in kürzester Zeit das Gefühl der Vertrautheit zu geben. Er macht das auf eine sehr freundschaftliche Art, nur mit ein ganz klein wenig Hinterlist, ohne zuviel Druck auszuüben.

Die Verkäuferin lächelt, fragt: »Und ihm nichts davon erzählen?«

»Ja«, meint Dru. Schaut ihr in die Augen und sagt: »Er wird überhaupt nichts merken, wenn er zurückkommt.« Elaine, die hinter ihm steht, wird allmählich ärgerlich, tut so, als interessiere sie sich für eine Auslage mit Bürsten.

Die Verkäuferin sieht Dru genauso an, wie er sie; sagt: »Okay.« Jetzt, wo ich sie besser sehe, muß ich sagen, daß sie wirklich *unglaublich* hübsch ist, ihre Bewegungen sind exakt berechnet, von einer konzentrierten Anmut.

Dru sagt zu ihr: »Du bist wirklich toll, du hast uns gerettet.« Er beugt sich nach vorn und gibt ihr einen Kuß auf die Wange, in mir kommt sofort eine absurde Eifersucht auf, ich würde ihn am liebsten zurückreißen. Er fragt sie: »Wie heißt du?«

»Edgy«, sagt sie.

Dru stellt sie erst Elaine und mir vor, dann Nesbitt und Rickie, die von ihrem erfolglosen Erkundungsgang zurückkommen. Sagt: »Das ist Edgy. Sie hat eine gelbe Jacke für uns aufgetrieben.«

»Wirklich?« fragt Nesbitt, stützt sich dabei auf den Ladentisch.

Rickie zeigt mit dem Finger auf Edgys Bluse, meint: »Grau.«

Auch ihr Rock ist grau; wir starren sie alle vier an. Sie scheint nicht recht zu wissen, was sie von unserem Interesse halten soll, fragt: »Was ist daran so ungewöhnlich?«

»Es ist eine wunderschöne Farbe«, sagt Dru bedachtsam, als würde er einen Geheimcode verwenden.

»Danke«, sagt Edgy. Ein Herr mit orientalischem Aussehen wendet sich an sie, fragt nach etwas Verdauungsförderndem; sie macht ihm mit einer Handbewegung deutlich, daß sie sich sofort um ihn kümmern werde, sagt zu uns: »Ich habe in zwanzig Minuten Feierabend.«

Wir bringen die Einkaufstüten hinauf auf Drus Zimmer, kommen kurz vor acht wieder herunter. Edgy wird von einem blassen, mageren Mädchen abgelöst, schlüpft in eine Jacke, die genauso grau ist wie ihre übrige Kleidung; sagt, wir sollen ihr folgen. Inzwischen hat die Menschenmenge, die den Vizepräsidenten erwartet, drei Viertel der Hotelhalle in Beschlag genommen und dehnt sich immer noch weiter aus. Edgy bahnt uns einen Weg durch das Gewühl, am TWA-Büro vorbei, den Korridor zu den Aufzügen zur Garage entlang. Sie schaut sich immer wieder nach uns um, lächelt uns zu. Dru, Nesbitt und ich folgen ihr, verzaubert von ihrer Art zu gehen; von ihrem Profil, als sie vor dem geschlossenen Aufzug stehenbleibt und wartet. Der Aufzug öffnet sich; zwei Sicherheitsbeamte in Zivil mustern uns mit professionellem Blick, ehe sie herauskommen.

Oben in der Garage führt uns Edgy zwischen den Autos hindurch zu einem vw-Bus, öffnet die Seitentür, beugt sich hinein und wühlt in ein paar Taschen. Dru, Nesbitt und ich schauen sie, ohne ein Wort zu sagen, aus nächster Nähe an. Ich glaube, daß Elaine und Rickie spüren, wie stark wir von ihr angezogen werden; sie halten sich mit gespielt gelangweiltem Gesichtsausdruck im Hintergrund.

Edgy zieht eine gelbe Sportjacke heraus, reicht sie Nesbitt, sagt: »Das ist sie.«

Nesbitt sagt »Danke«, hält sie mit beiden Händen von sich. Sie ist satiniert, glänzt gelb, am Rücken steht in schwarzen Buchstaben *Tact Cons*.

»Mein Freund spielt Baseball«, meint Edgy; schließt die Tür wieder.

Wir bleiben ein paar Sekunden neben dem Auto stehen und schauen einander an, und es kommt uns schrecklich vor, daß sie uns jetzt gleich verlassen wird. Dru sagt zu ihr: »Edgy, du mußt uns noch bei was anderem helfen. Wir müssen uns Musikinstrumente besorgen, und zwar schnellstens.«

»Was für Instrumente?« fragt Edgy, mit dem Rücken an den Bus gelehnt. Ihre Miene ist jetzt hart und ironisch, sie wirkt wie ein jugendlicher Rowdy, der sich aus irgendeinem Grund anständig angezogen hat. Rickie wirkt übertrieben üppig neben ihr; Elaine kalt, mit nichtssagenden Gesichtszügen.

Dru sagt: »Weiß ich nicht. Ich glaube, ich hätte ganz

gerne eines von diesen E-Pianos, mit denen man viele verschiedene Klänge erzeugen kann.«

»Ich eine elektrische Gitarre«, meint Rickie. Imitiert eine Rockgitarristin, aber sie wirkt so plump wie ein kleines Mädchen, das man mit zu vielen Vitaminbonbons vollgestopft hat, und keiner von uns beachtet sie so recht. Mir ist schon allein ihre Nähe unangenehm, sie macht mich nervös und verlegen. Ich weiß nicht, was das ist; ich bin in diesen Dingen nie so wechselhaft gewesen.

Edgy sagt: »Ich kenne einen Laden, der immer auf hat.« Fordert uns mit einer Handbewegung zum Einsteigen auf. Wir drängen uns alle in den Bus, sie fährt rasch los, hinaus aus Beverly Hills. Dru, der rechts von ihr sitzt, schaut sie immer noch an, sagt: »Du bist einfach toll, Edgy.«

»Hör auf damit«, sagt sie, ohne ihn anzusehen; fährt im Zickzack zwischen den anderen Autos durch.

Dru meint: »Aber es stimmt doch.« Er wirkt jetzt bekümmert; vielleicht bei dem Gedanken, daß sie Tu zufolge zu Nesbitt gehört. Auch mir kommt das vor wie ein Verbrechen, ich hoffe nur, daß es sich um ein Mißverständnis handelt. Ich betrachte sie von hinten, versuche, die winzigen Bewegungen, mit denen sie das Lenkrad dreht und in einen anderen Gang schaltet, die Eleganz, mit der sie den Fuß von der Kupplung nimmt, in mich aufzunehmen. Nesbitt hängt ebenso mit den Augen an ihr; Rickie und Elaine schauen aus dem Fenster.

Edgy hält auf einem betonierten Platz am Pico Boulevard an, springt aus dem Wagen. Wir sind an einer Selbstbedienungstankstelle mit Autowaschanlage und einer Glaskabine, von der aus zwei Angestellte die Zapfsäulen überwachen. Edgy geht hinüber, spricht mit einem von den beiden; wir folgen ihr alle. Sie sagt zu ihm: »Ich muß zu Marvin. Curtis schickt mich.«

Der Tankwart sieht sie durch die Scheibe an, schaut dann auf uns. Die Scheibe ist aus Panzerglas, für das Geld gibt es eine drehbare Schale. Er sagt: »'n Moment«, drückt auf eine Taste und kommt heraus. Er mustert uns noch einmal ausführlich, macht uns ein Zeichen, daß wir ihm folgen sollen. Wir gehen hinter die Autowaschanlage, betreten ein kleines Büro mit einem Schreibtisch und einem Trinkwasserspender, an den Wänden ein paar Kalender mit nackten Frauen und Autos. Der Tankwart sagt in eine Gegensprechanlage: »Marvin, da will jemand was von dir. Freunde von Curtis.«

Edgy schaut, die Hände in den Jackentaschen, im Zimmer umher. Sie wirkt entzückend; ich würde sofort mit ihr durchbrennen, ohne auch nur einen Augenblick darüber nachzudenken.

Der Tankwart wartet. Sagt: »Okay« und legt auf. Geht zu dem Trinkwasserspender und drückt gegen irgend etwas hinter ihm; eine Wand gleitet einen Meter zur Seite, gibt einen Durchgang frei. Er bedeutet uns, ihm zu folgen.

Am Ende des Gangs ist eine Tür; Edgy klopft, und ein Schwarzer macht auf, sagt: »Curtis schuldet mir seit drei Monaten *fünfzehnhundert Dollar*. Man erreicht ihn nicht einmal mehr per Telefon, er läßt sich einfach verleugnen. Er hat sich eine Stratocaster von 1954 von mir geben lassen, die mindestens fünfmal so viel wert war, wie ich von ihm verlangt habe, von der hab ich nie mehr was gesehen. Kommt hierher und erzählt mir eine rührselige Story, daß ich ihm unbedingt helfen muß, weil er einen Vertrag für eine Platte mit Mick Jagger hat, aber er braucht unbedingt die richtige Gitarre dafür, und dann setzt er sich einfach ab, der Arsch.«

Dru sagt: »Wir bezahlen alles. Machen Sie sich keine Sorgen. Wir müssen uns Instrumente besorgen, und zwar sofort.«

Der Schwarze wirft ihm noch feindseligere Blicke zu als

zuvor, schaut dann Edgy an. Fragt: »Und wer ist der da? Ein Menschenfreund, der anderen Leuten ihre Schulden bezahlt?«

Edgy nähert sich ihm, sagt leise so etwas Ähnliches wie: »Wir sind alle dreizehn einundzwanzig sechs.«

Schlagartig verwandelt sich der Gesichtsausdruck des Schwarzen, und er läßt uns eintreten. Er meint: »Sagt ruhig Marvin zu mir. Womit kann ich euch helfen?« Er führt uns einen Korridor entlang, öffnet die Tür zu einem großen Raum voller elektrischer und akustischer Gitarren auf Ständern und Gestellen, eine neben der anderen, von der linken Wand bis zur rechten. Wir gehen hinein, um besser sehen zu können, und es scheinen wirklich alles erstklassige Instrumente zu sein, auch wenn sie hier so wahllos durcheinander stehen. Ich hab mal bei einer Fernsehserie über eine Band aus den fünfziger Jahren mitgemacht, und da hat's schon ein Vermögen gekostet, so eine Gitarre nur für eine Woche zu leasen. Da stehen Fenders und Gibsons, die so alt sind, daß jeder Rockmusiker oder Sammler durchdrehen würde, wenn er sie sähe, Martins aus altem, mit den Jahren nachgedunkeltem Holz, halbakustische Epiphones und Guilds, die auf ein Foto von irgendeinem Revival passen würden.

Marvin führt uns in einen anderen Raum, der vollgestopft ist mit Keyboards, Sequencern und Equalizern, langen schwarzen Kästen voller Druckknöpfe, Anzeigeinstrumente, Leuchtdioden und winzigen verschlüsselten Aufschriften aus Buchstaben und Ziffern. Dru durchstöbert die Stapel, drückt hin und wieder auf eine stumme Taste.

Es ist so ähnlich wie im Kaufhaus, als wir die Kleider gekauft haben, nur daß außer Rickie keiner von uns auch nur ansatzweise irgendein Instrument spielen kann. Wir schauen uns all diese außergewöhnlichen Dinge an, als wären es ganz alltägliche Gegenstände; beurteilen sie vor allem nach Form und Farbe. Nähern uns bald diesem, bald jenem, tauschen eines gegen das andere aus. Rickie findet eine weiße, z-förmige E-Gitarre, hängt sie sich um, fragt Dru, wie sie ihr stehe. Dru meint, ohne sie richtig anzuschauen: »Ausgezeichnet.« Ich nehme eine halbakustische mit einem runden Korpus aus geflammtem Ahornholz, einem mit Perlmutt eingelegten Ebenholzsteg und vergoldeten Wirbeln. Es ist eine Gitarre für einen Country & Western-Sänger aus den fünfziger Jahren, aber so üppig verziert, daß es schwer ist, ihr zu widerstehen. Dru läßt sich das erstbeste Keyboard geben, sagt: »Das reicht, wir können nicht die ganze Nacht hierbleiben.«

Elaine will von Marvin alles mögliche über die verschiedenen E-Pianos wissen, fragt: »Welches ist das *beste*?« Marvin versucht, ihr die Vorzüge der verschiedenen Instrumente zu erklären; sie fragt: »Aber alles in allem, das *absolut* beste?« Schließlich nimmt sie das teuerste, das so lang ist wie ein Klavier, schwer zu transportieren. Nesbitt schleppt aus einem anderen Zimmer ein Tenorsaxophon an, scheint von dem glänzenden Messing fasziniert zu sein. Es ist reichlich absurd zu sehen, wie diese fünf musikalischen Banausen sich wahllos mit Instrumenten eindecken, mit denen sich eine Gruppe von Profis über Jahre hinweg ihren Lebensunterhalt verdienen könnte. Ich glaube, Edgy denkt sich das auch gerade, wie sie so mit verschränkten Armen dasteht und lächelt.

Dru fragt sie: »Und du hast dir noch nichts ausgesucht?«

»Ich hab doch mit der ganzen Sache überhaupt nichts zu tun«, meint sie.

»Wie, nichts damit zu tun«, sagt Dru. »Du bist Grau, du brauchst ein Instrument, auf dem du um Mitternacht spielen kannst.« Er nötigt sie, sich etwas auszusuchen, läßt nicht locker, bis sie schließlich eine Baßgitarre nimmt.

Marvin holt uns passende Verstärker und das übrige Zubehör, das wir brauchen: Kabel, Gurte, Plektra und Instrumentenkästen; stapelt alles neben der Tür. Setzt sich an ein Tischchen, um auszurechnen, was das alles kostet, tippt auf einer kleinen Rechenmaschine herum, rechnet zwei- oder dreimal nach. Er scheint sich unschlüssig über den Gesamtbetrag zu sein, reicht Nesbitt den Zettel. Nesbitt zieht eine Kreditkarte heraus; Marvin wehrt mit nach vorne gestreckten Händen ab, wird wieder feindselig, sagt: »Nein, nein.« Nesbitt zeigt ihm Ausweise, Telefonnummern, bringt ihn schließlich so weit, daß er Schecks annimmt. Marvin sagt, wir sollen alles stehen lassen und mit dem Bus in die Waschstraße fahren. Der Tankwart schaltet sie an, macht uns mit einer Handbewegung klar, daß wir im Auto sitzen bleiben sollen. Wir durchlaufen das ganze Waschprogramm, Abspülen, Einschäumen, die rotierenden Bürsten. Edgy lacht, klopft rhythmisch mit den Fingern auf das Lenkrad. Kurz vor Ende des Programms, als die Heißluftgebläse zu arbeiten beginnen, klopft der Tankwart an die Wagentür, lädt rasch die ganzen Instrumente ein. Edgy fährt aus der Waschstraße hinaus, und wir kehren in dem blitzsauberen, vollgestopften Bus zum Hotel zurück.

In der Auffahrt fahren drei schwarze Limousinen langsam vor uns her und halten unter dem Vordach; zu beiden Seiten der Glastüren leuchten die Blitzlichter der Fotografen auf. Ein großer, ganz in Blau gekleideter Mann tritt aus der in der Mitte, geht rasch zwischen zwei dichtgedrängten Reihen von Sicherheitsbeamten in Zivil, Fotografen, applaudierenden Sympathisanten und Neugierigen hindurch. Elaine sagt: »No chance, die Wahl zu gewinnen.« Es ist unklar, auf welche Kenntnisse sie diese Einschätzung der Lage stützt.

Wir laden in dem Durcheinander unsere Instrumente und die Verstärker aus, schleppen sie durch die Menge wie eine Rockformation, die ernsthafte Probleme mit der Organisation und mit ihrem Image hat.

Oben stellen wir alles in Drus Zimmer und schauen einander an. Dru sagt: »Es wäre nett, wenn ihr alle mal auf ein Stündchen zu Dave gehen könntet, ich möchte ein bißchen allein sein.« Er ist ganz blaß im Gesicht, wirkt angespannt und müde, als er uns zur Tür begleitet und sie hinter uns wieder schließt.

In meinem Zimmer verteilen wir uns reihum auf Stühle, Sessel, Bett und Bad. Rickie schaltet den Fernseher ein: die Ankunft des Vizepräsidenten vor fünf Minuten, aufgenommen von der anderen Seite. Edgy sagt: »Seht mal«, zeigt auf unseren vw-Bus hinter den schwarzen Limousinen.

Ich bemühe mich, ruhig zu atmen

Ich bemühe mich, ruhig zu atmen, nicht allzusehr zum Opfer der Situation zu werden, sage: »Ich glaube, wir haben alles gemacht, was ihr von uns verlangt habt.«

Die Stimme scheint das überhaupt nicht zur Kenntnis zu nehmen, sagt: »Die Abfolge der Ereignisse ist in dieser Phase positiv gewesen – Farbe Grün – die aufgetretenen Schwierigkeiten stellen keinen Grund zur Besorgnis dar – wir sind daher einverstanden.«

Ich entschlüssele die Worte eines nach dem anderen, während sie aus dem Hörer kommen, mache mir nach und nach die Bedeutung des Satzes klar, während sie ihn bilden, und der stimmlose, keinen Widerspruch duldende Klang macht mich wütend, es macht mich wütend, daß ich so bereitwillig mitgespielt habe. Ich frage: »Entschuldige, aber wieso sprichst du immer im Plural? Wieviele seid ihr?«

»Von unserem Standpunkt aus sind quantitative Unterschiede irrelevant – Farbe Grün«, sagt die Stimme, spricht dabei jedes Wort so deutlich aus, als hätte es für sich allein bereits ungeheure Bedeutung. Und es ist keineswegs eine elektronische Stimme, sie hat durchaus nicht den Klang japanischer Science-fiction-Zeichentrickfilme, die Worte wirken wie bis an die Grenzen des Möglichen aufgeblasen und gedehnt und anschließend in einen einförmigen Tonfall eingebunden, jedesmal, wenn ich etwas sage, beginnt sie bereits mit einer Antwort, aber ohne auch nur im Geringsten von der Richtung abzugehen, in die sie das Gespräch

bereits zuvor gelenkt hatte. Es ist, als wolle sie mir kein Gefühl der Befriedigung gönnen oder sich nicht auf mein Niveau herablassen, oder es ist ihr schon im voraus klar, was ich erwidern werde, sie folgt tatsächlich einer festen Linie, kann mich am Ende sogar dazu bringen, genau das zu sagen, was ihr ins Konzept paßt, arbeitet, wie ein ungeduldiger Drehbuchautor, zugleich an meinem Part und an ihrem eigenen.

Ich sage: »Es freut mich, daß ihr euch für mich interessiert, und ich finde das alles äußerst faszinierend, aber ich verstehe nicht ganz, welches Ziel ihr mit dieser Kontaktaufnahme verfolgt.«

Die Stimme beginnt wieder, ohne mich zu Ende sprechen zu lassen, sagt: »Die Perspektive – unter der du das alles siehst – Farbe Grün – muß umgekehrt werden – damit es dir möglich wird – die Form und die Gründe dieses Kontaktes zu verstehen.« Sie wirkt, allein durch ihre Art zu sprechen, unerbittlich: Sie spricht eindringlich, verändert nie den Tonfall, so als wäre sie niemals auch nur vom leisesten Zweifel geplagt.

»Es ist nur so, daß ich eure oder deine Ausdrucksweise nicht verstehe, und von allem, was passiert ist, fast nichts verstanden habe«, sage ich. Ich habe bereits genug von diesem Scheindialog, davon, zu warten, bis die Stimme den Augenblick für gekommen hält, mir etwas verständlichere Erklärungen zu liefern.

Sie sagt: »Die Hauptschwierigkeit bei dem gegenwärtigen Kontakt – Farbe Grün – besteht darin – den Empfängern der Botschaft ihren Inhalt verständlich zu machen.« Und ich glaube, hinter dem unbeirrbaren Ton, hinter der stumpfsinnigen und bürokratischen Wortwahl einen schwachen Hauch von Besorgnis zu spüren.

»Aber was ist denn die Botschaft, die wir verstehen sol-

len?« frage ich und merke im gleichen Augenblick, daß ich, wie sehr ich mich auch bemühe, gelassen zu bleiben, in Aufregung gerate. Ich frage: »Was ist die Botschaft?«

Die Stimme schweigt. In der Leitung ertönt leises Knakken, sind andere, ferne Stimmen in fremden Sprachen zu hören, als wäre eine Überseeverbindung offen geblieben.

Ich schaffe es nicht, einfach zu warten, ich gerate in Panik bei dem Gedanken, daß die Verbindung bereits abgebrochen sein könnte, frage: »Was ist die Botschaft? Daß wir alle falsch mit dieser Welt und mit uns selbst umgehen, daß wir zerstört haben, was wir zerstören konnten, beinahe restlos alles aufgebraucht haben, daß wir unser aller Leben, mit allem, wovon es erfüllt war, in grauenhafte Behälter gepfercht haben und daß wir die anderen Tiere und die Pflanzen verachtet und versklavt und unsere Gefühle an die Kette abstrakter Mechanismen und Tauschgeschäfte gelegt haben, bis sie schließlich ganz anders geworden sind, als sie hätten sein können?« Es ist lächerlich, die Worte strömen aus mir heraus, ohne daß ich Zeit hätte, sie in Gedanken vorzuformen, sie nehmen ganz von allein Gestalt an, wie unkontrollierbare Eindrücke.

Die Stimme sagt: »Wir sind einverstanden – Farbe Grün – wir helfen dir.«

»Und werdet ihr uns um Mitternacht etwas klarmachen?« frage ich. »Werdet ihr uns eine konkrete Vorstellung vermitteln?« Ich lasse mich jetzt nicht mehr so mitreißen wie noch vor wenigen Sekunden, habe aber den Eindruck, daß ich immer noch mit einer unglaublichen Geschwindigkeit, fast klanglos rede.

»Dein Wunsch – über den Gang der Ereignisse im voraus in Kenntnis gesetzt zu werden – ist von unserem Standpunkt aus irrelevant – Farbe Grün – da die Zukunft und die Vergangenheit gleich fern liegen«, sagt die Stimme.

»Heißt das, daß ihr bereits alles wißt, was noch passieren wird?« frage ich. »Daß ihr von oben auf unsere Zukunft herabseht, sie vor euch liegen seht wie Eisenbahnschienen?«

»Die Zeit ist nicht linear«, sagt die Stimme. Wieder scheint sie sich zu bemühen, deutlicher zu werden, auch wenn sie mir noch immer nicht den Eindruck vermittelt, sie würde das, was ich sage, wirklich zur Kenntnis nehmen. Sie sagt: »Es gibt zwei parallele Zukunftsebenen – ihr habt die Möglichkeit von der einen in die andere zu wechseln – wenn es euch nur gelingt sie wahrzunehmen.«

»Dann ist die Zukunft also nichts Unvermeidliches?« frage ich.

»Alles was nicht ihr errichtet habt ist weit weniger unvermeidlich als ihr meint – Farbe Grün«, sagt die Stimme.

Und unmittelbar darauf scheint für einen Augenblick eine neue Sichtweise vor mir zu liegen, scheine ich mit einer geringfügigen zusätzlichen Anstrengung einen Schritt weiter gehen zu können, und schon der Gedanke an diese Anstrengung genügt, mich schwer werden zu lassen und mich wieder nach unten zu ziehen, mir diese Perspektive wieder zu verschließen.

Die Stimme sagt: »Die Botschaft – Farbe Grün – ist die Geschichte – die du erzählen wirst.« Und es scheint, wenn ich mich natürlich auch täuschen kann, doch eine Spur von Herzlichkeit in diesen Worten mitzuschwingen, fern, aber spürbar.

Ich stehe wieder mit beiden Beinen auf dem Boden, meine Angst vor der Leere ist gänzlich verschwunden, ich frage: »Ihr wollt also, daß ich einen Film über das mache, was sich ereignet hat?« Auch ich spreche jetzt Wort für Wort deutlich aus, als würde ich mit einer kindlichen Person aus einem Fernsehfilm sprechen, einer kitschigen Marionette, die über Fäden bewegt wird.

»Die Folge der Ereignisse und ihrer Inhalte wird in deinem Werk Darstellung finden«, sagt die Stimme, als müsse sie eine amtliche Version einer zuvor außerprotokollarisch abgegebenen Erklärung nachliefern.

»Ich bin aber nicht sicher, was dabei herauskäme«, sage ich. »Es gibt da eine ganze Reihe von Unklarheiten, einige unausgewogene Elemente, Personen, von denen ich nicht weiß, wo sie hingehören. Da käme ein Film heraus, der nicht die geringste Standfestigkeit besitzt. Er würde niemanden überzeugen.« Mir ist nicht klar, ob ich nun versuche, mich aus der Verantwortung zu stehlen, ob ich lediglich professionelle Bedenken habe oder ob ich einfach zu müde und durcheinander bin, um diesen unausgewogenen Dialog fortzusetzen. Aber wo ich mich schon einmal darauf eingelassen habe, mache ich weiter, sage: »Und außerdem glaube ich nicht, daß ich je über wirkliche Gewißheit verfügen werde, was auch immer mir passiert. Schon jetzt sollte ich ja eigentlich überzeugt sein, doch es ist nicht so, vielleicht bin ich es um Mitternacht, jetzt jedenfalls noch nicht. Ich bin nicht der ideale Adressat für eure Botschaft, es tut mir leid, aber ihr habt eine falsche Wahl getroffen. Zwar scheint mir, daß fast alles möglich ist, aber ich glaube nicht, daß ich mir jemals auch nur in bezug auf eine einzige dieser Möglichkeiten völlig sicher sein werde.«

»Genau das ist der Grund dafür – Farbe Grün – daß wir einander gesucht haben«, sagt die Stimme. Und ich könnte schwören, daß sie bei diesen Worten belustigt klingt, eine feine elektromagnetische Schwingung der Belustigung dringt direkt in meinen Kopf ein.

Ich sage: »Hör mal einen Augenblick zu«; aber da ist niemand mehr am anderen Ende; die Leitung ist offen, ist erfüllt von leisen, bedeutungslosen Geräuschen.

Das blaue Jackett steht mir nicht schlecht

Das blaue Jackett steht mir nicht schlecht; ich habe noch nie eines besessen, das so seriös gewirkt hat und so gut gearbeitet war. Wo ich schon mal dabei war, hätte ich mir vielleicht auch ein anständiges Paar Schuhe kaufen sollen, um nicht mehr die ganze Zeit in Turnschuhen herumlaufen zu müssen. Nesbitt dagegen wirkt in den gelben Basketballschuhen und der satinierten Jacke mit der Aufschrift *Tact Cons* so leger, wie er es wahrscheinlich in seinem ganzen Leben noch nie gewesen ist. Er geht verlegen ein paar Schritte im Zimmer umher, fragt Edgy: »Findest du mich sehr lächerlich?«

»Aber nein«, sagt sie vom Fenster aus. »Du bist nicht lächerlich, du bist einfach anders.«

»So so, anders«, meint Nesbitt; versucht, sich wenigstens die Haare zurechtzustreichen.

Elaine und Rickie schminken sich fertig, rauschen in ihren neuen Kleidern zwischen dem Spiegel im Bad und dem an dem Schrank gegenüber vom Bett hin und her, drücken einander Lidschatten, Lippenstift, Wimperntusche in die Hand. Rickies Kleid ist eigentlich gar nicht richtig rosa, sondern weist verschiedene Schattierungen auf, von lachsfarben bis amarantrot; Elaine wirkt in ihrem wie eine menschliche Gardenie, nicht unattraktiv. Edgy hat nur geduscht und wieder die Kleider von vorher angezogen und ist zehnmal attraktiver als die beiden zusammengenommen. Nesbitt und ich benutzen irgendeinen Vorwand, um in ihrer Nähe bleiben zu können, erzählen ihr irgendwelchen Blödsinn. Jetzt, wo ich sie sehe, kann ich nicht mehr verstehen, wie ich mich jemals für Elaine und Rickie begeistern konnte.

Um zehn nach elf, als wir alle fertig sind, gehen wir zu Dru, klopfen an seine Tür. Er öffnet uns im Hemd und ohne Schuhe, wirkt noch erschütterter als vorhin. Er schließt sich im Bad ein, während wir zwischen den Verstärkern und den Instrumenten umhergehen, sagt: »Ich komme gleich.«

Nach ein paar Minuten taucht er, recht manierlich hergerichtet, wieder auf, schlüpft in das grüne Jackett, knöpft es zu. Fragt: »Was meint ihr, was wir nun machen sollen?« Rasch wird er wieder nervös, schaut sich hektisch um; holt Camados Rohrstock aus dem Schrank, lehnt ihn gegen die Wand.

Edgy zeigt auf die Verstärker, meint: »Wir könnten sie ja schon mal anschließen.«

Wir suchen Steckdosen, ziehen die Stecker der Nachttischlampe und der Stehlampe heraus, aber das genügt noch nicht. Die drei Mädchen suchen in allen Ecken, unten an der ganzen Wand entlang. Rickie meint: »Wir brauchen einen Doppelstecker.«

Dru sagt zu mir: »Geh rasch runter und kauf ein paar.« Während ich zur Tür gehe, überlegt er es sich anders, sagt: »Warte, ich komm mit.«

Drunten sind jetzt alle, die mit dem Vizepräsidenten hier sind, hinter verschlossenen Türen im Kongreßsaal, in der Halle befinden sich nur noch ein paar Sicherheitsbeamte, ein paar Polizisten in Uniform und ein Grüppchen Fotografen. Durch die Türen dringen Lautsprecherstimmen, allgemeines Gelächter und Applaus. Draußen vor der Glastür wartet eine schwarze Limousine.

Wir gehen gerade in Richtung Supermarkt, als uns ein

Typ mit feinen Gesichtszügen den Weg abschneidet und fragt: »Dru Resnik?«

»Ja, bitte?« sagt Dru.

Der Typ mit den feinen Gesichtszügen sagt: »Ich bin ein großer Bewunderer von Ihnen, ich weiß gar nicht mehr, wie oft ich Ihre Filme schon gesehen habe.« Er lächelt, streckt Dru die Hand hin. Direkt hinter ihm stehen breit grinsend seine häßliche Frau und seine ebenso häßliche fünfzehnjährige Tochter.

»Sehr angenehm«, meint Dru. Zeigt auf mich und sagt: »Mein Assistent.«

Der Typ schüttelt auch mir die Hand. Er muß nicht nur von Bewunderung für Dru erfüllt sein, sondern auch von Alkohol. Er sagt: »Ich bin Pilot bei der Swissair, mache Amerikaflüge.«

»Na, dann hoffe ich doch, daß ich mal mit Ihnen fliegen werde«, meint Dru; verabschiedet sich mit einer Handbewegung. Wir rennen beinahe davon, verfolgt von den Blicken der aufdringlichen Familie.

Wir kaufen drei Doppelstecker bei dem Mädchen, das Edgys Platz eingenommen hat. Dru mustert sie, um festzustellen, ob auch sie in dieser Geschichte irgendeine Rolle spielt, aber sie scheint keinerlei Bedeutung zu haben.

Wir gehen zurück in die Halle, und der Swissair-Pilot, der jetzt neben der Tür zum Kongreßsaal steht, stößt einen Fotografen an und zeigt auf Dru. Einen Augenblick später erwachen *alle* Fotografen aus ihrer trägen Wartehaltung und rennen hinter uns her. Schreien: »Resnik! Moment mal! Einen Moment, Mr. Resnik!« Sie blitzen wie verrückt herum, umkreisen Dru, versperren ihm in Fächerformation den Weg. Sie rempeln sich gegenseitig an, versuchen, sich nach vorne zu drängeln, unter Einsatz der Ellbogen ein wenig Raum nach beiden Seiten zu gewinnen, vollführen in der halbleeren Halle ein wildes Klicken.

Dru lehnt sich mit dem Rücken gegen die Wand, läßt sich ablichten wie für einen Steckbrief. Dann gewinnt er die Fassung zurück, nimmt ein paar Fotohaltungen ein, lächelt sogar ein paarmal professionell, dreht den Kopf in dem hektischen Licht hin und her. Er versucht, sich freizumachen und das Weite zu suchen; die Fotografen versperren ihm den Weg, rufen: »Nur einen Augenblick!«

Ich überlege, wie ich ihn da herausholen könnte, doch da gehen die Türen zum Kongreßsaal auf, und ein paar Leute kommen heraus; die Fotografen drehen sich alle um und laufen dort hinüber.

Wir schlüpfen in den Aufzug. Dru meint: »Dieser Schwachkopf von Pilot, so ein Arschloch!«

Oben angekommen schließen wir die übrigen Verstärker ans Netz an, verbinden die Instrumente mit den Verstärkern; wir betrachten sie ganz aus der Nähe, als würden wir allein dadurch eine Vorstellung davon bekommen, wie man sie spielt. Dru und Elaine bräuchten für ihre Keyboards Untergestelle, legen sie aber schließlich einfach aufs Bett, eines dem anderen gegenüber. Nesbitt untersucht sein Saxophon, bemüht sich herauszufinden, wohin er die Finger legen muß. Rickie erteilt ihm Ratschläge, als wäre sie Berufsmusikerin, aber als sie das Saxophon schließlich selbst in die Hand nimmt, wird deutlich, daß sie nur blufft. Elaine schafft es nicht, an ihrem Verstärker, der in einem fort brummt, die Lautstärke richtig einzustellen, dreht wahllos an allen möglichen Knöpfen. Da sitzen wir nun vor diesem Gewirr von Kabeln, vor all diesen sperrigen, schweren und teuren Instrumenten und haben keine Ahnung, was wir damit anfangen sollen. Wir stehen auf, setzen uns, stehen wieder auf, um die richtige Haltung herauszufinden, verstellen Riemen, drehen an Potentiometern, beobachten Anzeigeinstrumente, ohne zu wissen, was wir eigentlich wollen, und dennoch füllt sich die Luft im Raum immer mehr mit Erwartungen. Ich versuche, meine Gitarre nach Edgys Baß zu stimmen, aber Rickie lenkt mich in einem fort ab.

Nesbitt sagt: »Noch drei Minuten bis Mitternacht.«

Dru berührt aus Versehen irgendwelche Tasten: eine Spirale von Sphärenklängen. Er fragt: »Sollten wir nicht besser dieses beschissene Licht ausmachen?«

Ich lege die Gitarre beiseite, was eine dumpfe Klangwoge durch den Lautsprecher jagt, gehe zum Lichtschalter. Im ersten Moment sieht man so gut wie überhaupt nichts, nur die kleinen roten Kontrollampen an den Verstärkern und die grünen Lampen der beiden Keyboards auf dem Bett. Dann dringt durch das Fenster ein schwacher, opalfarbener Schimmer herein, gerade genug, daß sich unsere Schatten und die der Instrumente abzeichnen.

Wir verharren reglos in dieser trüben Düsterkeit, die erfüllt ist von den winzigen Geräuschen, die beim Reiben an den Saiten der E-Gitarren entstehen, vom Brummen der Verstärker, dem Rascheln der Kleider, dem Reiben der Sohlen und Absätze auf dem Teppichboden, unseren Atemzügen, gedämpften Stimmen aus anderen Zimmern, fernem Gequassel aus Fernsehgeräten, dem kaum wahrnehmbaren Auf und ab Gleiten der Aufzüge. Wir warten, voll auf das Warten konzentriert, und nichts geschieht.

Nach vielleicht zehn Minuten meint Dru: »Versuchen wir mal, ein bißchen Musik zu machen.«

Aber mit Musik hat das, was wir jetzt produzieren, nicht das *geringste* zu tun: Wir sind lediglich sechs voneinander unabhängige Geräuschquellen, erzeugen unharmonische Klänge, die zusammenprallen, die einander völlig willkürlich überschneiden und übertönen. Rickie und ich kratzen aus den Gitarren ein paar jämmerliche, metallische Akkordsätze heraus, liegen in jeder Hinsicht völlig daneben; Nesbitt bringt beinahe seine Lunge zum Platzen, so heftig bläst er ins Saxophon, entlockt ihm undefinierbare heisere Geräusche, Dru und Elaine hämmern aufs Geratewohl auf den Tasten herum, lösen unkontrollierte elektronische Imitationen von Geigen, Akkordeons und Blechblasinstrumenten aus, verleihen Xylophonen ein Vibrato. Edgy bringt zumindest so etwas wie eine zaghafte Bluesbaßtonleiter zustande, spielt aber einfach vor sich hin, als wäre sie taub, versucht nicht einmal, sich an die Formlosigkeit des Ganzen anzupassen. Was wir aufführen ist keineswegs amüsant; es ist eine noch viel schlimmere Farce, als zu erwarten war.

Dru ruft: »Stopp, hört auf!« Erst nach einigen lärmenden Sekunden bringen wir unsere Instrumente zum Verstummen. Dru meint: »Das geht nicht; es ist einfach zum Kotzen.« Er scheint von dieser Katastrophe überrascht, ja völlig aus der Fassung gebracht.

Rickie sagt: »Ich muß stimmen, tut mir leid.«

»Das liegt nicht am Stimmen«, meint Dru. »Es ist scheußlich. Einfach *grauenhaft*. Versuchen wir wenigstens, uns ein bißchen zu konzentrieren, verdammt noch mal. Geben wir uns etwas mehr *Mühe*.« Er versucht, um uns herum wieder die richtige Atmosphäre zu schaffen, so wie er's bei einem Film mit seinen Schauspielern macht, wenn die total aus dem Konzept geraten sind; läßt eine halbe Minute verstreichen, sagt dann: »Versuchen wir's nochmal, *ganz langsam*.«

Wir fangen, vorsichtiger, noch einmal an, erzeugen zunächst nur vereinzelte, leise Töne, aber im Handumdrehen ist es wieder genauso wie eben oder sogar schlimmer.

Wir wirken wie ein Haufen Idioten oder als würden wir das absichtlich machen: Jeder bearbeitet verbissen und erfüllt von falschem Ehrgeiz sein Instrument, verfügt bereits über ein kleines, ständig wiederholtes Repertoire von musikalischen Fehlern und liebgewonnenen Banalitäten. Wir lassen einfach die erstbesten Noten, auf die wir stoßen, eine auf die andere herunterprasseln, ziehen sie so weit es geht in die Länge, lassen sie sich zu Wogen klanglicher Trostlosigkeit auftürmen. Wir geben nicht auf, lassen uns treiben, als gehe es nur darum, durchzuhalten, bis uns die Inspiration wie eine Windhose überkommen und uns in die Höhe oder jedenfalls weg von hier ziehen wird, weit weg von diesem Fiasko.

Es klopft an der Tür.

Wir hören alle im gleichen Moment auf zu spielen: Es tritt eine plötzliche Verdichtung der Atmosphäre ein, die die Klänge wie ein Dämpfer zum Verstummen bringt.

Es klopft noch einmal, diesmal lauter: Dru sagt mit etwas gesprungener Stimme: »Es ist offen.« Wir verharren reglos an unseren Instrumenten, atmende Schatten im Halbdunkel.

Die Tür geht auf; eine bullige Gestalt zeichnet sich vor der beleuchteten Korridorwand ab. Elaine zuckt vor Schreck zusammen; Nesbitt sagt: »Was zum Teufel...« Ich drehe mich um, schaue hinüber zum Fenster, habe augenblicklich ein Bild von mir vor Augen, wie ich hinausstürme und auf den Balkon unter uns hinabspringe.

Die bullige Gestalt macht zwei Schritte ins Zimmer und fragt mit kehlig kollernder Stimme: »Gibt's hier kein Licht?«

Dru sagt: »Edgy, mach's mal an.« Edgy erhebt sich, stolpert über ein Kabel, fällt zu Boden. Wir tun nichts, sind wie gelähmt.

Edgy steht wieder auf, findet den Lichtschalter. Knipst das Licht an, und vor uns an der Tür steht ein bulliger Polizist oder privater Wachmann in blauer Uniform, mit Dienstmütze, vergoldetem Abzeichen, Koppel und gefüllter Revolvertasche. Er schaut uns verblüfft an, läßt den Blick über den mit Verstärkern, leeren Instrumentenkästen und Instrumenten gepflasterten Boden gleiten, verweilt fassungslos auf dem Gewirr von Kabeln. Er macht eine unsichere Handbewegung hinaus auf den Korridor, sagt: »Die anderen Gäste haben sich beschwert. Es ist bereits nach Mitternacht ...«

Dru erhebt sich langsam hinter seinem Keyboard; er braucht, glaube ich, ein paar Sekunden, um die reale Situation an die Stelle derjenigen treten zu lassen, die er sich vorgestellt hatte. Er sagt: »Selbstverständlich. Wir sind sowieso fertig.« Er schaltet Keyboard und Verstärker ab.

Der Polizist sagt halblaut: »Gute Nacht«, geht wieder hinaus auf den Korridor, schließt die Tür.

Dru nimmt Camados Stock, schließt ihn wieder in den Schrank ein; geht ans Fenster, schiebt die Gardine zur Seite und schaut hinaus. Er wirkt grenzenlos enttäuscht, sein Gesicht ist fast ausdruckslos. Er dreht sich herum und sieht uns an, als wären wir wirklich ein Haufen armer Irrer, wie wir übers Zimmer verteilt vor Instrumenten sitzen, die wir nicht spielen können.

Wir schalten alles ab, ziehen die Stecker heraus, packen die Instrumente zurück in die Kästen, wickeln die Kabel wieder auf. Im Zimmer herrscht eine Atmosphäre wie nach einem gescheiterten Raumflug; wir vermeiden es, einander ins Gesicht zu sehen. Als wir mit den Aufräumarbeiten fertig sind und es keinen Vorwand mehr gibt, noch länger hierzubleiben, sagt Dru: »Sehen wir zu, daß wir wenigstens aus diesem Scheißhotel rauskommen.«

Dann sind wir im Auto und unterwegs zu was weiß ich für einem Restaurant, und Nesbitt wird hinter dem Steuer von einer krampfartigen Atemnot befallen. Er versucht sich zu normalem Atmen zu zwingen, doch es gelingt ihm nicht, und er bremst ab. Wir sitzen alle mit ungefähr dem gleichen, beherrschten Gesichtsausdruck in dem großen, weich gepolsterten Mercedes, wenden uns ihm zu und beobachten, wie er das Auto zum Stehen bringt, um sich dann langsam die Hand vor den Mund zu halten und sich gehenzulassen, laut loszulachen.

»Was zum Teufel gibt's denn da zu lachen?« fragt Dru ihn wuterfüllt. Nur eine Sekunde später jedoch tritt ein unfreiwilliges Lächeln auf seine Lippen, verkommt ihm, ohne daß er es verhindern könnte, zu einem erst halb unterdrückten, dann ungezügelten, fast hysterischen Lachen. Auch Edgy lacht, Rickie, Elaine und ich ebenso. Wir lachen alle sechs, als wären wir völlig verrückt, das Auto ist erfüllt von Gejapse, Husten und gutturalen Tönen, von Atemholen, Quieksen und hilflosen Versuchen, etwas zu sagen. Nesbitt sitzt über das Lenkrad gebeugt, Dru lehnt sich mit zusammengepreßten Beinen an Elaine, Edgy und Rickie schaukeln gegeneinander, gegen mich. Es ist Starkstrom, was uns jetzt durchläuft, wir spüren ihn beinahe schmerzhaft im Magen und in der Lunge, er drückt uns aufs Herz, läßt uns die Tränen in die Augen treten. Wir lachen weiter, als könnten wir nie mehr damit aufhören; ich habe nicht die geringste Vorstellung, wie lange das noch dauern kann.

Als der Eindruck entsteht, daß das Gelächter etwas an Intensität verloren hat, fährt Nesbitt, noch immer hustend und schniefend, wieder los; doch zehn Meter weiter hat es uns alle von neuem gepackt, und er muß wieder rechts ranfahren, um nicht die Gewalt über den Wagen zu verlieren. Wir lachen und lachen wie hysterische Halbwüchsige,

Autos rauschen an uns vorbei, bringen die Luft um uns in Bewegung.

Es dauert wenigstens zehn Minuten, bis das Ganze sich abschwächt, und als Nesbitt sich wieder in den nächtlichen Verkehr stürzt, sind wir noch so verstört, daß uns beinahe ein kleiner Lastwagen von der Straße fegt. Der Fahrer bremst, hupt, gestikuliert wütend herum, doch keiner von uns schafft es, ihn ernst zu nehmen. Wir lachen auch darüber: Nesbitt fährt eine Zeitlang im Zickzack dahin.

Wir kommen an die Küste, wenden uns nach Norden. Dru schaut nach draußen, meint: »Es ist nicht zu fassen.«

»Was?« fragt Edgy mit vor Lachen heiserer Stimme.

»Wie wir uns angestrengt haben, unseren Rollen gerecht zu werden«, sagt Dru. Da klingt noch eine Spur von Enttäuschung mit; aber nur noch eine winzige Spur. Im übrigen würde ich sagen, daß wir uns jetzt alle ziemlich erleichtert fühlen, froh sind, um diese Zeit in dieser Stadt alle zusammen in diesem Auto zu sitzen.

Nesbitt fährt weit rechts, sucht nach dem Restaurant, erinnert sich nicht mehr, wo genau es ist. Edgy, Rickie und Elaine geben ihm gegensätzliche Anweisungen, deuten in verschiedene Richtungen. Es ist nicht eben der geeignete Zeitpunkt, um einen Ort zu finden, den man sucht, keiner von uns bringt mehr viel Konzentration auf. Nesbitt schaltet das Radio ein, und es ertönt ein rhythmisches Lied mit einer schönen, schnellen Baßbegleitung. Dru dreht lauter auf; Rickie klatscht im Takt in die Hände.

Nach einer Weile deutet Dru auf eine Art Kaffeebarbaracke am rechten Straßenrand, sagt: »Gehen wir doch da rein. Lassen wir das mit dem Restaurant.«

Drinnen bestellen wir sechs Cheeseburger und sechs Bier. Die einzigen Gäste außer uns sind zwei Motorradfahrerinnen, die an einem Tisch sitzen, und ein feister Typ, der im Stehen ißt und dabei auf den Fernseher an der Wand schaut. Der Mann hinter der Theke macht unsere Cheeseburger mit automatischen Handbewegungen, die in dem weißen Neonlicht wie eine stilisierte Übung wirken. Wir schauen ihm dabei zu, erschöpft und selbstvergessen gegen die Theke gelehnt, als hätten wir schon viel erreicht heute. Durch die Fenster hinter uns sieht man die Lichtkegel der Autos, die am Ozean entlangfahren.

Andrea De Carlo
Macno
Roman

Schauplatz des Romans ist die Hauptstadt eines imaginären Landes. Die Handlung spielt im Regierungspalast, wo Macno, ein ehemaliger Rockstar, als Diktator mit seinem Gefolge lebt, als da sind ein Pianist, ein Medienexperte, ein Botaniker, eine Ballerina und ein Schriftsteller, der als Leibwächter fungiert.
Mit seinem ganz und gar unkonventionellen Roman geht Andrea De Carlo an die gegenwärtige politische Szenerie mit einer ironischen, literarischen Sensibilität heran.

»Die frische und lockere Anmut von De Carlos Stil zieht den Leser rasch und intensiv in ihren Bann, nicht zuletzt, weil hinter ihr die Sicherheit eines radikal Unangepassten steht.«
Neue Zürcher Zeitung

»Ein Italiener macht deutschen Romanciers Tempovorgaben.« *Szene Hamburg*

Carol Hill

Amanda

The Eleven Million Mile High Dancer

Roman

Die spannungsgeladene Geschichte des Lebens, der Lieben und der intergalaktischen Abenteuer der Astronautin Amanda Jaworski. *Amanda – The Eleven Million Mile High Dancer* ist ein Werk großartiger Erzählkunst – reich, humorvoll und weise. Es zieht einen in seinen Bann wie ein Märchen, erleuchtet die wirkliche Welt mit all ihren Freuden und Schrecken und macht uns mit einer der originellsten und plausibelsten Heldinnen der zeitgenössischen Literatur bekannt.

»Mit dieser Mischung aus Funk, Phantasie, Physik und Feminismus ist *Amanda* auf dem besten Weg zum Kultbuch.« *Washington Post*

»Eine Verbindung von Barbarella, Pollyanna und Max Planck.« *The New York Times*

»Was für ein intelligentes, amüsantes Feuerwerk zwischen Hofstadters ›Gödel, Escher, Bach‹, Einsteins Relativitätstheorie, Lems und Asimows futurologischen Spekulationen und Woody Allens erzählerischem Stakkato!« *buch aktuell*

Philippe Djian
Erogene Zone
Roman

Niemand kann eine Frau lieben und gleichzeitig einen Roman schreiben. Soll heißen: einen *wirklichen* Roman schreiben, eine Frau *wirklich* lieben. Philippe Djian hat es versucht. Und ist um ein paar Illusionen ärmer geworden. Dafür ist er einem leicht perversen, ziemlich intelligenten Mädchen begegnet. Er hat (wenig) gegessen. Er hat (viel, vor allem Bier) getrunken. Sich Joints gedreht. Musik gehört. Gelesen und gelesen. Er hat Blut und Wasser geschwitzt. Er hat den Kopf zwischen den Händen vergraben, unter einem Kopfkissen und in heller Verzweiflung zwischen den Beinen junger rätselhafter Frauen.
Er ist dem Geld nachgerannt, den Frauen, den Wörtern. Er hat sein Bestes gegeben. Er hat ein Buch geschrieben. Ungekünstelt, unprätentiös hat er das Unbeschreibliche beschrieben. Das Leben. In all seiner Derbheit, Schlichtheit und Hoffnungslosigkeit. Einfach großartig.

»Djian schreibt glasklar und in einem Tempo, dem ältere Herren wie Grass und Walser schon längst durch Herzinfarkt erlegen wären.«
Plärrer, Nürnberg

Hans Werner Kettenbach
Schmatz
oder
Die Sackgasse
Roman

Uli Wehmeier, Texter in einer Werbeagentur, gerät – scheinbar unaufhaltsam – in eine bedrohliche Lage, seine Existenz ist in Frage gestellt. Zu der Krise in seiner Ehe kommen Probleme bei der Arbeit: durch die Schikanen des neuen Creative Directors Nowakowski fühlt er sich immer stärker eingeengt und abgewürgt. Wehmeier, dessen Phantasie sich in der Werbung sowohl für Hundefutter wie für den Spitzenkandidaten einer politischen Partei bewährt, reagiert auf seine Art, er spielt mit dem Gedanken an einen Mord.
In einer klaren, schnörkellosen Sprache wird erzählt, wie Wehmeier seinen Plan bis ins Detail durchdenkt – und zu spät erkennt, daß er in eine Sackgasse geraten ist.

»Schon lange hat niemand mehr – zumindest in der deutschen Literatur – so erbarmungslos und so unterhaltsam zugleich den Zustand unserer Welt beschrieben. *Schmatz* – ein literarisches Ereignis.«
Die Zeit

»Näher sind Patricia Highsmith, der Meisterin des Psychothrillers und der sanften Schrecken, noch nicht viele deutsche Autoren gekommen.«
FAZ-Magazin